I0670736

Pat McCraw
Duocarns – Adam der Ägypter

Pat McCraw

DUOCARNS

Adam der Ägypter

Roman

Pat McCraw
DUOCARNS – Adam der Ägypter

ISBN: 978-3-943764-02-4

Covergestaltung: Norbert Nagy
Korrektorat: Brigitte Mel

Alle Rechte bei:
2012 Elicit Dreams Verlag
Lieselotte Heinrich
Schieferweg 19
56727 Mayen

verlag@elicitdreams.de

Mehr über die Duocarns auf
http://www.duocarns.com

Was in den Bänden 1-3 geschah:

Fünf attraktive, außerirdische Duocarns-Krieger strandeten in Kanada: Meodern, der blitzschnelle Supermann, der muskelbepackte Xanmeran, der fungide Hybrid Tervenarius, Patallia, der Mediziner und ihr Führer, der Sternenkrieger Solutosan. Einige Männer verliebten sich und fanden humanoide Partner und Partnerinnen.

Ihre Feinde, die Bacanis, unter Führung des skrupellosen Bar, etablierten sich ebenfalls auf der Erde. Bar gründet ein Swingerclub-Imperium.

Der Energetiker Ulquiorra öffnete den Duocarns den Weg zurück zu ihrem Heimatplaneten Duonalia, der zwischenzeitlich in bacanische Hand geraten war. Die Krieger ordneten dort mit Hilfe der drei Könige, Maurus, Arishar und Luzifer die Geschicke ihres Planeten. Bei einem Transport durch das Sternentor wurde Solutosan auf den Planeten Sublimar verschlagen, traf dort seinen Vater und wurde von ihm entwaffnet. Zurück auf Duonalia beschloss er, das Kriegshandwerk bei Arishar neu zu erlernen.

Die Wissenschaftlerin Trianora wurde von Meodern in einem intimen Moment überrascht. Sie beherrscht die Gabe des Vergessens. Verzweifelt und um ihren Ruf besorgt, wandte sie diese Kraft bei ihm an.

Eine genaue **Personenliste** befindet sich am Ende des. Buches.

Meodern

»Entschuldige, ich stehe heute etwas neben mir«, stammelte Ulquiorra. Er hatte ihn nicht, wie üblich, im Wohnzimmer des Hauses in Seafair abgesetzt, sondern vor dem Hauseingang.

»Das ist nicht schlimm, Ulquiorra«, antwortete Meodern lächelnd.

Er wollte noch etwas sagen, aber da war der Torwächter schon wieder verschwunden.

Mit wem habe ich da eben gesprochen?, dachte er verwirrt. Er stand vor einem schlichten, hellen Haus. Abgetrennt durch eine schmale Uferstraße donnerten die Wellen des Ozeans und liefen schäumend an den Strand. Er blickte an sich hinab. Warum hatte er ein weißes Kleid an? Er zog das Kleidungsstück hoch. Darunter war er nackt. Nun ja, das würde wohl so seine Richtigkeit haben. Es war sommerlich warm, die geeignete Temperatur für ein luftiges Gewand.

Guten Mutes lief er los und wanderte ziellos durch die Straßen. Wohin ging er überhaupt? Er schaute wieder an sich hinunter. Wer war er eigentlich? Ach, war das nicht gleichgültig? Wo war er? Er erreichte eine etwas belebtere Gegend. An einer Straßenkreuzung stand eine Glaskiste mit Zeitungen. »Vancouver Sun«, las er. Aha, er war offensichtlich in Vancouver. Schöne Stadt. Er grinste und ging weiter. Solange das Wetter gut war, machte es Spaß so herumzulaufen. Er sah zum Himmel. Der war strahlend blau. Na, wer sagt's denn. Die Leute, denen er begegnete, schauten ihn ein bisschen seltsam an, einige lachten. Aber er lächelte zurück und gelegentlich grüßte er einen von ihnen freundlich. So, viele Straßen! Er würde Stunden, vielleicht Tage, brauchen, um sie sich anzusehen.

Da standen etliche Leute vor einem Haus mit einer großen Glasfront. Warum warteten sie da? Es waren Männer – hübsche Männer. Er blieb stehen, um sie zu betrachten.

Eine ältere, rothaarige Frau trat durch die Glastür und winkte ihm. »Hey, du da!«

Er drehte sich um. Aber da war niemand. Sie meinte wohl wirklich ihn.

»Komm mal bitte her!« Er ging zögernd näher.

»Na, wenn das mal nichts ist«, sagte die Frau zu sich selbst und nahm ihn an die Hand.

Sie führte ihn wenige graue Steinstufen hinauf, an den wartenden Männern vorbei, die ihn mit seltsamen Blicken anstarrten. Warum hatten sie auf einmal so ärgerliche Mienen?

Er lief an der Hand der Frau durch einige lichtdurchflutete Räume voller Grünpflanzen. Er wollte gerne die Bilder der Menschen an den Wänden ansehen, aber sie zog ihn weiter.

Sie stieß eine große Flügeltür auf. Auch der nächste Raum war hell und freundlich. In der Mitte thronte ein weißer Schreibtisch, an dem eine zierliche, dunkelhaarige Frau genervt den Kopf hob. Sie fühlte sich gestört, das sah er sofort. Er betrachtete interessiert das zu einem strengen Knoten gewundene Haar und die ärgerlich zusammengekniffenen Brauen.

»Terzia! Jetzt sieh dir das an. Ich glaube, ich habe ihn gefunden!«

Solutosan war mit dem Windschiff zum nördlichen Mond übergesetzt. Seine wenigen Habseligkeiten trug er in einem Dona-Sack auf dem Rücken. Nun stand er am Hafen und blickte auf die vor ihm liegende karge Steppe. Die Hose seines Karateanzugs flatterte. Der Wind wehte weiße Graspollen heran. Sie schwirrten kreisend durch die dürren Halme, verwirbelten sich vor seinen Füßen. Er würde nachsehen, wie es Maurus an seinem kleinen See ging, bevor er zu Arishar stieß. Beschwingt lief er los.

Solutosan fühlte sich entspannt und ausgeglichen. Seine Zeit als Duocarns-Führer war vorbei. Er hatte Tervenarius zwar gesagt, dass er irgendwann wieder da wäre, wusste aber insgeheim, dass er die Leitung für immer abgegeben hatte. Über Äonen hatte er den Duocarns gedient – nun ließ er alles hinter sich. Die Ausbildung bei den kämpferischen

Quinari würde für ihn garantiert nicht leicht werden, trotzdem freute er sich darauf.

Er lief schneller, fühlte den lauwarmen Wind im Gesicht und in dem kurzgeschorenen Haar. Wie seltsam – zum ersten Mal seit langem erschien ihm seine Zukunft wieder verheißungsvoll und vielversprechend.

Der kleine, blaugrüne See lag in einer Senke. Die Windböen kräuselten sanft seine Oberfläche. Die Aquarianer lagerten am Ufer, einige schliefen. Ein friedliches Bild.

Zwei der blauen Krieger sprangen alarmiert auf, als sie ihn erblickten, beruhigten sich allerdings sofort, als sie sahen, wer sich da ihrem Lager näherte. Sie schauten ihm interessiert entgegen. Ihr sonst zu kunstvollen Frisuren aufgetürmtes, dunkelblaues Haar trugen nun alle offen, bis zu den Lenden wallend. Maurus, der bei seinem Harem ruhte, wurde von einer seiner Frauen sanft geweckt. Er richtete seinen Körper mit einer geschmeidigen Bewegung auf, erkannte ihn und lächelte – Freude in seinen Kristallaugen.

Er deutete Solutosan sich zu setzen. *»Ich freue mich dich zu sehen«*, sagte er mit seiner wohlklingenden, telepathischen Stimme. Er streckte die zartblaue Hand nach Solutosan aus, die dieser gern nahm. Er mochte Maurus, dessen Hand sich kühl und glatt anfühlte.

»Ich wollte nur schauen, wie es euch geht, mein König«, antwortete Solutosan auf die gleiche Art.

Der Wassermann neigte den Kopf. *»Danke, den Umständen entsprechend gut.«*

Solutosan legte den Kopf schief. *»Ja, die Umstände. Ich nehme an, ihr braucht mehr Wasser, und vor allem Salzwasser. Ich kann dich gut verstehen, denn das Meer ist ebenfalls mein Element. Warum siedelt ihr euch nicht auf Sublimar an?«*

Maurus erhob sich. Sein nackter, tiefgründig blau schimmernder Körper dehnte sich, schlank und doch kraftvoll. Eine der verschleierten Frauen half ihm, sein tiefblaues Gewand überzustreifen. Solutosan saß still und betrachtete ihn beeindruckt. Er hatte Maurus noch nie unbekleidet gesehen und war fasziniert von dessen fremdartiger und eleganter Schönheit.

Der Aquarianer nahm wieder Platz. »*Wären wir denn dort willkommen? Arishars Raumschiff hat zu wenig Energie, um noch einmal abzuheben. Wie sollen wir Sublimar erreichen?*«

»*Wir haben ein Tor zwischen den Planeten erschaffen, das ihr benutzen könnt, Maurus. Ich werde den Torwächter für euch rufen.*« Solutosan öffnete das weite Hemd der Karatejacke und legte seine Hand auf den Reifen in seiner Brust, der sanft zu kreisen begann. Nicht lange und Ulquiorras goldene Rotation erschien flirrend in der Luft über dem dürren Steppengras. Der Energetiker trat mit einem langen Schritt aus dem Tor. Ein erstauntes Raunen ging durch die Reihen der Aquarianer.

»*Solutosan!*« Wie alle Duonalier benutzte er Telepathie. Er lächelte, jedoch bemerkte Solutosan einige Veränderungen an ihm. Das lange Haar umrahmte stumpf und glanzlos sein schmales Gesicht. Ulquiorras Augen wirkten fahl und leblos.

Solutosan reagierte sofort. »*Ich möchte dich gern sprechen.*« Eigentlich hatte er ja vorgehabt, Ulquiorra um den Transport der Aquarianer zu bitten, aber er fühlte, dass es etwas Dringlicheres zu klären gab.

»*Entschuldige uns*«, nickte er zu Maurus und nahm Ulquiorra zur Seite. Hatte er nicht beschlossen, sich in der nächsten Zeit nur um seine eigenen Angelegenheiten zu kümmern? Er seufzte innerlich. Ulquiorras Sorgen hatten Vorrang vor dieser Art Entscheidung. Er blickte den bleichen Duonalier an. Der Mann brauchte Beistand. Er war ein guter Freund und ihm lieb und teuer. »*Du siehst nicht gut aus. Hast du ein Problem, bei dem ich dir helfen kann?*«

Ulquiorra starrte ihn an. »*Bemerkt man das so stark?*«

»*Ja, Ulquiorra.*«

Der Energetiker betrachtete seine Hand als gehöre sie ihm nicht. »*Ich hätte fast meinen Vater geschlagen.*«

Solutosan schwieg und sah ihn nur an.

»*Ich hasse ihn, Solutosan. Ich kann einfach nicht anders! Er ist so unglaublich unbeherrscht, rücksichtslos und von sich eingenommen. Statt sich zurückzuhalten, ist er ständig auf Konfrontationskurs. Auch bei seinen Frauen. Wahrscheinlich haben diese Eigenschaften dazu geführt, dass er meine Mutter so stark verletzt hat. Aber er lernt nicht – er macht einfach weiter, als wäre nichts geschehen!«* Ulquiorra fuhr sich mit dem Armstumpf durch das schwarze Haar, an dem der Wind zerrte. *»Natürlich weiß ich, dass es völlig sinnlos ist, sich mit ihm zu schlagen – zumal ich sowieso keine Chance gegen ihn habe. Doch das ist nicht das, was mich so wütend macht. Es ist die Hilflosigkeit.«*

Solutosan blickte ihn schweigend an. Der Vater-Sohn-Konflikt hatte sich zugespitzt, was er bereits erwartet hatte. Jetzt war für ihn der richtige Zeitpunkt, um zu schlichten.

»Den einzigen Rat, den ich dir geben kann, ist, dich von ihm fernzuhalten, Ulquiorra, um die schlechten Gefühle nicht noch zu nähren. Ich weiß, wie stark Xanmeran unter dem Unfall gelitten hat. Du solltest auch nicht daran zweifeln, dass es einer war, denn er wollte deiner Mutter ganz gewiss nicht schaden. Oder glaubst du das?«

Ulquiorra spielte mit den Falten seines Dona-Gewandes. *»Nein, ich denke, sie liebten sich.«*

Solutosan legte ihm die Hand auf den Arm. *»Du solltest verstehen, dass seine Dermastrien ein Teil von ihm sind. Er **muss** sie weiter einsetzen und darf nicht verzagen, obwohl das damals geschehen ist.«* Solutosan machte eine Pause. *»Er ist ein Hitzkopf, ich weiß, und er prügelt sich gern, versucht die Dinge mit Gewalt zu lösen. – Aber er lernt. Er hat die Ewigkeit auf seiner Seite. Gib ihm die Zeit, sein Gleichgewicht in Frieden zu finden.«*

Ulquiorra schnaufte. *»Wahrscheinlich hast du recht. Ich nehme mir das alles zu sehr zu Herzen. Ich sollte mich anderen, positiven Dingen zuwenden und ihn einfach leben lassen, wie es ihm gefällt. Ich habe ihn als Knabe vergöttert. Er war mein Held. Aber die Erkenntnis, dass er in keiner Weise heldenhaft ist, macht mir doch zu schaffen.«*

Solutosan schüttelte den Kopf. *»Du täuschst dich, was sein Heldentum angeht. Ich verdanke Xanmeran viel. Nicht ein Mal, sondern etliche Male. Er brachte sich selbst in Gefahr, um mich in den eisigen Tiefen des Ozeans zu suchen und zurückzubringen. Ich kann mir keinen selbstloseren Freund vorstellen. Kein Wesen hat nur schlechte Seiten.«*

Ulquiorra betrachtete ihn nachdenklich. *»Du kennst ihn besser als ich.«*

»Ja, Ulquiorra, verurteile ihn nicht so schnell. Gib ihm Zeit – nein, gib euch Zeit einander kennenzulernen. Kein Mann ist als perfekter Vater einfach vom Himmel gefallen – ich weiß, wovon ich spreche.« Er lächelte und machte eine bedeutsame Pause. *»Jetzt noch etwas ganz anderes. Würdest du vielleicht Maurus und seine Leute nach Sublimar bringen? Sie brauchen das Meer. In Sublimar können sie in Ruhe leben.«*

»Selbstverständlich, Solutosan.«

Gemeinsam liefen sie zurück zu dem kleinen See, dessen Wasser nun von den stärker werdenden Windböen in schnellen, gekräuselten Wellen gegen das Ufer schwappte.

Solutosan überließ die detaillierten Übersiedlungspläne Ulquiorra und verabschiedete sich von Maurus. Mit freundlichem Nachdruck zwangen ihn die Aquarianer zu versprechen, sie auf Sublimar zu besuchen.

Es würde einige Zeit dauern, bis er nach Sublimar ginge. Zuerst wollte er wieder der Krieger werden, der er einmal war – wenn auch auf andere Art. Er würde seinem Vater gegenübertreten, gewappnet und stolz. Ja, er wollte seinen Stolz wiederhaben. Den hatte er auf seiner Lebensreise verloren, als er sich als unbesiegbarer Sternenkrieger gänzlich auf seinen Sternenstaub verließ. Um diese Selbstachtung wiederzuerlangen, würde er bei Arishar erst einmal als kleiner Lehrling anfangen müssen. Das wusste er und dazu war er bereit.

Arishar saß vor einem der fünf schmucklosen, weißen Häuser und schärfte seine Axt. Er hob den Kopf als Solutosan sich näherte. Dann nickte er mit unbewegtem Gesicht. »Du hast einen steinigen Weg gewählt«, teilte er ihm zur Begrüßung mit.

»Ich weiß, Arishar«, bestätigte Solutosan.

»Von meinen fünfzehn Leuten sind inzwischen acht ins Silentium zur Ausbildung gegangen. Arilan und Arimar sind als meine persönlichen Begleiter geblieben. Du wirst mit den verbliebenen fünf Männern in dem Haus dort drüben wohnen.« Arishar deutete mit der Klaue auf das letzte Gebäude.

»In Ordnung.« Gehorsam ging Solutosan zu der ihm zugewiesenen Unterbringung. Es bestand aus einem einzigen, sehr sauberen, aber kargen, Raum. In den Ecken waren einige Decken gestapelt. Vier der Krieger hockten auf den Fersen auf dem Boden und spielten ein Würfelspiel. Sie blickten hoch, die Mienen ernst und unbeteiligt. Der fünfte Mann saß auf einem der Deckenstapel und schnitzte an einem Gegenstand. Solutosan nickte den Männern zu und deponierte seine Sachen in eine Ecke. Er ließ sich ebenfalls auf die Fersen nieder und legte die Arme und den Kopf auf die Knie. Er fühlte sich erschöpft.

»Der Sternenstaub-König beehrt uns?« Der Quinari mit dem Messer sah ihn prüfend an.

»Das war einmal«, antwortete Solutosan ruhig. »Ich bin hier, um von euch zu lernen.« Die Männer starrten ihn verblüfft an.

»Um **was** zu erlernen? Was sollten wir beherrschen, das du nicht kannst?« Der Mann musterte das hölzerne Objekt mit einem zusammengekniffenen Auge. Er hatte aus einem Stück Maranwurzel eine detaillierte Faust geschnitzt.

»Den Umgang mit Waffen und Nahkampf zum Beispiel. Jemand wie ich, der von Natur aus mit einer tödlichen Waffe ausgestattet wurde, versteht davon nichts. Ich wäre glücklich von euch zu lernen.«

Einer der spielenden Krieger drehte den Kopf mit den kurzen Hörnern zu ihm. »Warum?«

Solutosan überlegte einen Moment. »Angeborene Gaben zu benutzen ist keine Kunst. Das, was ihr euch mit Übung, Schmerz und Schweiß erarbeitet habt, ist wertvoll.« Die Krieger nickten.

Der schnitzende Quinari legte sein Messer und sein Objekt zur Seite und stand auf. Er war der Einzige, der keine Hörner besaß. Seine Blutzeichnungen glichen haargenau denen der anderen Krieger. »Ich bin Arinon, willkommen! Da drüben das sind Arifan, Aritax, Aribar und Aricon.« Solutosan schluckte. Mit diesen Namen war er überfordert.

Er blickte Arinon zweifelnd an. Der grinste. »Das wirst du noch lernen. – Ganz sicher.«

Tervenarius drückte mit schmerzverzerrtem Gesicht die Hand auf die Brust. Hatte Solutosan das auch durchgemacht, als er von Ulquiorra den Ring bekam? Seine brennend heiße, schmerzende Brust glühte.

Ulquiorra blickte ihm in die Augen und nickte. »Du hast den Ring angenommen. Ich werde jetzt gehen.«

»Moment, Ulquiorra! Weißt du eigentlich, wo Meodern ist?«

Ulquiorra zog irritiert die Brauen zusammen. »Ich habe ihn schon vor einiger Zeit auf die Erde gebracht.«

»Aber warum ist er dann nicht hier?«, fragte Terv, immer noch schmerzerfüllt gekrümmt.

»Ich weiß nicht. Eventuell ist er ja bei Chrom. Ich habe ihn vor dem Duocarns-Haus abgesetzt. Er hatte allerdings auf Duonalia so eine Andeutung gemacht, dass er die Nase voll hätte und seine Ruhe bräuchte. Vielleicht nimmt er sich, genau wie Solutosan, eine Auszeit.«

Der Schmerz ließ langsam nach und Terv richtete sich auf.

»Hm, möglich. Mich wundert nur, dass sein Handy hier im Haus liegt.«

Ulquiorra zuckte die Achseln. »Er ist erwachsen und unsterblich, Tervenarius, ich denke mal er kommt klar.« Er aktivierte seinen Ring im Wohnzimmer in Seafair und verschwand.

Mercuran, der sich während der Prozedur zurückgehalten hatte, stürzte auf ihn zu. »Tut es noch weh?«, fragte er besorgt. »Oh!«, flüsterte er bei einem Blick in Tervs Augen. »Der zusätzliche goldene Ring steht dir – er ist dunkelgolden.« Zärtlich nahm er Tervs Gesicht in beide Hände und küsste seine Augenlider. Ein wohliges Stöhnen entrang sich

Tervs Brust. Er fühlte, wie der neue energetische Reif in seinem Fleisch spannte.

»Bist du jetzt wirklich der Chef der Duocarns?«, fragte Mercuran und betastete vorsichtig den Energie-Reif.

»Ja, so lange Solutosan nicht da ist. Ich befürchte, er wird länger bei Arishar bleiben. Ich weiß nicht genau, was geschehen ist, aber es muss etwas Einschneidendes gewesen sein. Ein bisschen stimmt es mich traurig, dass er mit mir nicht darüber gesprochen hat.«

Mercuran streichelte zärtlich seine Wange. »Er wird wissen warum. Deute es nicht als Vertrauensbruch, Terv.« Mercuran musterte ihn mit einem kleinen, herausfordernden Lächeln von oben bis unten.

Dass Mercuran ihn mit Blicken auszog, erinnerte ihn augenblicklich an das, was er sich nun schon so lange versagt hatte. Der Schmerz in seiner Brust war verklungen und einem leisen Pochen gewichen, das nun von dem heftigen Klopfen seines Herzens übertönt wurde. Seine Sorgen um Solutosan und Meodern waren vergessen.

Der Blick auf Mercurans feuchten Schmollmund heizte seine Erregung an. Er wollte ihn! Sie waren zurück in Vancouver. Warum hatte er sich diese quälende Wartezeit auferlegt? Wieso hatte er die Vorfreude auf den Sex mit Mercuran in seiner neuen Form freiwillig so ausgedehnt? Ein leichter Groll auf sich selbst stieg in ihm hoch.

»Meinst du nicht, du solltest die duonalische Kleidung endlich ablegen?«, flüsterte Mercuran sinnlich. »Es wird Zeit, dich mal wieder in Armani zu sehen.«

Er antwortete nicht, sondern nahm seinen Geliebten bei der Hand und rannte mit ihm die Treppen hoch in ihr gemeinsames Zimmer.

Ungeduldig riss er sich das Gewand vom Leib. »Du glaubst doch wohl nicht, dass ich mich jetzt sofort wieder anziehe«, keuchte er. Mit raschen Handgriffen entkleidete er Mercuran, nahm ihn fest in die Arme und legte seinen Kopf auf dessen silberweiße Schulter, presste das Gesicht in sein Haar. Mit tiefen Atemzügen sog er Mercurans honigsüßen Duft ein, was ihn weiter beruhigte, aber gleichzeitig stark erotisierte. Allein sein neuer Geruch war Verführung pur. Seine Hände zitterten leicht vor Gier, als er Mercurans Rücken und die festen Pobacken streichelte. Sie strafften sich unter seinen Berührungen.

Terv setzte sich auf das Bett, zog ihn auf seinen Schoß. Behutsam nahm er die Brustwarzen seines Geliebten zwischen die Zähne und biss ihn. Zart aber doch schmerzhaft. Mercuran zog scharf die Luft ein. Das letzte Restchen Groll verflog augenblicklich. Zufrieden beobachtete er, wie sich Mercurans silberweißes Glied reckte. Sein Liebster bevorzugte Erotik mit einem kleinen Schuss Schmerz, das wusste er und spielte gerne damit. Solange sein Schatz die nächsten Jahrtausende so auf ihn reagieren würde, war seine Welt in Ordnung.

Kraftvoll drehte er das bereitwillige Objekt seiner Begierde und drückte es auf das weiß bezogene, breite Bett. Mercuran streckte sich wohlig aus und beobachtete sein Tun durch halb geschlossene Lider. Er war sich seiner Anziehungskraft offensichtlich voll bewusst, was Terv mit einem geilen Lächeln quittierte und sich dann auf ihn stürzte.

Gierig erkundete er Mercurans Mund mit der Zunge, verwöhnte die haarlose, glatte Haut seines Leibes mit den Lippen. Er küsste ihn bis zu den Fußspitzen, leckte sanft an dessen Hüftknochen vorbei, zurück zu seinen harten Brustwarzen. Er wollte Mercuran zum Kochen bringen, der ihm seinen erhitzten Körper bereits stöhnend entgegen bog.

Endlich widmete Terv sich dem Glied seines Geliebten, steigerte Mercurans Lust mit geübten Lippen und Griffen, bremste ihn mit gezielten Bissen und reizte ihn dann wieder mehr. Er wollte es ihm und sich nicht leichtmachen – wollte den Höhepunkt noch länger hinauszögern.

Er trieb dieses Spiel, bis er selbst am ganzen Leib vor Ungeduld zitterte. Mercuran wand sich – wimmerte um Gnade, ihn zu erlösen. Einige kurze, schnell aufeinanderfolgende Bewegungen genügten und er lief stöhnend aus – einfach so, ein heißer, silberweißer Strom in seinen Mund, den er gierig und benommen schluckte.

Tervenarius war sich nicht sicher, welche Art chemische Reaktion Mercuran in ihm durch seinen Erguss verursachte, da der orgastische Rausch seinen Verstand augenblicklich hinweg schwemmte. Der Saft seines Geliebten strömte durch die Kehle in seinen Körper, wogte in seinem Gehirn, riss wie eine silberne Flut alles mit sich. Die Explosion war stark, der Geschmack in seinem Mund unendlich geil. Er hob erstaunt den Kopf. Die Erfüllung fehlte. Ein Orgasmus ohne Ejakulation? Die Entspannung und Erlösung ließen auf sich warten. Sein Penis blieb pulsierend, stark, unnachgiebig. Er tastete danach. Rieb ihn. Die Reibung steigerte seine Wollust. Ein nie gekannter, drängend heißer Trieb schoss von seinem Glied hoch in seinen Schädel, verdrängte jeden anderen Gedanken bis auf den einen: Ich will ihn! Wenn ich nicht sofort in ihn eindringe, werde ich wahnsinnig! Terv keuchte erstaunt, überrumpelt von der unaufhaltsamen Gier.

Ihm blieb keine Zeit zu fragen. Er drückte seinem Schatz die Beine hoch, zog kurz die Hand mit seiner Sporenflüssigkeit zwischen Mercurans strammen Pobacken hindurch und war in einer Geschwindigkeit über ihm, in ihm, die ihn selbst überraschte.

»T ... Terv!« Mercuran war lediglich fähig seinen Namen zu stammeln.

Ich will ihn nicht verletzen, dachte Terv noch, aber dem triebhaften Tier in ihm, das er geweckt hatte, war das gleichgültig. Er nagelte Mercuran auf der Matratze fest, hämmernd, stark, entfesselt. Er spürte, wie Mercuran nachgab, sich ihm anpasste, sich ihm sogar entgegenreckte, als er kurz pausierte. Er mutierte zu einem stampfenden, brachialen Kraftpaket ohne Verstand. Seine nicht enden wollenden, harten Stöße erhielten Resonanz. Sein Geliebter erhitzte sich. Das Quecksilber, dachte Terv. Mercuran glühte, das heiße Fleisch vibrierte. Tervs Schwanz brannte, schmerzte. Ich muss mich schützen, schoss es ihm durch den Kopf. Schlagartig verstärkte er die Pilzschicht um sein Glied mit dämmenden Sporen. Mit diesem monströsen Genital vollendete er sein Werk. Mercuran schrie. Dieser Schrei löste seinen ersehnten Erguss aus. Stoßend und tobend verströmte er sich in dem kochenden, zuckenden Leib seines Geliebten. Halb besinnungslos brach er über Mercuran zusammen. Was war geschehen? Hatte er Mercuran weh getan? Er glitt aus ihm und blickte ihm besorgt ins Gesicht.

»Was ... was war das?« Mercuran rieb sich sein Hinterteil, machte jedoch keinen unglücklichen Eindruck. »Ich werde zwei Tage nicht mehr sitzen können. Wieso warst du so groß?« Terv stöhnte erleichtert auf.

Groß? Ja natürlich, durch die dämmende Pilzschicht war der Umfang seines Geschlechts um etliche Zentimeter verstärkt worden. Aber Mercuran hätte ihn sonst gekocht – verbrüht. Er war nicht fähig zu antworten, musste seine Gedanken sortieren. Ich sage erst einmal etwas Unverfängliches, dachte er.

»Hat es dir gefallen?«, krächzte er. Sein Hals war völlig ausgedörrt.

»Oh jaaa!« Mercuran seufzte, lächelte, streckte die Arme nach ihm aus, küsste ihn innig, wieder und immer wieder. Wie gelähmt ließ er sich küssen, streichelte Mercurans Haar, fühlte, wie sein Freund von Müdigkeit übermannt wurde.

»Ist alles in Ordnung?«, fragte Mercuran schläfrig.

»Ja, schlaf, mein Liebling«, antwortete er. Er streichelte ihn sanft, dachte an nichts, bis er an Mercurans ruhigen Atemzügen merkte, dass dieser eingeschlafen war.

Terv riss die Augen auf und starrte in die graue Dunkelheit ihres Zimmers. Er war mehr als alarmiert. Da war zuerst einmal Mercurans neuer Duft. Ein Pheromon, das perfekt auf ihn abgestimmt zu sein schien. Ein Geruch, der bei ihm sofort sämtliche sexuellen Reize aktivierte. Er hatte Mercurans Sperma geschluckt und war dadurch zur Höchstleistung aufgelaufen. Er hatte überhaupt nicht anders gekonnt, als sich auf ihn zu stürzen – hatte keine Wahl gehabt.

Langsam verstand er, was geschehen war: Das Sternentor hatte seinen Geliebten durch das Pheromon seines Duftes und sein berauschendes Sperma zu einer perfekt auf ihn abgestimmten, verlockenden Sirene gemacht.

Das ist die kleine, ironische Retourkutsche des Sternentors, dachte er. Ich habe ihn vor seinem Durchgang mit meinen Sporen benetzt, habe ihn als mein Eigentum gekennzeichnet. Nun muss ich die Folgen dieser gutgemeinten, aber hochnäsigen, Aktion tragen.

Er würde damit umgehen können. Er hatte die Möglichkeit, seinen Geruchssinn durch Pilzsporen zu dämpfen und es stand ihm frei, ob und wann er den Saft seines Geliebten schluckte. Nein, was ihm am meisten Sorgen bereitete, war Mercurans Hitze. Er hatte sich mit seinen Sporen gegen das heiße Quecksilber schützen können. Kein anderer war dazu fähig. Oder? Doch, zwei Männer kannte er, die es ebenfalls aushalten würden – Solutosan und Luzifer. Aber sonst niemand. Und diese beiden waren indiskutabel. Ein normaler Erdenmann war verloren – wahrscheinlich entmannt.

Mercuran war passiv. Er würde niemals in seinem unendlichen Leben mit jemand anderem schlafen können als mit ihm. Sie waren sexuell aneinander gekettet.

Dieser Gedanke dörrte ihm den Hals endgültig aus. Er produzierte einige heilende Pilze und sandte sie zu den brennenden Stellen in seiner Kehle.

Mercuran hatte wahrscheinlich nicht erkannt, was geschehen war. Hatte er die Überhitzung überhaupt bemerkt? Er wusste lediglich, dass er nun gut roch – hatte nicht verstanden, wie genau Duft und Sperma auf ihn, Terv, wirkten. Wüsste er es – würde Mercuran seine neue Macht ausnutzen? Terv war sich nicht sicher. Er beschloss, in dieser Hinsicht den Mund zu halten. Aber musste er seinen Partner nicht darüber aufklären, wie zerstörerisch er nun war? Nein, Mercuran liebte ihn und wollte mit keinem anderen Mann Sex haben. Also würde er auch dazu erst einmal nichts sagen. Vielleicht, später, bei Gelegenheit.

Tervenarius schloss erschöpft die Augen und ließ den Kopf ins Kissen sinken. Das Sternentor verlangte einen Preis. Sie mussten beide für ihre ewige Liebe bezahlen.

Terzia hatte sich von ihrem Schreibtisch erhoben, lief in ihrem dunklen, hautengen Kleid um das Möbelstück herum und beäugte ihn, wie ein zierlicher, schwarzer Vogel ein gefülltes Vogelhäuschen betrachten würde. Sie nickte.

Er stand da und genoss die Sonne, die durch das große Fenster in den Raum strömte. Auch in diesem Zimmer hingen Fotos von sehr schönen Menschen an den Wänden.

In diesem Moment packte die dunkelhaarige Terzia sein Kinn und zwang es zu sich hinunter. »Sag mal, weißt du überhaupt, wo du hier bist?«, fragte sie intuitiv.

»Ja«, strahlte er sie an. »In Vancouver!«

Terzia hob die sorgsam gezupften Brauen. »Hast du verstanden, dass wir ein Model für die kommende Sommersaison suchen?«

Sommer fand er wunderbar. »Klar!«

Terzia wanderte erneut um ihn herum, hob das Gewand ein Stück bis zu seinen Pobacken an. »Ich finde deine Idee hier direkt in einer Toga anzutreten ganz interessant, aber hättest du nicht wenigstens einen Slip anziehen können?«

»Sorry, Terzia«, antwortete er sanft. »Slip war keiner verfügbar.«

Die dunkelhaarige Frau griff sich an den Kopf. »Irene, irgendwie ist der Junge durch den Wind. Aber du hast recht, er ist es! Genau so habe ich ihn mir vorgestellt. Wer wird denn noch die Engel von Viktorias Secret anhimmeln, nachdem sie meine römischen Modelle an ihm gesehen haben?«

Irene nickte zustimmend. »Na, siehst du. Soll ich die anderen nach Hause schicken?«

»Ja, mach das. Die restlichen Models buchen wir über Paris.« Terzia wandte sich ihm wieder zu. »Wie heißt du eigentlich?«

Das war eine gute Frage. Er sah zu einem der Plakate an den Wänden. Ein attraktiver Mann in einem grauen Anzug. Darunter stand in großen Lettern »Adam Kimmel«. Das gefiel ihm. »Adam«, verkündete er lächelnd.

Solutosan verließ unwillig seinen Ruhemodus. Sein ganzer Körper schmerzte. Er arbeitete nun schon lange in der Dona-Fabrik. Jeden Tag fuhr er mit den anderen Quinari auf den östlichen Mond, wegen seines guten Klimas der Haupt-Produzent für das Dona. Die Arbeit dort war hart, auch für einen starken Mann wie ihn. Wenn sie nicht zur Feldarbeit eingesetzt wurden, hieß es in der Dona-Produktion zu schuften. Die Dona-Produkte, die er jeden Tag schleppte, waren tonnenschwer.

Er rieb sich die Augen und testete, ob sein linker Arm noch schmerzte. Im Unterarm war höchstwahrscheinlich eine der Sehnen verletzt. Einer der riesigen Produktionsei-mer hatte sich aus der Verankerung gerissen und war ihm auf den Arm gekracht. Er drehte den Kopf. Arinon schlief tief und fest. Auch ihm waren die Strapazen der letzten Zyklen anzusehen. Die Arbeit war hart, ja, aber notwendig um den Quinari den Start auf Duonalia zu ermöglichen. Immerhin hatten sie von dem erwirtschafteten Dona die offenen Ställe für die Warrantz bauen können, konnten die ersten Tiere und einen Pflug anschaffen. Leider hatte er keine Möglichkeit Meodern zu erreichen, um ihn nach geeigneten Pflanzen für die Ernährung der Warrantz zu fragen. Also hatten sie diese violetten Rüben gesät, die allgemein an die Tiere verfüttert wurden. Jeden Tag, bevor sie in die Fabrik fuhren, schleppten sie Wasser auf die Felder.

Arinon neben ihm war nun wach und zählte seine Blessuren. Auch den trainierten Männern setzte die Arbeit zu. »Ach so«, teilte der Quinari ihm als morgendliche Begrüßung mit, »Arishar will dich sehen.«

»In Ordnung.« Solutosan erhob sich und suchte einen Lappen, den er im Wassereimer anfeuchtete und seufzend auf den Arm zur Kühlung legte. Inzwischen trug er ebenfalls einen Lendenschurz wie die anderen Männer. Seine Haut war zart gebräunt. Der grauen Haut der Quinari schien die Sonne absolut nichts anzuhaben.

Er machte sich auf den Weg zu Arishars Haus, der ihm mit seinem Sohn auf dem Arm die Tür öffnete. Nala, mit ihrem kleinen runden Bäuchlein, winkte ihm freundlich zu. Sie und Arishar bekamen Nachwuchs.

Der Quinari-König trug das Kind ins Haus und kam zurück. »Ich will heute mal deine Schlagkraft testen und wie gut du zielen kannst.«

Solutosans Begeisterung hielt sich in Grenzen. »Mein Arm ist ...«, hob er an, da donnerte schon der erste Faustschlag gegen seine Stirn, der ihn ins Taumeln brachte. Wütend holte Solutosan mit dem gesunden Arm aus. Der Quinari duckte sich weg und platzierte einen weiteren Schlag in seinem Bauch. Die Luft wich pfeifend aus seinen Lungen, er krümmte sich. Arishar setzte nach und gab ihm eins auf die Nase, was ihn endgültig zu Boden gehenließ.

»Mit dir ist nichts los – du bist es nicht wert«, sagte Arishar verächtlich, verschwand im Haus und schlug die Tür zu.

Aribar fand ihn und trug ihn ins Gemeinschafts-Haus. Er legte ihn dort einfach ab, wie einen Sack Dona und ging.

Arinon trat zu ihm und kniete sich neben ihn. Er untersuchte seinen Arm und schüttelte bedächtig den Kopf. Er kramte in seiner wenigen Habe und kam mit einem kleinen Ledersäckchen zurück. Die gallertartige Paste aus dem Säckchen stank wie Warrantz-Scheiße, als er sie Solutosan auf den Arm strich. »Du darfst ihn heute nicht bewegen. Morgen kannst du wieder mit in die Fabrik.«

»Danke, Arinon«, flüsterte Solutosan erschöpft. Der nickte nur und verließ das Haus. Als Solutosan das nächste Mal die Augen öffnete, waren Arinon und die anderen Männer wieder da. Er hatte den ganzen Tag geschlafen.

Arinon trocknete sich mit einem Tuch ab, denn er hatte sich augenscheinlich gewaschen. Seine Blutzeichnungen waren fast verschwunden. Arinon kniete sich neben ihn. «Hilf mir die Zeichnungen zu erneuern, dann werde ich dir helfen.«

»Arinon, ich habe kein Blut in mir.«

»Nimm meins.« Arinon musterte ihn mit seinem durchdringenden, gelben Blick.

»Warum helfen dir die anderen Krieger nicht? Ich sehe, wie sie sich gegenseitig bemalen.« Solutosan stützte sich auf den gesunden Arm.

»Ich bin der Rangniedrigste. Niemand will mich berühren«, gestand Arinon leise.

Solutosan bewegte prüfend den verletzten Arm. Es ging ihm erstaunlicherweise besser. Er würde diese Rangordnung der Quinari, die auf Hörnergröße basierte, nie verstehen. Seiner Meinung nach war Arinon einer der fähigsten Männer. Ihn zu diskriminieren, weil er keine Hörner hatte, fand er schlichtweg dumm. Aber er war nicht in der Position, um offen Kritik üben zu können. »In Ordnung«, er nickte dem Quinari zu.

Solutosan sah zu, wie Arinon sich mit den Reißzähnen das Handgelenk aufriss und Blut in eine Schale tropfte. Er reichte ihm einen schmalen Pinsel und das Gefäß.

»Müssen alle Krieger die gleiche Zeichnung haben?«

Arinon nickte. »Nur Arishar trägt die Königszeichnung.« Es war dämmrig in dem Haus, deswegen hatte einer der Männer ein Energiefeuer im Kamin entzündet, das strahlend weißes Licht auf die massigen Körper warf. Solutosan blickte zu deren Zeichnungen und begann Arinons graue Haut zu bemalen. Der lag ruhig vor ihm auf dem Boden. Es war eine meditative Arbeit. Solutosan fühlte zum ersten Mal, seit er bei den Quinari war, so etwas wie Frieden.

»Wo wohnst du?«, fragte Terzia prüfend. »Hast du Arbeitspapiere?«

Adam legte lächelnd den Kopf schief. »Warum bist du bei dem schönen Wetter nur so verbissen, Terzia?«

»Verdammt! Lydia, ich sag es doch, der Junge ist nicht tragbar. Der steht neben sich.«

»Hebe mal die Arme hoch«, bat Lydia Adam, zog ihm das lange Gewand über den Kopf und streifte ihm dann, diskret zur Seite blickend, eine mehrlagige, seidene Kreation über, die ihm bis zur Mitte der Oberschenkel ging.

Terzia stöhnte. »Das ist nicht fair. Ich weiß, dass er das ideale Model für die Kollektion ist. Das brauchst du mir jetzt nicht noch extra vorzuführen!« Aber sie konnte nicht umhin, um ihn herumzulaufen und das Gewand zurechtzuzupfen.

Lydia nahm Terzia beiseite. »Hör mal, wie wäre es, wenn wir ihm einfach den Pass von Frank in die Hand drücken? Die Zwei sehen sich sehr ähnlich. Ich habe noch alle Unterlagen von ihm.«

Adam hörte mit Interesse zu, sein Gehör war sehr scharf, das freute ihn. »Ich bin wohl neu in Vancouver«, erklärte er.

»Verdammt, dann muss ich ihn im Hotel unterbringen.« Terzia stöckelte zu ihrem Schreibtisch.

»Wozu hast du zwei Gästezimmer?«, warf Lydia ein.

»Auch wieder wahr.« Terzia legte ihr stylisches Handy beiseite. »Lauf mal zu Dave und hol einen Vertrag. Sonst kommt der Vogel noch auf die Idee abzuhauen.« Und zu Adam gewandt. »Hör mal, wir machen einen Vertrag mit dir für eine Saison. Lydia gibt dir gleich deine Unterlagen. Du darfst jetzt gehen. Aber warte hier im Haus auf mich. Ich nehme dich später mit. Hast du das verstanden?« Er nickte und ging zur Tür. »Halt! Du trägst noch ein Unikat!«

Sie wandte sich an Lydia, die eben mit einigen Papieren zur Tür herein kam. »Geh mit ihm in die Kleiderkammer und gib ihm etwas zum Anziehen. Oh Gott, hoffentlich mache ich hier keinen Fehler! Aber ich sage dir, mit ihm als Zugpferd wird uns die schwule Kundschaft die Sachen aus den Händen reißen.«

»Komm, Adam«, meinte die ältere, rothaarige Frau und nahm ihn an die Hand. »Wir schauen mal nach einem hübschen Outfit für dich.«

Der riesige Raum, zugestellt mit fest montierten und fahrbaren Ständern voller Kleidung, wurde von einer Klimaanlage angenehm temperiert.

»So, dann wollen wir mal sehen«, murmelte Lydia und wühlte in den Hosen, lief zu den Hemden, der Unterwäsche – suchte sich durch die Kollektionen. Sie drückte Adam einen Stapel in die Hände. »Zieh das mal an.« Er stand da und zögerte.

»Worauf wartest du denn?«

Beschämt schlug er die Augen nieder. »Ich habe wenig Erfahrung mit diesen Sachen. Kannst du mir bitte helfen, Lydia?« Er fühlte sich wirklich überfordert mit all den Textilien.

Lydia seufzte, nahm ihm den Stapel aus der Hand und warf jedes Teil einzeln und locker auf einen Ständer. »Socken, Slip, Unterhemd, Shirt, Pulli, Hose, Sakko. In der Reihenfolge.«

Adam nickte. Das verstand er. »Vielen Dank, du bist sehr lieb.« Er lächelte sie an.

Die feinen Fältchen auf Lydias Stirn und um ihren Mund glätteten sich, ihre blauen Augen strahlten plötzlich. »Ist ja schon gut«, knurrte sie. Sie drehte sich diskret zur Seite, als er das kurze Gewand über den Kopf zog, nahm es jedoch sofort und schob es auf einen Bügel.

Adam schaute in den Spiegel. Die neuen Sachen sahen gut an ihm aus. Das Grün des Pullovers reflektierte in seinen Augen. Das Sakko ließ er einfach weg, hängte es nur lose über eine Schulter. Lydia stand in einigen Metern Entfernung und musterte ihn. »Meine Güte, dich könnten wir sogar noch für die Frühjahrskollektion nehmen! Dir stehen Anzüge ja auch perfekt! Zieh mal das Jackett an, Adam.«

»Das ist mir zu warm, Lydia.«

»Nur testweise, bitte.« Sie rückte einen weiteren Spiegel zurecht. Gehorsam zog er das Sakko an und Lydia drehte und wendete ihn. Sie nickte anerkennend. »Toll! Aber das verraten wir Terzia noch nicht, okay?«

»Was denn, Lydia?«

»Nichts, schon gut«, beeilte sich die Frau zu sagen. »Du kannst es wieder ausziehen.« Lydia packte sein Gewand in eine Plastiktüte und drückte es ihm in die Hand. »Hier, nimm dein Nachthemd mit. Du wirst es bestimmt brauchen.«

Sie verließen die Kleiderkammer. Der Büroraum vor Terzias Refugium war ins flammend rote Licht der untergehenden Sonne getaucht. »Am besten wartest du hier auf Terzia.« Er nickte, lehnte sich gegen eine der rot gefluteten Wände und schloss die Augen.

Sie hatte nicht mehr an ihn gedacht. Der Schreck fuhr ihr in die Glieder, als Terzia in Gedanken versunken ihr Büro verließ und seine große Gestalt im Vorzimmer bemerkte. Er stand an eine Wand gelehnt. »Ach ja, Himmel! Adam! Fast hätte ich dich vergessen!« Sie trat an ihn heran. »Adam?« Er atmete nicht. Kann jemand tot sein und stehen? Nonsens, sagte sie sich. »Adam!«, rief sie lauter. Er öffnete träge die Augen, der grüne Blick verschwommen. Schlafzimmerblick, war ihr erster Gedanke. Sie schüttelte unwillig den Kopf. Was für ein Blödsinn: Schlafzimmerblick. »Los, Adam, wir gehen!« Er blickte jetzt wacher.

»Wohin gehen wir, Terzia?« Er nahm eine Plastiktüte mit ihrem Logo an sich.

»Zu mir nach Hause. Ich hoffe Juanita hat etwas gekocht.«

»Wer ist das?«

»Meine Haushälterin. – Was hast du denn da in der Tüte?«

»Mein Gewand.«

»Aha. Aus was für einer Faser ist das eigentlich?« Sie vermutete ein Viskose-Baumwolle Mischung.

»Das weiß ich leider nicht, Terzia.«

War das nicht klar gewesen? Das zeichnete ihn als normalen Hetero-Mann aus. Nur schwule Männer wissen, woraus ihre Kleidung besteht, dachte Terzia und grinste wissend.

Sie fuhren mit dem Lift in die Tiefgarage des Gebäudes, in der ihr roter Porsche parkte.

»Ein Porsche«, stellte Adam fest und schaute etwas verwirrt.

»Ganz genau.« Terzia schwang sich hinters Steuer. »Na komm, steig ein!«

»Warum ist er nicht blau?«, fragte Adam.

»Weil mir rot besser gefallen hat.« Terzia schüttelte den Kopf. Irgendwie benimmt er sich wie ein kleines Kind, dachte sie. Auch die Fragen, die er stellt, sind die eines Kindes.

Sie verließen die Garage. Es war bereits dunkel geworden und Vancouver strahlte hell erleuchtet.

»Sag mal, kannst du dich eigentlich daran erinnern, wie du in mein Büro gekommen bist?«, fragte Terzia intuitiv.

»Ich bin gelaufen.«

»Von wo denn?«

»Vorher war ich am Meer, das war schön«, antwortete er lächelnd.

»Und davor?«

Er runzelte die Stirn.

Dachte ich es mir doch, der Mann hat irgendein Trauma erlebt, das seinen Verstand blockiert. Sollte sie das melden? Vielleicht vermisste man ihn ja irgendwo.

»Hast du eine Familie? Bruder oder Schwester? Frau?«

Er sah sie leicht verwirrt an. »Solutosan«, antwortete er zögernd.

»Wer ist das?«

Er überlegte. »Ich weiß es leider nicht mehr, Terzia. – Ist das schlimm?«

Verdammt! Nun tat er ihr leid. »Nein, ist nicht schlimm, Adam. Jetzt bist du erst mal bei mir, okay?«

Er nickte.

Oh Gott, was hatte sie sich da aufgehalst? Er war ihr neuer Star, das war ihr völlig klar. Verflixt! Melden, dass er ohne Gedächtnis in Vancouver herumgeirrt war, konnte sie nach den ganzen Modenschauen immer noch. Er würde dabei ja nicht schlecht verdienen. Das würde ihm garantiert helfen.

Sie fuhr in die Tiefgarage ihres Hauses in Queensborough. »Komm, ich zeige dir dein Zimmer.« Sie führte ihn durch den großzügigen Wohnraum zu einer seitlichen Tür.

Adam blieb mitten im Raum stehen und blickte sich erstaunt um. »Hier wohnst du?« Sie hatte ihr Wohnzimmer wie einen orientalischen Harem dekoriert. Bequeme Diwane in warmen Farbtönen mit bunten Seidenkissen, beleuchtet von orange bemalten Glaslaternen, kombiniert mit modernen Geräten, die sich unauffällig in den Raum einfügten, wie der Monster-Fernseher und eine gigantische Stereoanlage.

»Gefällt es dir?«

»Ja, es strahlt eine wunderbare Atmosphäre aus, Terzia.«

»Na, dann schau dir dein Zimmer an.«

Er trat in den Seitenraum. Das Zimmer war in Weiß und Hellblau gehalten. Der naturgetreu gemalte Himmel mit zarten Wölkchen wölbte sich über einem blauen Himmelbett mit duftigem Schleier. Überall lagen Kissen verstreut. Der Raum hatte ein separates, helles Marmorbad und einen begehbaren Kleiderschrank.

»Das ist auch wunderschön«, staunte Adam und setzte sich aufs Bett. Er fing an auf der Matratze zu wippen und schmiss sich dann über die ganze Länge darauf. Zufrieden blickte er zu Terzia auf.

Sie schluckte. »Ähm ja, das freut mich. Mach dich ein bisschen frisch und komm in die Küche, okay?«

Sie verließ den Raum. Meine Güte, Terzia, sagte sie zu sich. Was ist denn los mit dir? Jetzt sag bloß, der verwirrte Mann gefällt dir? Sie musste sich eingestehen, dass sie einen winzigen Moment daran gedacht hatte, sich zu ihm auf das Bett zu legen. Völlig ungewöhnlich für sie!

Natürlich war sie Sex und Erotik nicht abgeneigt, aber normalerweise suchte sie sich dafür Gespielinnen. Himmel! Sie hatte vergessen Lucia anzurufen! Terzia durchsuchte die Küche nach etwas Essbarem. Oh Gott! Und jetzt noch der Mann im Haus. Lucia würde ihr garantiert eine Eifersuchts-Szene inszenieren! Dabei hatte sie eigentlich keine Besitzansprüche auf Terzia geltend zu machen. Sie war eine von vielen, dachte Terzia leicht grimmig.

»Was möchtest du essen?«, fragte sie Adam, der in diesem Moment in die Küche geschlendert kam.

»Was hast du denn?«

»Nicht viel, diese dumme Gans hat nichts gekocht! Schau selbst in den Kühlschrank!«

Sie sah Adam vor dem geöffneten Kühlschrank stehen. Er stand starr, als würde er versuchen, sich an etwas zu erinnern.

»Kefir«, sagte er schließlich.

»Habe ich. Der hält schlank.«

Adam nickte, holte den Kefir heraus und schenkte sich ein Glas ein. »Ich erinnere mich an Kefir. Ich trinke den nur.«

»Wirklich?«, fragte Terzia abwesend. Sie las die wütende SMS von Lucia, die ihr drohte, abends noch vorbei zu kommen. Kam nicht in Frage! Sie beantwortete die SMS und klappte entschlossen das Handy zu.

»Heute machen wir einen Fernsehabend, Adam«, stellte sie fest. »Mal schauen, was die Konkurrenz so macht!«

Es wurde in der Tat ein gemütlicher Abend. Adam war ruhig, freundlich und ließ sich geduldig die ganzen Fashionshows von ihr erklären.

»Ist es wirklich so wichtig, was man für Kleider trägt?«, fragte er.

»Für manche Menschen auf jeden Fall. Sie definieren sich über ihre Kleidung.«

»Und dir macht es Spaß solche Leute zufriedenzustellen?«, forschte er weiter.

»Oh ja! Ich liebe diese Kreativität! Schnitte und Stoffe zu kombinieren. Die Phantasie mit der Machbarkeit zu vereinen ist eine echte Herausforderung!« Sie lächelte.

Adam legte den Kopf schief. »Du hast gelächelt«, stellte er fest.

»Ja, habe ich – und?« Was wollte er sagen?

»Das tust du viel zu selten, Terzia«, meinte er sanft.

»Adam, die Modebranche ist ein hartes Geschäft – da gibt es nicht viel zu lächeln.«

»Schade.« Er drehte sich wieder zum Bildschirm und sah sich die Dior-Modenschau an.

Ulquiorra saß an seinem Labortisch, den Kopf in die Hand gestützt. Es hatte bei dem Treffen alles so gut begonnen. Die Bacanis hatten Einsicht gezeigt. Nun war von dieser Vernunft keine Rede mehr. Die Rudel-Führer wollten ins Duonat – aber ohne allgemeine Wahl durch ihre Landsleute.

Er hatte versucht, mit den Bacanis zu sprechen, war jedoch bereits an deren Türen von ihren Untergebenen abgeblockt worden.

Sollte er nun den Plan anregen, lediglich Wahlen für die drei duonalischen Duonatsmitglieder zu betreiben?

Wenigstens schien die Regelung mit den Quinari-Gesetzeshütern gut zu klappen. Er hatte testweise zwei von ihnen auf den westlichen Mond geschickt. Sie hatten nun dort ein offizielles Haus und bisher waren die Männer gut zurechtgekommen. Bacanis sowie Duonalier hatten enormen Respekt vor den Kriegern. Ihm waren keine Gesetzesverstöße auf diesem Mond zu Ohren gekommen.

Nur was die Duonatsgründung anging, kam er nicht weiter.

Es klopfte. Ulquiorra hob den Kopf. »Ja?«

Erstaunlicherweise war es der Bacaniführer Sarrn, der vor der Tür stand. »Darf ich dich stören?«

»Natürlich, komm rein.«

Sarrn trat an seinen Labortisch, ohne die Tür hinter sich zu schließen.

»Ich will nicht lange bleiben. Ich möchte dir nur Folgendes mitteilen: Ich bin nicht der Meinung, dass wir Rudelführer uns ohne Wahlen im Duonat niederlassen sollten.«

Ulquiorra sah ihn erstaunt an.

»Die Rudel auf dem südlichen Mond sind ausgesprochen aufgebracht über diese Eigenmächtigkeit und werden sich das nicht gefallen lassen. Sie sind dabei, auch die Rudel der anderen Monde zu informieren und aufzuhetzen!«

Ulquiorra zog die Brauen zusammen, setzte sich auf einen der runden Hocker und strich sein Gewand glatt um Zeit zu gewinnen.

»Wer führt die südliche Revolte?«

»Ich, Ulquiorra!«

Ulquiorras Kopf schnellte hoch.

Sarrn fuhr unbeirrt fort. »Ich wollte dich bitten, mit den Dreien zu reden und sie zur Vernunft zu bringen. Sollten sie weiterhin so eigenmächtig handeln, werden wir Schritte gegen sie einleiten!«

»Ich komme nicht an sie heran, Sarrn. Sie lassen sich verleugnen.« Ulquiorra fuhr sich leicht verzweifelt durchs Haar.

»Dann nimm die Duocarns und zwinge sie zum Zuhören.«

Ulquiorra starrte vor sich hin. Die Duocarns. Solutosan war fort, Meodern trieb sich irgendwo auf der Erde herum, auch Patallia wurde in der Tierstation von Chrom gebraucht. Er konnte Tervenarius rufen. Und dann war da natürlich noch sein Vater... Ulquiorra seufzte.

»Du weißt Bescheid!« Sarrn schritt hoheitsvoll zur Tür. »Unternimm etwas, sonst mache ich es!«

Arinon hielt sein Versprechen. Abends, nach der Arbeit in der Dona-Fabrik, gab er Solutosan Aufgaben, die hauptsächlich seine Treffsicherheit trainierten. Arinon wusste, dass er erst aufhören würde, wenn die ihm gestellten Herausforderungen erfolgreich abgeschlossen waren.

Am ersten Abend nagelte Arinon ein Stoffband auf einen Holzpfahl und gab Solutosan sein Messer. Das Band wand und drehte sich im Wind. »Triff das Ende des Bandes – aber nicht den Pfosten«, befahl Arinon schlicht und ging.

Solutosan hielt durch, brauchte jedoch lange. Schließlich hatte er das Bandende völlig zerschlitzt.

Arinon hielt weitere Übungen für ihn parat. Die nachfolgende Aufgabe war, das Band mit Pfeil und Bogen zu treffen. Solutosan konnte kaum noch zählen, wie oft er gelaufen war und sich nach dem verfehlten Pfeil gebückt hatte.

Arinon steckte einen großen, verzweigten Ast in den Boden. Solutosan musste lernen, mit der Hand zwischen die einzelnen Äste zu schlagen, ohne die winzigen Seiten-Ästchen abzubrechen. Einhundert Mal zwischen jeden Ast. Solutosan brauchte viele Äste.

Die Zeit verging. Arishar hatte sich nicht wieder bei ihm gemeldet oder ihn auch nur beachtet.

Das Tagwerk in der Dona-Fabrik war vollbracht. Solutosan hatte sich inzwischen an die schwere Arbeit gewöhnt. Seine Muskeln waren hart wie Stein, seine Haut gebräunt.

Arinon winkte ihn vor das Haus. »Solutosan, greif mich an! Versuche, mir eine Ohrfeige zu geben!«

Wie üblich trugen sie beide nur ihren Lendenschurz. Sie standen sich gegenüber. Solutosan holte aus. Arinon duckte sich weg, wollte bei ihm einen Schlag platzieren, aber Solutosan hatte das erwartet und wich ebenfalls aus. Sie schlichen umeinander herum. Ihr Kampf erregte bei den Männern im Haus Aufsehen. Die anderen vier Quinari hockten sich mit unbewegten Mienen im Kreis um ihr Kampffeld und beobachteten das Geschehen.

Arinon zuckte mit der rechten Schulter, Solutosan wich aus, aber Arinon schlug mit links zu. Der Schlag traf ihn klatschend ins Gesicht. Solutosan kniff die Augen zusammen. Eine Finte. Sie trainierten den ganzen Abend. Rechts und links – von wo würde der andere zuschlagen? Solutosan lernte beidseitig zu kämpfen. Die Monde verschoben sich und die einsetzende Dunkelheit beendete ihr Training.

Arinon wusch sich am Brunnen. Danach kam er ins Haus, ritzte sich das Handgelenk und Solutosan erneuerte seine Zeichnungen. Er brauchte nun schon nicht mehr bei den anderen Kriegern nachzusehen – er kannte Arinons Linien auswendig. Die Bemalung war zwischen ihnen ein ruhiges Ritual geworden.

Der nächste Tag war arbeitsfrei, da die Dona-Fabrik für einen Zyklus geschlossen hatte. Nur die Warrantz mussten versorgt werden. Solutosan wollte diese Pause nutzen, um auf den westlichen Mond zu gehen. Er hatte das dringende Bedürfnis, etwas anderes zu sehen, als nur das Quinari-Lager und die Fabrik. Noch war er nicht bereit Halia, Xanmeran, Meodern und Maureen in der Karateschule zu besuchen. Er wollte nicht gefragt werden warum und wieso. War nicht fähig zu gestehen, dass er seit Äonen zu faul oder zu arrogant gewesen war, um zu trainieren, so wie Meodern, Xanmeran und Tervenarius es getan hatten. War nicht bereit zuzugeben, dass er nun die harte Hand der Quinari brauchte, um wieder zu sich selbst zu finden. Schämte sich zu bekennen, dass er seine Kräfte verloren hatte. Konnte nicht erzählen, dass er seinem Vater gestählt gegenübertreten wollte. All dies – nein, er wollte nicht darüber sprechen.

Solutosan blickte auf den ruhigen Quinari vor sich auf dem Boden und zog den blutigen Pinsel über dessen graue Brust. Er war sicher, dass Arinon ihn längst verstanden hatte – ohne Worte. Er war ihm dankbar für seine Aufgaben, die ihn täglich ein Stück weiter brachten.

Solutosan lief am nächsten Tag früh abends los. Er hatte den Karateanzug gewaschen und sein Haar zusammengebunden. Es war nun wieder schulterlang. Was hatte er damals gedacht, als er zu Arishar stieß – über die gleiche Steppe gewandert war? Zu der Zeit fühlte er sich noch wie Solutosan, der Chef der Duocarns, ständig auf dem Sprung, immer bereit, sich für andere einzusetzen, innerlich zerrissen. Hatte er sich nicht oftmals mit den Sorgen der Anderen von seinem eigenen Leben abgelenkt?

Solutosan bestieg das Windschiff zum westlichen Mond. Er fühlte sich ruhig und entspannt. Bei den Quinari war er allein. Natürlich, die Männer lebten und arbeiteten mit ihm, aber da war das Schweigen. Es war keine leere Stille, sondern eine erfüllte. Die Quinari schwiegen, denn es war alles gesagt. Kein Handgriff musste besprochen werden, weil keine unnötigen Handgriffe gemacht wurden. Jeder wusste, was zu tun war. Auch ihre Gedanken waren klar, ruhig und geradlinig. Niemals hätte Solutosan gedacht, in den kämpferischen Quinari ein so mediales und religiöses Volk zu finden. Nur das Gefühl hatte ihn damals zu ihnen gezogen.

Das Windschiff lief im Hafen des westlichen Mondes ein. Er wandte sich zu dem kleinen, nahe gelegenen Wald, folgte den weißen Steinpfaden. Durch die roten Bäume des Wäldchens schimmerten Lichter. Er lächelte, als er den wohlbekannten, verschnörkelten Torbogen sah. Hinter diesem Tor begann die Welt der Männer.

Zwei strahlende, blonde Jünglinge drückten Solutosan einen Blumenkranz aufs Haupt und verneigten sich. Leise Musik von einer gezupften Garra und einer Trommel drang zu ihm von einem der vielen Feuer. Die Männer dort bewegten sich, tanzten fließend und ruhig. Er näherte sich ihnen langsam, ließ sich am Fuß eines knorrigen, roten Baumes nieder. Es waren Feuer, wie die auf der Erde, die in der Männerwelt brannten, keine Energiefeuer. Solutosan erinnerte sich an die blauen Flammen, wenn er Treibholz am Strand von Vancouver entzündet hatte. Nachdenklich nahm er den Blumenkranz vom Kopf und drehte ihn langsam in den Händen. Den Blüten entströmte ein betäubender Duft. Er puderte ein wenig Sternenstaub über sie, um sie zum Glitzern zu bringen. Er musste lächeln. Dafür war sein Staub noch zu gebrauchen – um Blumen zu verzieren.

Ein Mann setzte sich neben ihn. Solutosan betrachtete ihn im Schein der rötlichen Flammen. Langes, dunkles Haar unter einem Blütenkranz, ein scharfes, edles Profil, ein schlanker Körper. Der Fremde drehte den Kopf und fuhr sich sinnlich mit der Zunge über die Lippen. Wollte er das? Warum war er sonst gekommen? Er musste über sich selbst lächeln. Der Mann schmiegte sich an ihn, legte das Haupt in seinen Schoß, rieb sein Gesicht an seinem Schenkel. Die Aufforderung war eindeutig. Solutosan hob sanft den Kopf des Mannes an und nickte. Hand in Hand gingen sie gemächlich durch die roten Bäume, entfernten sich von den Feuern.

Solutosan lehnte sich mit dem Rücken an einen Baumstamm, der nur noch schwach beleuchtet wurde. Er zog den Fremden zu sich heran und streichelte sein Gesicht. Wie alle Duonalier hatte dieser keinen Bartwuchs. Er fuhr mit dem Daumen sanft über dessen weichen Mund. Seine Haut fühlte sich zart und samtig an. Solutosan wollte mehr von ihm sehen, nahm den Blütenkranz fort und zog ihm das Dona-Gewand über den Kopf. Der Fremde war schön, erregend schön. Jeder Muskel seines athletischen Leibes war genau definiert. Seine Haut schimmerte in dem diffusen Licht. Er ließ sich vor Solutosan auf die Knie sinken und entblößte ihn mit leichter, aber geübter Hand. Er spürte den Mund des Mannes auf seinem Glied und schloss die Augen.

Jetzt erst nahm er wahr, dass sie nicht allein waren. Der Wald raschelte, seufzte und stöhnte. Was für eine wollüstige Untermalung für seine eigene Leidenschaft. Die beiden Männer in seiner Nähe agierten ekstatisch. Solutosan öffnete die Augen. Er konnte nur den nach vorne gebeugten, weißen Leib des Duonaliers erkennen, der sich mit den Händen an einen Baumstamm klammerte. Sein hinter ihm stehender, kopulierender Partner stand im Schatten und hatte eine dunkle Haut. Solutosan blinzelte und vergaß einen Moment seine eigene Lust. Die Stimme des Mannes kannte er. Sie stöhnte einige Worte occabellar. Arinon!

Solutosan lächelte und wandte sich wieder seinem schönen, nackten Partner zu. Er streichelte dessen weiches Haar, genoss seinen verwöhnenden Mund, die saugenden, geschickten Lippen. Der Wald, die Geräusche – alles fühlte sich unwirklich an. Nur der Fremde war noch da. Er und sein warmer Mund. Seine Spannung stieg, höher, weiter, bog sich. Der nackte Mann vor ihm stieß einen rauen, triumphierenden Laut aus, als Solutosans Körper sich straffte und er sich ergoss. Der Erlösung folgte augenblicklich die Entspannung.

Solutosan beugte sich, um dem Mann hoch zu helfen, aber der hatte schon mit einer Bewegung sein Gewand und seinen Blütenkranz vom Boden genommen. Er streifte noch kurz mit der Hand seinen nackten Schenkel und war in den Wald gehuscht. Verblüfft stand Solutosan da. Er hatte nicht einmal die Möglichkeit gehabt sich zu bedanken.

Solutosan blickte zu Arinon, der eben schwer atmend seinen Lendenschurz knüpfte. Der Quinari hob den gelben Blick, erkannte, wer da so nahe bei ihm am Baum lehnte. Seine weißen Reißzähne blitzten einen Moment, dann war Arinon ebenfalls im Wald verschwunden.

Das Wohnzimmer in Seafair war leer. Ulquiorra hatte das Tor dort geöffnet und stand nun unschlüssig in der Mitte des Raumes. Strahlendes Sonnenlicht drang durch die großen Fenster. Er betrachtete einen Moment den völlig zugewucherten Garten. Über die in der Sonne liegende Gartenmauer huschte ein kleines, graugrünes Tier, das Ulquiorra nicht kannte. Ob er Tervenarius einfach so telepathisch kontaktieren konnte?

»*Tervenarius? Darf ich dich stören?*«

Terv antwortete sofort. »*Ulquiorra? Wo bist du?*«

»*Bei euch im Wohnzimmer. Kann ich dich sprechen?*« Er musste ihn um Hilfe bitten, daran führte kein Weg vorbei.

»*Ja, sicher, ich komme gleich. Einen Moment.*«

Tervenarius und Mercuran traten ins Zimmer. Beide trugen weite Sporthosen und Shirts. Ulquiorra bemerkte die ruhige, ausgeglichene Ausstrahlung und Harmonie der

Männer und lächelte. Er mochte die beiden und war froh sie so glücklich zu sehen.

Mercuran verschwand in der Küche, kam mit drei Gläsern Kefir wieder und reichte ihm eines davon.

»Danke!« Ulquiorra nickte höflich und sprach nun laut.

Die Männer setzten sich auf die bequemen Ledersofas.

»Wo soll ich beginnen? Da Solutosan dich als Duocarns-Führer genannt hat, wende ich mich an dich. Ich brauche eure Hilfe. Es geht um die Bacanis.«

Tervenarius runzelte die Stirn. »Ich war der Meinung, dass mit denen alles geregelt ist.«

»Ja«, nickte Ulquiorra. »Das dachte ich auch. Bis ich die Nachricht erhielt, dass Orrk, Rarak und Eon planen, ihre Landsleute einfach zu übergehen und sich den Posten im Duonat zu nehmen, ohne sich zur Wahl zu stellen.«

»Und Sarrn?«, fragte Mercuran gespannt.

»Na ja, um den geht es jetzt. Er kam zu mir und teilte mir mit, dass er das Verhalten der übrigen Rudelführer nicht billigen würde und mit Hilfe der Bacanis des südlichen Mondes einen Aufstand plant. Er will die Rudel der anderen Monde gegen sie mobilisieren.«

»Woher kommt denn plötzlich diese ehrenhafte Haltung?«, fragte Terv misstrauisch. »Sarrn ist ebenfalls ein Halsabschneider – wie seine Freunde. Da steckt doch etwas anderes dahinter.«

Ulquiorra nickte. »Ich vermute, dass er jetzt die anderen Rudelführer aus Rache bekämpfen will, weil sie ihn gezwungen haben, seinen Sohn zu opfern. Die ganze Geschichte mit den Wahlen ist nur ein Vorwand. Dazu kommt, dass er die Duocarns mit in seinen Feldzug einbinden will. Er erwartet, dass wir die Drei stoppen – oder er würde es tun.« Er machte eine Pause und überlegte. »Ich halte Sarrn für den Feind, denn er will Blut vergießen, was wir auf jeden Fall verhindern müssen.« Tervenarius und Mercuran blickten sich an.

»Wir sollten den anderen Duocarns Bescheid sagen«, schlug Mercuran vor.

Terv starrte ihn an und überlegte kurz. »Nein, ich will Solutosan nicht stören. Wir müssen seinen Rückzug respektieren. Wo, zum Vraan, ist Meo?«

Ulquiorra schüttelte nur den Kopf.

Tervenarius runzelte die Stirn. »Ich bitte Smu nach ihm zu suchen. Wir werden zum östlichen Mond gehen und Xanmeran mitnehmen – eventuell auch die Trenarden. Mercuran braucht Waffen, Ulquiorra.«

»Das wird kein Problem mehr sein. Ich habe meine Forschung anhand der Daten eures Raumkreuzers verbessert. Die Kleidung bleibt nun heil und es ist möglich kleinere Dinge, auch Metallteile, mitzunehmen.« Ulquiorra blickte an sich hinunter. Sein Gewand war intakt.

»Gut«, Tervenarius erhob sich. »Ruh dich aus. Wir sind in einer Stunde fertig und können aufbrechen.«

Er hatte mit Terzia gefrühstückt und sie machten sich auf den Weg.

»Du wirst sehen, die Anprobe wird dir Spaß machen, Adam. Danach kommt der Choreograph, der dir das Laufen noch ein bisschen besser beibringt – nicht, dass du uns vom Laufsteg fällst.« Terzia in ihrem schwarzen, selbst entworfenen Kleid grinste und öffnete die Haustür, um mit ihm das Haus zu verlassen.

Eine schlanke, dunkelhaarige Frau stand mit blitzenden Augen vor der Tür, starrte Terzia zornig an, richtete den Blick auf Adam und verzog den Mund zu einer wütenden Grimasse. Dann holte sie aus und schlug Terzia ins Gesicht.

Adam, der neben Terzia jäh gebremst hatte, blieb vor Verblüffung der Mund offen stehen. Warum gab diese Frau Terzia eine Ohrfeige?

»Lucia!«, knurrte die und hielt sich die Wange. »Bist du wahnsinnig geworden?«

Lucia holte tief Luft. »Du machst einfach dein Handy aus, wenn ich sage, dass ich vorbei kommen will, um mit diesem

– «, sie starrte Adam wütend von oben bis unten an, »um mit diesem Kerl allein zu sein!« Ihre Wut war damit noch nicht verraucht. »Seit wann treibst du es überhaupt mit Männern?« Den letzten Satz stieß sie mit einem harten Akzent hervor.

»Meine Güte«, Terzia rieb sich die Wange, »Lucia, beruhige dich! Er ist doch das neue Model für die Sommerkollektion.«

»Ach wirklich«, zischte Lucia. »Und was macht er in deinem Haus? Früh morgens!« Adam sah Terzias Schultern starr werden.

»Hör zu, er wohnt im Gästezimmer. Dazu kommt, dass ich dir keinerlei Rechenschaft schuldig bin.«

Lucia blickte sie an. Tränen füllten langsam ihre großen, braunen Augen. »Es ist nur, es ist nur ...«, stammelte sie.

Adam sah den Zeitpunkt gekommen um sich einzumischen. »Es gibt keinen Grund zur Eifersucht, Lucia«, erklärte er sanft und beugte sich ein wenig zu der Frau hinunter, um ihr direkt ins Gesicht zu sehen.

Terzia schob ihn unwillig zur Seite, nahm Lucia in den Arm, drückte ihren Kopf an die Schulter und rollte mit den Augen. Sie grinste Adam an.

Der lächelte zurück. »Wollten wir nicht irgendetwas anprobieren?«, meinte er.

»Ja, genau!« Terzia schob Lucia von sich. »Halte mich nicht von der Arbeit ab. Du weißt, das mag ich nicht. Fahr nun nach Hause und komm meinetwegen heute Abend wieder, ok?« Lucia nickte ergeben.

Sie gingen zusammen in die Tiefgarage des Hauses. Adam wartete am Porsche, während Terzia Lucia zu ihrem Wagen begleitete und auf den Fahrersitz bugsierte. Adam beobachtete, wie sie sich bückte, um Lucia kurz zu küssen. Sie kam zu ihm zurück, sah ihn genervt an und verdrehte die Augen nochmals gen Himmel.

»Sie liebt dich«, stellte Adam fest.

»Ja, ich weiß. Das ist ja das Nervige. Sie hängt an mir wie eine Klette.«

Im Auto schaute sie ihn von der Seite an. »Hast du denn keine Freundin?«

Er dachte nach. »Ich kann mich nicht erinnern, Terzia. Ich glaube eher nicht.« In seinem Geist erschien ein verschwommenes Bild von einem langen, blonden Zopf. Er schüttelte unwillig den Kopf.

Terzia hatte bereits den Motor angelassen, fuhr jedoch noch nicht los. Sie legte die Hand auf seinen Arm. »Hör mal, das wird schon wieder. Lass uns jetzt erst einmal die Modeschauen durchziehen, okay? Es kommt wirklich harte Arbeit auf dich zu. Aber«, sie grinste, »du wirst auch richtig gut verdienen.«

»Ich bekomme Geld?« Das war für ihn ein ganz neuer Aspekt.

»Natürlich!« Terzia nahm die Hand weg. »Hast du denn deinen Vertrag nicht gelesen?«

Sie meinte bestimmt das Papier, unter das er einen Schnörkel gesetzt hatte. Sollte er jetzt lügen? Er entschied sich dagegen. »Nein, Terzia.«

Die Frau schnaufte und fuhr los. »Dann solltest du das noch tun.«

Jemand knuffte ihn in die Rippen. Solutosan verließ seinen Ruhemodus und öffnete die Augen. Arinon stand vor seinem Lager und hatte ihn offensichtlich mit dem Fuß angestoßen. Er grinste über das ganze Gesicht. Der Quinari trug seine aus vielen Teilen zusammengenähte Lederhose, was hieß, dass er unterwegs war, um die Warrantz zu füttern, die gerne heftig zubissen.
Solutosan nickte, dehnte die Glieder. Er schnellte hoch. Ja, er war in Top-Form.

Arinon, der an einem Stück Warrantz-Fleisch kaute, grinste. »Heute Abend«, meinte er nur bedeutsam und stapfte aus dem Haus.

Ja, freue mich schon, dachte Solutosan. Irgendwann kriege ich dich. Sein Ziel war Arinon zehn Ohrfeigen hintereinander zu geben, ohne selbst welche einzukassieren.

Er holte einen Becher Dona aus der kleinen Kühlkammer, trank ihn in einem Zug aus und machte sich auf den Weg in die Dona-Fabrik.

Er hatte sich angewöhnt, den Weg vom Hafen bis zum Wohnort der Quinari zu joggen. Inzwischen kam Solutosan entspannt dort an und nicht mehr schnaufend, was er zufrieden registrierte. Ihm machte allerdings ein wenig zu schaffen, dass mit wachsendem Wohlbefinden und Fitness seine Potenz rasant zunahm. Das war für ihn eigentlich nie ein Thema gewesen. Jetzt hatte er phasenweise das Gefühl explodieren zu müssen. Er wollte sich jedoch beherrschen, um nicht Dauergast auf dem westlichen Mond zu werden.

An diesem Abend war er den Heimweg von der Fabrik wieder schnell gelaufen. Er ging zum Brunnen und schüttete sich kaltes Wasser über den Leib, achtete darauf, dass sich auch sein Unterleib mit abkühlte. Das Wasser könnte noch kälter sein, dachte er schief grinsend.

Arinon hatte seine Bemühungen, an die weiße Hauswand gelehnt, beobachtet. Er trug zwei Messer, kam damit auf Solutosan zu und drückte ihm eins davon in die Hand.

Solutosan ging sofort in Habachtstellung. Er wusste inzwischen, dass die Quinari nicht zögerten, plötzlich anzugreifen. Arinon schlich um ihn herum, den Kopf leicht gesenkt. Das würden jetzt keine harmlosen Ohrfeigen mehr sein, sondern Schnitte, wenn er sich nicht konzentrierte. Auch musste er damit rechnen, dass Arinon die Kampfhand blitzschnell wechseln würde.

Der kam wie der Wind auf ihn zu und – wie zu erwarten – wechselte er rasch das Messer in die andere Hand und stach in Richtung Schulter. Solutosan hatte nicht gewechselt, und Arinon ebenso flink einen Schnitt in den Oberschenkel verpasst. Der sah nicht nach unten, sondern behielt ihn im Blick, tastete nur kurz nach der Verwundung. Er grinste und nickte. Soso, dachte Solutosan, jetzt geht es darum, wer schneller die Stichhand wechseln kann und wann. Sie schlichen wieder umeinander herum, um einen Angriffspunkt oder eine Konzentrationsschwäche zu finden.

Sie führten den Kampf fort, bis sie wegen der gedrehten Monde nicht mehr genug erkennen konnten. Arinon blutete aus vier Wunden – Solutosan hatte drei Schnitte zu verzeichnen. Der Quinari klopfte ihm anerkennend auf die Schulter. Gemeinsam gingen sie zum Brunnen, um sich den Staub abzuwaschen.

Genau das hatte Ulquiorra erwartet: Xanmeran saß am Küchentisch der Karateschule und krampfte die rote Faust so fest um seinen Becher Dona, dass sich die Dermastrien der Hand von selbst lösten. Sein Gesicht war finster.

»Und jetzt wollt ihr meine Hilfe?«, grunzte er, blickte von Terv zu Mercuran und dann wieder zu ihm. »Ich habe hier zu tun.«

Auch diese Antwort hatte Ulquiorra erwartet. Er wandte sich an Terv und Mercuran. »Wir gehen.«

Tervenarius stand wie angewurzelt da und schaute Xanmeran fassungslos an. »Das kann doch wohl nicht dein Ernst sein! Es geht hier um die Sicherheit Duonalias! Ist es, weil dein Sohn dich darum bittet? Übertreibst du jetzt nicht ein bisschen?« Seine goldenen Augen sprühten vor Ärger regelrecht Funken.

Ulquiorra hatte Tervenarius noch nie so erbost erlebt. Er schüttelte den Kopf. »Lass ihn, Terv. Wir brauchen ihn nicht. Komm wir gehen.«

Tervenarius schnaufte, drehte sich wortlos um, legte den Arm um Mercurans Schulter und ging mit ihm hinaus.

»Was war das denn?« Mercuran blickte Terv und ihn erstaunt an.

Ulquiorra blieb in dem langen, kahlen Flur der Karate-schule stehen. »Er kann Privates nicht mehr von seinen Verpflichtungen bei den Duocarns trennen. Es ist besser, ihn nicht mitzunehmen.«

Tervenarius schüttelte frustriert den Kopf. »Okay. Also gehe ich die Trenarden fragen.«

Xanmeran stierte immer noch wütend vor sich hin. Jetzt wollte Ulquiorra doch tatsächlich Hilfe von ihm. Von ihm, dem unbeherrschten Irren! Nein! Es war ihm egal, was die anderen Duocarns nun von ihm dachten. Außerdem fühlte er sich nur Solutosan verpflichtet. Aber auch der hatte ihn enttäuscht. Warum hatte Solutosan die Leitung der Duocarns Tervenarius übertragen und nicht ihm? Er fühlte sich, als könnte er jemanden zusammenschlagen. Er würde Arishar besuchen gehen. Verdammt! Er sah Maureen in der Tür stehen. Sie trug einen Karateanzug und sah ihn lächelnd an. Ihr Lächeln erstarb bei seinem Anblick.

»Was war denn los? Waren Tervenarius, Mercuran und …«, sie zögerte, »Ulquiorra nicht eben hier?«

»Sie sind bestimmt im Stall bei den Trenarden, Maureen.«

»Was ist passiert?« Sie blickte besorgt. Was ihm jetzt noch fehlte, war, sich vor ihr rechtfertigen zu müssen.

»Nichts, Maureen«, knurrte er. Im Moment hing ihm sein ganzes Leben zum Hals heraus. Sie inklusive. Er kniff die Augen zusammen. Ja, es stimmte, sie auch. »Ich muss an die frische Luft!« Er erhob sich.

Maureen baute sich vor ihm auf, versperrte ihm den Weg. »Ich will wissen, was los ist, Xanmeran!«

Er ging langsam und bedrohlich auf sie zu. Drückte sie an die Wand neben der Tür. Er kannte Maureen und ihre Kampftechnik. Sie wusste sich zu wehren. Er musste ihr den Spielraum nehmen. Er war nun ganz nah. Sie konnte ihm nur noch das Knie zwischen die Beine rammen, was sie nicht tun würde. »Ich sagte, ich möchte nicht darüber sprechen,

Maureen. Ich werde auf den nördlichen Mond gehen zu Arishar. Ich hoffe, ich war jetzt deutlich.« Maureen blickte zu ihm auf und nickte stumm.

Er verließ die Schule, sah noch mit einem Seitenblick Ulquiorra mit den beiden bewaffneten Trenarden aus dem Stall treten. »Scheiß drauf«, sagte er zu sich selbst.

Die beiden Quinari-Krieger näherten sich der Karateschule in dem Moment, als die Gruppe aus deren Tor trat. Sie nickten zur Begrüßung und wollten eintreten, als Ulquiorra sie anhielt. Er brauchte jeden Mann und würde versuchen, sie für ihre Sache zu gewinnen. »Kann ich euch helfen?«

Jetzt erst schienen die beiden zu bemerken, dass Luzifer und auch sein Adjutant Slarus mit in ihrer Gruppe stand. »Wir wollten eigentlich zu Luzifer, denn wir brauchen noch ein Warrantz-Männchen.« Der Trenarde fegte mit seinem dicken Schwanz ein wenig über den Boden. »Könnt ihr haben.« Er züngelte und blickte sie mit seinen Feueraugen an. »Was gebt ihr mir dafür?«

Die Quinari deuteten auf einen Sack Dona zu ihren Füßen.

Luzifer sah auf den Sack, dann auf Ulquiorra. »Nö«, erwiderte er. »Ich weiß etwas Besseres. Ihr helft uns beim Kampf gegen die Bacanis und bekommt dafür ein gutes Männchen.«

»Kampf?« Die beiden Krieger horchten auf. Ein Grinsen erschien auf ihren Gesichtern.

Luzifer nickte. »Da ist einer, den habt ihr schon gesehen, Sarrn. Der Bacani, der seinen Sohn Pak getötet hat. Er will einen blutigen Rachefeldzug gegen die anderen Rudel führen, weil sie ihn gezwungen haben, seinen Sohn zu opfern.«

»Dieser Pak hat den Angriff auf unseren Planeten befohlen!«, fauchte einer der Quinari-Krieger. »Sein Tod war recht und billig!«

Luzifer nickte, blickte wieder zu Ulquiorra. Der grinste nur zustimmend.

Die Quinari unterhielten sich kurz auf occabellar. »Wir begleiten euch. Wir sind Aritax und Aricon.«

Das hatte Luzifer wunderbar hinbekommen. Jetzt war Ulquiorra überzeugt, das Richtige getan zu haben, als er ihn um Hilfe bat. Er musterte die Krieger, die beide Dolche in gekreuzten Brusthalftern trugen. Mit ihren gehörnten Köpfen und ihren Blutzeichnungen auf den blanken, grauen Muskeln sahen sie kampfbereit aus.

»Wir werden zuerst ins Silentium gehen und versuchen Orrk, Rarak und Eon zu warnen«, befahl Ulquiorra.

Was war aus ihm geworden? Vom Gelehrten zum Politiker und nun zum Kämpfer. Ulquiorra blickte auf seinen Armstumpf. Er sollte wirklich endlich zum Prothesenmacher gehen. Trianora hatte recht. Immerhin – so ganz waffenlos war auch er nicht. Er war Energetiker. Als solcher war er fähig seine Kraft zu bündeln und durch die Hand zu leiten. Bisher hatte er diese Energie noch nie gegen ein lebendes Wesen eingesetzt, schätzte sie aber als tödlich ein. Er würde das Schicksal seines Planeten ordnen. Dazu war er nun fest entschlossen.

Das Windschiff trug die Gruppe zum großen Hafen von Duonalia-Stadt. Die Mitreisenden hatten sich aus Furcht vor ihnen in eine Ecke des Schiffs gedrängt. Er selbst und Tervenarius erschienen ja eher harmlos. Mercuran, bewaffnet mit menschlichen Metallwaffen, deren Funktion Ulquiorra nicht kannte, wirkte mit der silberweißen Haut und seinen intensiven Augen gefährlich. Die großen, muskelbepackten Quinari waren durchaus respekteinflößend. Aber vor den beiden waffenklirrenden, feuerspuckenden Trenarden konnte man wahrlich Angst bekommen! Ulquiorra war zufrieden. Sie würden Sarrn in seine Schranken weisen.

Sie nahmen das Transportband und schritten die weißen Steinstufen des Silentiums empor. Die große Flügeltür wurde von innen aufgezogen. In der Öffnung erschien der Biologe Tadorus mit verzerrtem, entsetztem Gesicht. Er streckte Ulquiorra fassungslos die blutigen Hände entgegen.

»Wo sind sie?«, herrschte Ulquiorra ihn an. Tadorus Lippen bewegten sich, aber er brachte keinen Ton hervor. Ulquiorra holte aus und schlug ihm ins Gesicht.

»Sprich!«

»Ostflügel, Bacani-Räume!«

Er schob Tadorus ungeduldig zur Seite, denn nun rannten die Krieger los. Ulquiorra folgte. Die weißen, kühlen Flure des Silentiums waren gespenstisch still. Er riss die Tür zu Raraks Zimmer auf. Es war leer. Er stürzte zur nächsten Tür. Auch in Orrks Zimmer war niemand. Aus Eons Raum drangen ein Poltern und Stöhnen. Luzifer trat die Tür zur Seite. Eon lag tot in einer sich ausbreitenden Blutlache. Neben ihm ein halb verwandelter, toter Bacani. Ein weiterer Mann hatte sich blutüberströmt an einem Tisch empor gezogen.

»Ulquiorra«, krächzte er.

»Wo ist Sarrn?«

»Fort!« Blut tropfte dem Bacani aus dem Mund. »Sie wollen zu den Rudeln von Orrk und Rarak ... wollen alle töten ...!«

»Wo sind deren Rudel?«, brüllte Ulquiorra. »Schnell!« Er fühlte, dass der Tod in großen Schritten nahte.

»Orrk Duonalia – Rarak östlicher Mo ...« Der Mann hauchte seinen letzten Atem aus.

»Verdammt!« Es war Tervenarius, der mit der Faust auf Eons blutbefleckten Schreibtisch schlug.

»Wir müssen uns teilen«, befahl Ulquiorra schnell. »Ich gehe mit Aritax und Aricon und suche das Rudel hier auf Duonalia. Fahrt ihr zum östlichen Mond und warnt Rarak. Sarrn zieht wirklich mordend durch die Lande. Wir müssen ihn stoppen!«

Tervenarius, Mercuran und die Trenarden nickten. Sie verloren keine Zeit und verließen sofort den Raum.

»Wo könnte Orrks Rudel sein?« Ulquiorra lief nervös in Eons Zimmer hin und her.

»Ariman und Arisax sind als Gesetzeshüter auf Duonalia. Wir kennen ihre Station. Sie müssten alles über die Rudel wissen«, brummte Aritax.

Ulquiorra hob den Kopf. »Worauf warten wir dann noch?«

Terzia war in ihrem Element! Mit dem Mund voller Stecknadeln huschte sie nun schon seit Stunden um Adam herum, der steif und still in der Mitte ihres Ateliers auf einem kleinen Podest stand. Drei Mal hatte sie ihm damit sogar in die Haut gestochen, was er stoisch hinnahm. Lydia hatte ihr zwei riesige Kannen Kaffee gebracht und für Adam Kefir, denn inzwischen hatte sich herumgesprochen, dass ihr neuer Star nur dieses „Sei-Schlank-Getränk" zu sich nahm.

»Sag mal, aus welchem Land ist er?«, fragte Lydia und musterte Adams Haut.

»Keine Ahnung«, nuschelte Terzia mit zusammengekniffenen Lippen. »Vielleischt Ägypten.«

Lydia legte den Kopf schief. »Aber grüne Augen?«

Terzia nahm die Stecknadeln heraus. »Lydia, das ist ja nun egal. Der Mann hat Amnesie, den brauchst du überhaupt nicht zu fragen!«

»Was wollt ihr mich fragen?« Adam hob die Arme hoch, weil Terzia die Länge des römischen Gewands feststellen wollte.

»Wo du herkommst, Adam«, sagte Lydia sanft.

»Ich glaube, das weiß ich sogar noch«, freute sich Adam, »aus Duonalia.«

»Siehst du«, raunte Terzia ihrer Assistentin zu, »irgendwo in Afrika.«

»Wir werden ihn als Ägypter vorstellen – das hört sich besser an, Terzia.« Die nickte nur, zog Adam das Gewand über den Kopf und ließ sich auf den nächstbesten Stuhl fallen.

»Fertig! – Na zumindest, was die Kollektion für Paris angeht.« Lydia stellte sich hinter Terzia und massierte ihr vorsichtig den Nacken.

»Danke, Lydia, du bist ein Schatz.« Sie schloss die Augen nur halb und beobachtete, wie Adam sich anzog. »Man könnte ihn auch für die Anzug-Kollektion nehmen«, murmelte sie.

Lydia hinter ihr kicherte. »Das hast du auch schon gedacht, stimmt's?«

Terzia wandte sich zu Adam. »Wenn es so weiter geht«, meinte sie lächelnd, »wirst du noch reich.«

Er legte den Kopf schief. »Was soll ich dann mit dem Geld machen?«

»Na, zum Beispiel dir mal eine eigene Wohnung nehmen. Du kannst ja nicht ewig bei mir wohnen.« Terzia erhob sich.

»Warum denn nicht, Terzia?«, fragte er sanft.

»Ähm, ja, also weißt du …« Sie wurde verlegen, sah, wie Lydia sich mit stummem Lachen abwandte.

»Ach Shit! Ist doch jetzt auch egal, Adam! Morgen früh geht's erst mal nach Paris. Hach! Da hinten kommt Charlie, der Choreograph. Adam sei so lieb und gehe mit ihm. Er wird dir noch einiges beibringen!«

Die Sonne glühte wie ein gigantischer, roter Ball, tauchte Terzias elegant eingerichtetes Wohnzimmer in glutrotes Licht und spiegelte ihre letzten warmen Strahlen im Pool, als Adam sich ins Wasser gleiten ließ. Da er keine Ahnung hatte, was er zum Schwimmen anziehen sollte, hatte er die Badebekleidung einfach weggelassen.

Terzia war mit ihrem Besuch beschäftigt. Sofort, nachdem sie in der Villa angekommen waren, hatte Lucia ihre Ankündigung wahr gemacht, erst Sturm geklingelt und sich dann ungestüm in Terzias Arme geworfen.

Adam schwamm eine Runde im Becken, genoss das erwärmte Wasser in vollen Zügen. Was für ein anstrengender

Tag! Besonders das befremdliche Lauftraining für die bevorstehende Modenschau war ihm in die Knochen gegangen.

Er sah durch die geöffnete Glasfront in das Wohnzimmer mit den beiden Frauen. Der Diwan mit Terzia stand mit der Rückseite zu ihm und bot ihm lediglich den Blick auf ihren Hinterkopf. Lucia war nicht zu sehen. Er vernahm nur gelegentlich ihre leisen Antworten.

Er hob sich auf einen der voluminösen Schwimmringe und ließ sich treiben. Interessiert verfolgte er das Geschehnis im Wohnraum. Terzias Finger mit den vielen Ringen klammerten sich an die mit rotem Samt bespannte Rückenlehne. Die Hand krampfte und krümmte sich. Terzia seufzte. So kannte er ihre Stimme gar nicht. Sie stöhnte, wurde lauter. Terzia wandte den Kopf zum Pool. Seufzte und stöhnte nochmals. Er stützte sich bequem auf seinen Arm, der Schwimmring schwankte leicht. Jetzt blickte Terzia ihn an. Allmählich war ihm klar, was in dem Raum geschah. Er lächelte. Terzia heftete ihre Augen fest auf seinen Körper und tat einen finalen ekstatischen Schrei. Stille.

»Wo schaust du eigentlich hin?«, flüsterte Lucia heiser. Sie fuhr hoch. Ihr Blick wanderte zum Schwimmbecken. »Du starrst ihn an, während ich ...?« Ihre Stimme bebte. »Das kannst du mit mir nicht machen!«, kreischte sie.

»Du siehst, dass ich das kann«, hörte er Terzia ruhig antworten. Wenig später erbebte das Haus kurz, denn Lucia hatte die Eingangstür heftig ins Schloss geworfen.

Terzia kam in einem weißen, flauschigen Bademantel an den Pool. »Adam, würdest du bitte in Zukunft so nett sein und zum Schwimmen eine Badehose anziehen?«, bat sie und grinste.

Sie hatten Glück. Ariman und Arisax trainierten vor ihrem kleinen, weißen Stationshäuschen. Sie unterbrachen sofort, als sie Aritax und Aricon bemerkten. Die vier Männer unterhielten sich leise auf occabellar. Einer der Gesetzeshüter deutete mit der Hand zum nächsten Dorf. Aritax wandte sich an Ulquiorra, der gespannt gewartet hatte. »Sie bringen uns hin. Gesehen haben sie Sarrn nicht und auch nichts von Kämpfen gehört.« Ulquiorra nickte den beiden Quinari zu. Gemeinsam machten sie sich auf dem Weg zu Orrks Rudel. Der Hauptplanet Duonalia besaß weitläufige Donafelder, deren niedrige Halme in der Sonne glänzten. Als sie das Ende der Transportbänder erreicht hatten, mussten sie laufen. Sie schritten zügig, aber verausgabten sich nicht. Sie wollten mit ihren Kräften haushalten. Noch wussten sie nicht was sie dort erwarten würde.

»Da hinten haben wir das Rudel zuletzt gesehen.« Ariman deutete auf einige vereinzelte Häuser. Rasch näherten sie sich.

Es war still, **zu** still! Grabesruhe! Ulquiorra drückte sich an eine grob verputzte Hauswand und wartete. Er hielt gespannt die Luft an. Die Quinari zogen ihre Messer. Es war weiterhin kein Laut zu vernehmen. Geduckt schlichen sie sich näher an die Häuser. Eine Tür war nur angelehnt, die Aricon leise weiter aufdrückte. Vorsichtig schob er seinen Körper in die Türöffnung.

Ulquiorra hörte ihn auf occabellar fluchen. Aricon öffnete die Tür ganz. Ulquiorra erstarrte. Sarrn war vor ihnen dort gewesen und hatte das Rudel hingerichtet. Der Blutgeruch der in großen Blutlachen liegenden, verrenkten Körper war intensiv und allgegenwärtig. Ihre Kehlen klafften. Die Angst und der verzweifelte Kampf der Wesen gegen ihre Mörder hing noch in der Luft.

Ulquiorra verließ das Haus und atmete tief ein um die Übelkeit zu vertreiben. Sie hatten Männer, Frauen und Kinder gemetzelt. Sogar ein Kleinkind. Sarrn forderte einen hohen Preis für seinen einzigen Sohn.

Vorsichtig betrat Ulquiorra das nächste Gebäude. Dort lag Orrk in seinem Blut und etwas, das wohl einmal die Nahrungsmutter des Rudels gewesen war. Er drehte sich schnell um und verließ fluchtartig das Haus. Selbst Ariman und Arisax, die höchstwahrscheinlich schon einige Schlachten erlebt hatten, blickten sich bestürzt an.

»Ihr konntet das nicht wissen«, sagte Ulquiorra leise zu ihnen. »Der Mörder ist unterwegs zum östlichen Mond oder ist bereits dort. Lasst uns gehen. Wir werden die Leichen später verbrennen.« Die Quinari nickten einvernehmlich.

Ulquiorra schritt an der Seite der beiden Krieger den weißen Steinweg entlang, den Kopf gesenkt. Die Bacanis mussten dringend gebändigt werden. Kein Duonalier hätte jemals eine solche Gewaltorgie entfacht. So viel Blut! Die eigenen Leute! Und das alles für einen Einzelnen!

Er dachte an seinen Vater. Für ihn war Gewalt eine Art Amüsement. Ob er das jetzt auch noch lustig gefunden hätte? Er bestieg mit den vier Kriegern das Windschiff. Nun war es ihm gleichgültig, dass die Passagiere ängstlich in Deckung gingen. Duonalia konnte im Moment heilfroh sein die Quinari zu haben.

»Ich kenne den östlichen Mond gut«, erklärte Tervenarius an die Reling des Windschiffs gelehnt. »Es gibt eigentlich nur einen Ort, wo sich ein großes Rudel aufhalten könnte.«

Luzifer spuckte etwas Lava über Bord, die in der Atmosphären-Glocke des Schiffes zerbarst, und nickte. Mercuran trat nah zu Tervenarius, nahm verstohlen, in den Falten ihrer beider Gewänder versteckt, seine Hand. Gemeinsam blickten sie auf den östlichen Mond, der soeben seine Schleier verschob. Die Sicht war so klar, dass Terv auf seiner Unterseite sogar kleine, farbige Energieblitze wahrnehmen konnte.

Mercuran sog die Luft ein. »Duonalia ist einfach ein wunderschöner Planet«, flüsterte er bewegt.

»Damit das so bleibt, sind wir jetzt unterwegs«, knurrte Terv. Er fühlte, wie sich ein altbekannter Groll in ihm ausbreitete. Hoffentlich ist Sarrn dort, dachte er. Er wird mich von meiner mörderischen Seite kennenlernen.

Er drückte Mercurans Hand und musterte dessen Smith & Wesson und die beiden Messer. Sie hatten viel geübt. Mercuran war gut gewappnet. Terv musste über sich selbst grinsen. Er hatte sich noch nicht daran gewöhnt, dass David nun Mercuran war – war weiterhin besorgt, ihm könne etwas zustoßen. Er spürte Luzifers forschenden Blick. Ohne ihn hätte er jetzt seinen Geliebten näher an sich herangezogen.

Das Windschiff legte an. Das Transportband brachte sie nah an das Dorf, in dem er das Rudel vermutete. Sie brauchten nicht lange durch Felder und Grasland zu laufen. Terv hatte die Häuser des Rudels und die Barrikade aus Donafaser-Ballen, vor der Sarrn und seine Leute lauerten, sofort erspäht. »Beim Vraan!« Die Trenarden hatten es ebenfalls gesehn und sich augenblicklich auf den Boden geworfen. Terv zog Mercuran mit sich hinunter.

»Das Rudel wurde scheinbar gewarnt und ist vorbereitet. Rarak ist klug. Sie haben sich verbarrikadiert, David«, flüsterte er.

Luzifer kroch näher. »Wir können ihnen in den Rücken fallen«, wisperte er. »Wie viele sind es?«

Terv richtete sich vorsichtig im Gras auf und ließ sich sofort wieder zurückfallen. »So um die zwanzig Mann. Sieht so aus, als wären es mehrere Barrikaden hintereinander.«

»Konntest du Sarrn sehen?«, fragte Mercuran leise.

»Ich glaube, er ist in der Mitte.«

Slarus kroch ebenfalls näher. »Bei zwanzig Bacanis sind es fünf für jeden von uns.« Er wiegte leicht den Kopf.

»Wir werden sie überraschen«, flüsterte Terv. Der packte den Saum seines Gewandes und knotete es fest um seine Hüfte, um die Beine ungehindert bewegen zu können. Er bereute, keinen Karateanzug zu tragen. Mercuran blickte zu ihm und tat es ihm gleich.

»Ich würde sagen, Luzifer rechts außen, Slarus links außen, Mercuran Mitte rechts, ich Mitte links«, wisperte er weiter. Die Männer nickten. Mercuran packte die Smith & Wesson und überprüfte sie kurz.

»Nicht zögern, David«, mahnte Terv gedämpft. »Schießen! Bei drei geht's los!«

Tervenarius zählte leise, dann stürmten die Vier los. Da sie von hinten kamen und das Gras ihre Schritte dämpfte, hörten die Bacanis sie erst im letzten Moment. Aber da war es zu spät. Für Terv waren fünf auf ein Mal kein Problem. Terv hüllte seine Gegner in die giftigsten Sporen und schnappte sich danach ohne zu zögern einen von Mercurans Feinden, hieb ihn mit einem Faustschlag nieder. Blitzschnell leitete er die Sporen mit der Hand direkten Weges in dessen Nase, da Mercuran zu nah stand. Tervs Opfer röchelten und taumelten, denn die Pilzsporen verstopften und vergifteten deren Atemwege, setzten sich in die Augen.

Mercuran feuerte drei Mal. Hatte er getroffen? Warum schoss er nicht weiter? Da fehlte mindestens ein Schuss!

»David! Schieß!«, brüllte Terv.

Sein Geliebter stand vor Sarrn, der soeben in den Angriff ging. Mercuran bewegte sich nicht, starrte auf die Pistole, das Gewand blutbespritzt. Der zu einem monströsen, grau-blauen Pelzberg mutierte Sarrn war fast mit seinem tödlichen Sprung bei ihm angekommen, da riss Mercuran die Waffe hoch und drückte ab. Terv sah noch das Erstaunen in dessen bestialisch verzerrtem Gesicht. Der riesige Körper fiel halb auf Mercuran, der sich unter ihm wegrollte und sofort wieder aufrecht stand.

Das ist das Ergebnis unseres Trainings, dachte Terv stolz, drehte sich schnell, um die Feinde der Trenarden zu sehen, aber von denen stand keiner mehr.

Slarus stach mit dem Flammenschwert das letzte Mal auf einen am Boden liegenden Bacani-Krieger ein. Luzifer hatte offensichtlich nur mit der Flammenpeitsche und einer Art Flammenreif zugeschlagen. Seine Gegner lagen ohne Köpfe im Gras. Die beiden waren exzellente Kämpfer. Es war vorbei. Das Ganze hatte nur wenige Augenblicke gedauert.

Zögernd traten die Männer von Raraks Rudel hinter den Barrieren hervor. Einige verwandelten sich in ihre zweibeinige Gestalt und kamen misstrauisch näher. Andere schlichen noch pelzig umher, fletschten die Fangzähne. Terv zählte sechs Rudel-Männer. Ob diese gegen Sarrns Übermacht eine Chance gehabt hätten? Er bezweifelte es.

Rarak bahnte sich einen Weg durch die Männer, erkannte Tervenarius. Seine Gesichtszüge glitten von Wut zu Erleichterung. Er sah die Leichen seiner Angreifer, musterte die Trenarden und Mercuran, verbeugte sich tief. »Ich stehe in eurer Schuld.«

»Wir werden diese Schuld einfordern«, teilte Tervenarius ihm kalt mit. »Du wirst Wahlen zulassen und die Bacanis für den Duonat ordentlich wählen lassen. Ich weiß nicht, ob Orrk noch lebt. Eventuell bist du als einziger Rudelführer übrig.«

Rarak erbleichte. »Und Eon?«

»Eon ist Sarrn ebenfalls zum Opfer gefallen.«

Rarak schluckte. »Ich werde mich an die Abmachungen halten«.

Luzifer war näher gekommen. Eine tiefe Fleischwunde klaffte in seiner Schulter. Verächtlich spuckte er Rarak Lava vor die Füße und deutete mit der Klaue auf die Leichen. »Wenn nicht, können wir das hier gern bei deinem Rudel wiederholen«, grunzte er.

Da ihre Pflicht erfüllt war, hatten Tervenarius, Mercuran und die Trenarden kein Interesse länger bei den Bacanis zu verweilen und traten den Rückweg an. Am Hafen stiegen Ulquiorra und vier Quinari-Krieger vom Windschiff und kamen ihnen entgegen. Gemeinsam lagerten sie an der Kaimauer, um sich gegenseitig Bericht zu erstatten. Tervenarius sah das Grauen in Ulquiorras Gesicht. Er musste Schreckliches gesehen haben.

Die Quinari schienen unbeeindruckt. Sie saßen mit unbewegten Mienen im Gras und kauten getrocknetes Warrantz-Fleisch, das Luzifer neugierig beäugte.

Ariman, zumindest nahm Terv an, dass es Ariman war, warf ihm ein Stück zu, das er sofort in den Mund schob und bedächtig kaute.

Tervenarius hörte sich Ulquiorras recht kurzen Bericht an. »Du solltest im Moment darauf verzichten, Rarak zu besuchen. Er hat zugesagt, sich endlich an die Abmachungen zu halten, was er garantiert tun wird. Unsere Aktion hat ihn sichtlich beeindruckt. Ich denke, du wirst alle Einzelheiten mit ihm in Ruhe im Silentium klären können.«

Ulquiorra stützte den Kopf erschöpft in die Hand. »So viele Tote, so viel Blut! War es das jetzt, Terv? Ich bin der Sache so müde.«

Das Windschiff legte erneut an und die Männer gingen an Bord. Slarus wollte sich um Luzifers Wunde kümmern, bekam aber von ihm den Griff der Flammenpeitsche um die Ohren, was die Passagiere fast zu Tode erschreckte. Die Quinaris grinsten.

Dieses Mal war es Tervenarius, der heimlich nach Mercurans Hand fasste und sie fest drückte. »Das hast du gut gemacht«, flüsterte er zu Mercuran.

»Ich hatte einen guten Lehrer«, antwortete sein Geliebter leise.

»Turteltäubchen«, grunzte Luzifer neben ihnen und spuckte Lava über die Reling. Sein Gehör war offensichtlich besser als erwartet. Tervenarius und Mercuran lächelten ihn an.

Eigentlich brauche ich auch meinen Schönheitsschlaf, dachte Terzia und betrachtete Lydia und Adam, die mit ihr zusammen in der ersten Klasse flogen und ruhten. Der Rest des Teams, Stylistin, Kosmetikerin und Friseur, waren in der zweiten Klasse untergebracht. Seltsam, Adam atmet kaum. Sie musterte seine stacheligen Haare, die er so gut wie nicht pflegte und für das er auch kein Gel verwendete. Ich frage mich, wie er die Frisur immer wieder so hin bekommt, überlegte Terzia. Sie betrachtete seine zartgoldene Haut. Wo er wohl wirklich herkam? So ein Teint war selten. Des Weiteren hatte sie bemerkt, dass ihm der Bartwuchs völlig fehlte.

Sie lehnte sich bequem im Sitz zurück und dachte an das Erlebnis mit Lucia. Wenn sie ehrlich war, hätte sie lieber ihn zwischen den Beinen gehabt als Lucia. Meine Güte, Terzia! Vielleicht ist er ja schwul, so wie er aussieht.

Sie würde in Paris wie ein Luchs auf ihn aufpassen müssen. Nicht, dass er noch als „Muse" eines Herrn mit Pferdeschwanz endete. Aber nein, der bevorzugte ja schlanke Jüngelchen. Adam war zu muskulös. Sie musste über sich selbst grinsen. Ja, sie hatte jetzt bereits verdammte Besitzansprüche, das musste sie sich eingestehen.

Sie sollte schlafen. Paris würde Stress hoch zehn werden! Hoffentlich hatten sie alles so eingepackt, dass es nicht noch stundenlang gebügelt werden musste! Oh Gott, schon wieder Lampenfieber! Obwohl sie noch Stunden von Paris entfernt waren. Ob die Kollektion gut ankam? Römischer Look war ganz schön gewagt. Sowas konnte garantiert nicht jeder tragen. Aber im Grunde ging es sowieso hauptsächlich um das Auffallen. Hatten die Kunden einmal ihren Katalog vorliegen, orderten sie auch die Anzüge.

Terzia fuhr sich mit fahrigen Händen durchs Haar, sah, dass Adam die Augen geöffnet hatte. Schlafzimmerblick. Verdammt, jetzt hatte er ihn schon wieder! Terzia, reiß dich zusammen! Sie schlug die Beine übereinander, was ihm ein Lächeln entlockte. Sie zerrte eine Wolldecke hervor und bedeckte ihre Schenkel. Fast hätte sie ihm die Zunge herausgestreckt. Demonstrativ schloss sie die Augen – fühlte noch seinen Blick auf ihrem Gesicht.

Der Flughafen Paris empfing sie mit seinem üblichen Getümmel und Stimmengewirr. Terzia sammelte ihre Schäfchen um sich. Sie befahl ihre Leute sofort zum Gepäckband. Himmel! Hoffentlich würde der Flieger die Kollektion wieder komplett ausspucken!

Sie drückte Adam seinen Pass in die Hand. »Du heißt laut Pass Frank Bodenreiter und bist Deutscher. Hast du das verstanden, Adam?«

Er nickte.

»Foto, Größe und Alter stimmen mit dem Ausweis über-ein. Also bleib immer bei der Version, sollte etwas schief laufen!«

»Okay, Terzia!«

Sie stellten sich bei der Passkontrolle an. Wenn das so weitergeht, werde ich gläubig, dachte Terzia. Vielleicht hilft es ja: Lieber Gott, lass uns durch die Passkontrolle kommen und lass die Modenschau erfolgreich sein! Lieber Gott ... Sie wollte noch weiter beten, aber da hatten sie bereits die Kontrolle und den Zoll passiert.

Terzia wäre fast in die Knie gegangen, jedoch stand Lydia an ihrer Seite und schob ihr eine Hand unter den Ellenbogen. »Oh Gott, Lydia!«, stöhnte sie. »Dieses Mal wird der Stress mich umbringen!«

Die ließ sich überhaupt nicht aus der Ruhe bringen. »Ich weiß gar nicht, was du willst. Unser „Frank" ist doch prima eingereist! Lass uns jetzt erst mal ins Hotel fahren und aus-packen. Du wirst sehen, wenn die Kollektion erst einmal auf den Ständern hängt, geht's dir besser!« Wahrscheinlich hatte Lydia damit recht.

Terzia überließ den Transport der Kleider ihren Leuten und setzte sich mit Adam ins Taxi. »Hotel Pullmann, s' il vous plaît!

In ihrer Suite ließ sie sich in einen orangefarbenen Plüschsessel fallen. Adam lief neugierig im Zimmer umher und besah sich die üppige, elegante Einrichtung. Er zog die schweren Vorhänge beiseite und betrachtete fasziniert den riesigen Eiffelturm, der gut sichtbar vor ihrem Fenster stand. Adam konnte wirklich staunen wie ein Kind.

Terzia legte den Kopf schief. »Der ist beeindruckend, nicht wahr! Paris, Paris! Oh Gott, Adam, ich bin jetzt schon halbtot! Wie soll ich die Show und die Gala nur überstehen?«

Adam drehte sich um, lächelte sanft und ließ sich vor dem Sessel nieder. Er zog ihr die Pumps aus und begann, ihr die Füße mit feinfühligen Fingern zu massieren. Fast hatte sie das Gefühl seine Hände würden dabei etwas vibrieren. Sie schloss genüsslich die Augen.

»Nicht aufhören«, flüsterte sie.

Sanft strich er über die glatten Nylons. Berührte nun auch ihre Waden. Seine Berührungen zogen sie in ein Tal der Entspannung. So hatte sie sich das letzte Mal in ihrer saumäßig teuren Schönheitsfarm gefühlt – nachdem sie zehn Tage dort war! Seine Hände blieben züchtig unterhalb der Knie, aber sie spürte seinen Mund auf ihren Füßen. Er war so angenehm!

Jemand räusperte sich. Lydia stand mit einigen Kleidersäcken in der Tür.

»Adam?« Er musste aufhören. Er reagierte zunächst nicht. »Adam, bitte lass das jetzt sein.«

Er schlug die tief dunkelgrünen Augen auf. Terzia schluckte.

Er nickte nur, zog ihr die Schuhe sorgfältig wieder an und erhob sich. Oh Gott, dachte Terzia. Sie hatte mehr gefühlt, als nur Entspannung! Sie überlegte, ihren Slip wechseln zu gehen, aber das wäre ein Eingeständnis gewesen. Nein, tapfer lächelnd nahm sie stattdessen einen Kleidersack von Lydia entgegen.

Die Karateschule lag ruhig in der Dämmerung, als sich die Männer ihr näherten. Tervenarius bedankte sich bei Aritax und Aricon für ihre Hilfe, die ihr Warrantz-Männchen bei Luzifer abgeholt hatten und sich auf den Weg zum nördlichen Mond machten. Aricon hielt dem zappelnden, gestreiften Warrantz die Schnauze zu. Dem behagte es überhaupt nicht unter des Quinaris Arm geklemmt zu sein, und versuchte in dessen Bauch zu beißen. Terv grinste. Er freute sich, dass die Quinari es geschafft hatten, sich auf dem Planeten zu etablieren. Ulquiorra, Ariman und Arisax hatten sich bereits wieder auf den Weg nach Duonalia gemacht.

»Ich muss mich schnellstmöglich waschen!« Mercuran lief eilig ins Haus. Tervenarius blickte an sich hinab. Sein Gewand war staubig, aber nicht blutbefleckt. Er sah Maureen in der Küche hantieren und trat zu ihr.

Sie sah besorgt aus. »Tervenarius! Warum ist Mercuran so besudelt? Wo wart ihr nur? Wo ist Xanmeran?«

Terv sah sie müde an, holte sich einen Becher Dona und setzte sich schwerfällig. Nun spürte er den Tag in den Knochen. »Kann ich die Fragen nacheinander beantworten, Maureen?«, seufzte er. Die ganze Geschichte mit Sarrn erschien ihm so sinnlos, als er sie Maureen noch einmal erzählte. Im Grunde war er nichts weiter als ein wahnsinniger Amokläufer gewesen.

Maureen starrte ihn mit bleichem Gesicht an. »Und Xan hat wirklich abgelehnt, euch dabei zu unterstützen?« Tervenarius nickte. »Das ist fast nicht zu glauben«, meinte Maureen. »Er ist ein Duocarn, und eigentlich verpflichtet in solchen Situationen zu helfen! Zum Zweiten lässt er normalerweise keinen Kampf aus. Seine Abneigung gegen Ulquiorra scheint ihm im Moment den Verstand zu blockieren. Nun ja, jetzt wollte er zu Arishar. Garantiert um sich mit ihm zu prügeln.« Maureen seufzte.

Tervenarius erhob sich. »Ich kann und werde nicht den Babysitter für ihn spielen. Ich mache mir viel mehr Sorgen um Meodern, der spurlos verschwunden ist. Ich mus Smu bitten, nach ihm zu suchen.«

»Smu!« Maureen strahlte bei der Erwähnung ihres besten Freundes. »Er fehlt mir!«

»Ich werde es ihm morgen sagen«, lächelte Terv. »Mach dir keine Sorgen um Xan, okay? Der fängt sich schon wieder.«

Er ging langsam durch den langen Flur in Mercurans und sein Zimmer. Mercuran ließ nackt, mit angewidertem Gesicht, sein blutiges Gewand in einen Eimer Wasser gleiten. Er sah ihn mit gerümpfter Nase an. »Am Liebsten würde ich es wegschmeißen, Terv.«

»Mach das. Ich habe doch zwei Gewänder. Du kannst auch das Weiße aus Serica haben.«

Mercuran strahlte. »Wirklich?«

»Ja, natürlich.« Tervenarius wusch sich Gesicht und Hände in einer Waschschüssel. »Ihr Götter, ich habe mich an den Luxus auf der Erde gewöhnt! Eben dachte ich an den Whirlpool und wie gut der uns jetzt täte. Ich glaube, ich bin schon völlig verdorben.«

Mercuran kam langsam mit laszivem, gierigem Blick näher. Seine weiß-metallische Haut schimmerte im Licht des Energiefeuers. »Ich mag verdorbene Männer. Komm, zeig mir, wie unanständig du bist!«

Solutosan hob den Blick von Arinons Oberkörper als Aritax und Aricon das Haus betraten. Die Krieger wirkten erschöpft. Solutosan malte weiter, zog den blutigen Pinsel über Arinons Brustmuskeln. Die beiden unterhielten sich leise auf occabellar. Er verstand lediglich einige Bruchstücke. Was er aber auf jeden Fall begriff, war, dass die Namen von Tervenarius, Mercuran und Ulquiorra in ihrem Gespräch fielen.

Er beendete Arinons Blutzeichnung und stand auf, um den Pinsel in einem Becher Wasser auszuwaschen. Ruhig ging er zu den beiden Quinari und setzte sich neben Aricon. Er fragte nicht. Sie sahen ihn mit undurchdringlichen Mienen an.

»Es ist alles in Ordnung mit deinen Leuten, Solutosan«, berichtete Aritax. »Wir haben geholfen, ein Problem zu klären. Nun ist es wieder ruhig.«

Solutosan erhob sich. »Ich danke euch.«

Langsam ging er zu seinem Schlafplatz und legte sich hin. Er fühlte Arinons aufmerksamen Blick auf sich. Nein, er würde nicht weiter fragen. Er würde den Männern, mit denen er zusammenlebte, vertrauen. Eigentlich war es ein gutes Gefühl. Er drehte sich auf die Seite und schloss die Augen.

Adam blickte in den Spiegel. Die Hair-Stylistin bemühte sich mit schweißüberströmtem Gesicht, sein Haar in eine Frisur zu verwandeln. In den Mienen der Menschen, die sich in dem riesigen, heißen Umkleideraum tummelten, lag leichter Wahnsinn und Stress. Er sah zu Terzia, die von einem Model zum anderen huschte, hier eine Kleinigkeit annähte, da etwas zupfte und ununterbrochen redete.

Lydia folgte ihr mit stoischem Gesicht und einem Block in der Hand, auf dem sie etliches notierte. Ihr Blick begegnete seinem im Spiegel. Sie lächelten sich flüchtig an. Selbst Terzia nahm diesen Austausch wahr und machte eine kurze Redepause. Sie wandte sich dann wieder dem nächsten Model zu, dessen Toga ihr so nicht gefiel.

»Warum ist der Halsausschnitt so groß«, krächzte sie heiser. »Adam, du musst los! Immer mit der Ruhe. Lauf, wie du es gelernt hast, komm sofort zurück, um das Blaue anzuziehen!«

Adam nickte und erhob sich. Er hatte den Laufsteg kurz vor der Schau besichtigt, der nun voll angestrahlt vor ihm lag. Die Luft in dem Raum war stickig durch die vielen Menschen, die sich rechts und links auf den Stühlen drängten.

Terzia hatte für seinen Auftritt ruhige, klassische Musik gewählt. Adam tigerte den Laufsteg entlang, nahm mit seinem feinen Gehör wahr, wie einige der Zuschauer an denen er vorüberging, kurz die Luft einsogen oder leise raunten. Ob das ein gutes oder schlechtes Zeichen war, konnte er nur schwer beurteilen. Er schritt wieder zurück. Terzia stand hinter dem Vorhang und blickte mit bleichem Gesicht zu ihm hoch.

»Das war phantastisch«, hauchte sie, riss sich aber dann sofort zusammen, veränderte die Stimme in den üblichen Befehlston. »Wo bleibt das Blaue für Adam?«

Adam grinste nur, hob die Arme, ließ sich ein Gewand ausziehen und das Nächste überstreifen. So richtig verstand er diese Sache ja immer noch nicht. Aber er kapierte, dass er nun Terzias lebendige Anziehpuppe war – zumindest wenn sie nicht in ihrem Haus waren. Ihm ging es ja wahrlich nicht schlecht dabei!

Er war jetzt Adam, der Ägypter, und als dieser hatte er den Steg sechs Mal hin- und wieder zurückzulaufen. Am nächsten Tag würden sie die Show in einem Fernsehstudio wiederholen und abends sollte irgendein Fest stattfinden mit für Terzia ganz wichtigen Leuten.

Er sah sie erneut klein und energisch in ihrem schwarzen Kleid durch die Menge wirbeln, während die Maskenbildnerin ihm das Gesicht puderte und ihn dann Richtung Laufsteg schob.

Er lief los. Er mochte Terzia. Die Frau war ein Energiebündel, das seine Ziele konsequent verfolgte. Er staunte oftmals, wie zierlich und doch hart ihre Hände waren. Allerdings kannte er sie inzwischen auch anders. Zu Hause, wenn sie als winziges Häufchen mit aufgelöstem, schwarzen Haar und Ringen unter den Augen in einem weiten Jogginganzug in einem Sessel kauerte. Dann war von ihrer Energie nichts zu spüren und er hatte das Gefühl sie beschützen – oder verwöhnen – zu müssen. Er dachte kurz an ihre Füße in den zarten Nylonstrümpfen und spazierte währenddessen durch das Rampenlicht. Er spürte, wie sein größer werdendes Glied das Gewand vorne hob, machte sofort eine Kehrtwende und drückte den Unterarm gegen den Stoff, in der Hoffnung, dass niemand es bemerkt hatte.

Terzia blickte ihm entsetzt entgegen. »Adam«, krächzte sie, drehte sich zu ihrem Team und brüllte: »Warum hat der Mann keinen Slip an?«

»Tut mir leid«, brummte er.

Die Stylistin erbleichte. »Den hat man so stark unter dem Modell gesehen«, die blonde Frau stotterte, »da habe ich gedacht …«

»Na, hoffentlich spricht das keiner der Presse-Fritzen nachher offen an«, bemerkte Lydia schief grinsend.

»Und selbst wenn!«, eiferte sich Terzia und wandte sich zu ihrem ganzen Team. »Meine Modelle sind halt einfach nur geil!«

Lydia und Adam starrten einander an, konnten sich nicht zurückhalten und platzten heraus. Sie standen in dem bunten Chaos der Modenschau und lachten aus vollem Hals.

»Schluss jetzt«, zischte Terzia. »Wieder an die Arbeit!«

»Okay, nun der Schlussakt!« Terzia nahm Adam an die Hand und lief mit ihm auf den Laufsteg. Sie strahlte, die Leute im Saal erhoben sich und klatschten frenetisch Beifall. Terzia winkte kurz und zog ihn hinter den Vorhang zurück. Die Zuschauer applaudierten immer noch. »Ich kann es kaum glauben! Wir haben es mal wieder geschafft!«

Adam blickte zu ihr hinunter. Jetzt verstand er, was sie da machte. Der Applaus war es – dieses begeisterte Klatschen der Leute. Dafür nahm sie diesen wahnsinnigen Stress auf sich. Er legte den Kopf schief. Er war absolut sicher, dass sie das niemals zugegeben hätte.

Maureen hatte ihr die Reste des Donakuchens in die Hand gedrückt. »Geh das doch bitte den Warrantz bringen, Halia. Zum Wegwerfen ist es zu schade.« Halia stand vor den Boxen. Die Warrantz hatten sie schon gewittert und grunzten sie bettelnd an. Welchem von ihnen sollte sie den Rest denn nun geben?

Aus Luzifers Wohnecke kam ein Stöhnen, dann ein Schnauben. Halia warf das Stück Kuchen einfach in die Box mit den kleinsten Tieren und spähte um die Ecke in den Wohnbereich. Luzifer saß in einer Kuhle aus Steinen und betastete seine Schulter. Die schwarze Haut zeigte einen tiefen, roten Schnitt. Er fuhr mit der Flammenzunge darüber, was ihm offensichtlich starke Schmerzen verursachte.

»Luzifer!« Er sah mit seinen feurigen Augen hoch. »Du bist verletzt!«

»Ist nicht so schlimm, Halia.«

Sie kam näher und betrachtete die Wunde. »Doch ist es! Glaubst du wirklich, so eine tiefe Verletzung würde sich schließen, wenn du sie einfach nur ausbrennst? Das muss genäht werden! Wie ist das denn passiert?«

»Hm.« Luzifer kratzte sich verlegen mit der Klaue in seiner roten Mähne. »Der Bacani war schneller mit seiner Kralle. – Aber das war das Letzte, das er in seinem Leben getan hat!« Halia schauderte. Sie erinnerte sich noch sehr gut daran, wie sie ihn das erste Mal auf dem nördlichen Mond beim Töten eines Bacani gesehen hatte. Wie eine schwarze Kampfmaschine.

Sie räusperte sich. »Egal, das muss versorgt werden. Geh zu Maureen.«

Er schüttelte den Kopf. »Nö!«

»Luzifer!«

»Mach du das. Dann halte ich auch still.«

»Also wirklich! Es ist schließlich **dein** Körper!« Sie wandte sich zum Gehen.

»Bitte Halia!«

Sie drehte sich um. Jetzt tat er ihr doch leid in seinem Steinbett. »Ich geh Verbandszeug holen.« In drei Teufels Namen! Bevor er niemanden an sich heranließ, würde sie es machen. Sie wollte schließlich Medizinerin werden und hatte schon einige Male bei Maureen zugeschaut, wenn diese die Verletzungen nach den Karatekursen versorgte. Solange sie steril arbeitete, durfte eigentlich nichts passieren. Außerdem machte Luzifer wahrlich nicht den Eindruck, als würde ihn so schnell etwas umhauen.

Halia lief ins Haus und schnappte sich den Erste-Hilfe-Kasten aus einem Schränkchen im großen Trainingsraum. Sie klappte ihn auf und prüfte den Inhalt. Ja, da war auch steriles Nähzeug. Sie biss die Zähne zusammen. Sie würde Luzifer zusammenflicken, wenn er das unbedingt wollte. Eine gute Übung!

»Setz dich da hin!« Sie schob ihn an der unverletzten Schulter auf einen Ballen Dona. Erstaunlich, seine schwarze Haut war samtig und glatt. Sie hatte ihn noch nie berührt, hatte sich immer vorgestellt, dass er hart wäre. Halia legte sich alles für seine Versorgung zurecht. Ab und zu hatte sie schon über ihn nachgedacht – das musste sie sich eingestehen. Der Trenarde war ja wahrlich ein bizarres Wesen, wenn sie jedoch die Duocarns betrachtete, mit denen sie groß geworden war – was waren die? Oder die Bacanis?

Sie desinfizierte die Schulter, was bestimmt weh getan hatte. Aber Luzifer zuckte nicht einmal. Sie berührte ihn mit den Fingerspitzen und vereiste die Wunde. Anschließend streifte sie sich sterile Handschuhe über und begann mit Nadel und Faden die Verletzung zu schließen.

»Tut das weh?«

Luzifer blickte erstaunt zu ihr hoch. »Nein, überhaupt nicht! Nähst du schon?« Er versuchte den Kopf so weit zu wenden, um auf seine Schulter zu schauen. »Wie hast du das gemacht?«

»Na ja, ich habe das erst kürzlich entdeckt. Ich glaube, das ist meine zweite Gabe. Ich kann Sachen vereisen. Ich muss nur die Fingerspitzen darauf legen und schon sind sie eiskalt.«

Luzifer schaute sie mit offenem Mund an. »Wahnsinn! Du bist das genaue Gegenstück zu mir! Kannst du auch meine Zunge kalt machen?«

»Für so einen Quatsch habe ich jetzt keine Zeit«, meinte sie tadelnd.

Halia legte ihm einen Verband an, schlang ihn um seine schwarze Schulter und unter dem Arm hindurch. Sie konnte nicht umhin, ihm ein Mal mit der Hand tröstend durch die rote Mähne zwischen seinen kurzen Hörnern zu wuscheln. Auch sein Haar fühlte sich flauschig an.

»Du bist ja richtig weich, Luzifer«, staunte sie.

»Was dachtest du denn?« Er blickte mit seinen flackernden Augen zu ihr hoch.

»Na ja, bei all dem Feuer. – Ich nahm an, dass die Flammen dich gehärtet haben.«

Luzifer grinste. »Ich habe auch harte Teile an mir.«

Halia schnappte nach Luft. »Also wirklich!«

Sein Grinsen fiel in sich zusammen. »Ach so! Halia, das habe ich gewiss nicht gemeint! Ich meinte meine Muskeln. Ach, verdammt, jetzt war ich wieder unhöflich!« Er schien ehrlich bestürzt.

»Schon gut«, knirschte sie. Das ganze Thema war einfach zu peinlich. Sie klappte den Verbandkasten zu und wandte sich zum Gehen.

»Danke, Halia!« Er saß immer noch auf dem Dona-Ballen mit seinem weißen Verband. Die Flammenaugen sehnsüchtig auf sie gerichtet, schlug sein dicker Schwanz mit der Spitze auf den Boden.

Er ist wirklich sehr speziell, dachte Halia, als sie die Stalltür schloss. Irgendwie mag ich ihn ja.

Arinon knuffte ihn. Es war Zeit zum Aufstehen. Irgendetwas war anders. Solutosan war erregt. Was hatte er geträumt? Er schloss wieder die Augen. Da war eine kleine Ahnung von einem Traum. Eine Frau war bei ihm gewesen, hatte ihn berührt, sich an ihn geschmiegt, hatte ihn geküsst. Er spürte noch ihre Lippen. Arinon grunzte auffordernd, der Traum verflog, die Frau löste sich auf. Er konnte sie nicht mehr greifen. »Ja, Arinon«, knurrte er. »Komme ja!«

Sie traten vor die Tür. Die Schleier waren an diesem Tag extrem dicht. Der westliche Mond war kaum zu sehen. Vielleicht würde es Regen geben, was den jungen Futterrüben sehr gut getan hätte. Solutosan blickte hinüber zu Arishars Haus. Er stutzte. War das nicht Xanmeran, der da neben der Tür an der Hauswand lehnte? »Geh schon mal vor, Arinon. Ich komme nach.« Der Quinari nickte.

Solutosan ging auf Xanmeran zu. Der hob den Kopf. Sein Gesicht zeigte kein Erkennen, kein Lächeln. Xan begrüßte ihn auch nicht. Na okay, dachte Solutosan. Er stellte sich einfach neben Xan an die Hauswand und wartete. Da keine Reaktion kam, setzte er sich auf den Boden.

»Du kannst dir nicht vorstellen, wie wütend ich bin, Solutosan«, knurrte Xan nach einer Weile. »Ich würde gern auf die Erde zurück, aber ich will Ulquiorra nicht darum bitten. Lieber versauere ich auf dem nördlichen Mond, bevor ich das tue!«

»Wie wäre es mit einer Runde Prügel?« Arishar stand in der Tür und grinste. Er musterte Solutosan von oben bis unten. »Da ist ja auch unser Lehrling.« Er drehte den Kopf mit den langen Hörnern und schabte sich gutgelaunt den Rücken am Türrahmen. »Na, ist bei den Duocarns Gewitterstimmung?«

»Boah, Arishar!« Xanmeran ballte die Fäuste. »Jetzt ist es genug! Los komm!«

Solutosan sah den beiden nach. Arishar ging vor Xan her, der ihn unfairerweise von hinten angriff, aber in dessen Ellenbogen rannte, denn der Quinari war nicht dumm. Sie begannen eine wilde Rauferei. Arishars Leibwache, die am Haus ihres Königs gelagert hatte, folgten dem sich prügelnden Paar, beobachteten jedoch nur.

Solutosan zuckte die Achseln und lief los. Vielleicht konnte er Arinon ja noch einholen.

Arishar war guter Dinge. Er hatte sich mit Xanmeran geprügelt wie ein Kesselflicker. Das hatte richtig gut getan! Xanmeran lag jetzt bei den Warrantz in den Ställen und zählte seine Verletzungen. Er würde Nala gleich bitten, dem Duocarn Dona zu bringen. Na ja, so ein paar Blessuren hatte er auch davon getragen. Er fühlte, wie sein linkes Auge ein wenig anschwoll, tastete nach der Nase. Nein, die war in Ordnung.

Nala, noch unbekleidet von der Nacht, stand in der Mitte ihres Zimmers. Bevor sie sich umdrehen konnte, trat Arishar an sie heran und umschlang sie von hinten. Ihr Leib war nun stark geschwollen. Auch ihre Brüste waren größer. Arishar umfasste sie gierig. Am liebsten hätte er sie sofort auf das Bett geworfen und genommen, aber ab einem fortgeschrittenen Punkt ihrer Schwangerschaften hielt er sich zurück. Ihm war sein Nachwuchs viel zu wichtig.

Nala seufzte und drückte ihre Brüste gegen seine Hände, neigte den Kopf zur Seite, um ihm ihren Hals darzubieten.

Eine Einladung, die er, geladen wie er durch den Kampf war, auf keinen Fall ausschlagen wollte.

Sanft ritzte er mit den Reißzähnen ihre Halsschlagader auf. Nur so viel, dass das Blut langsam tropfte. Er schloss die Augen und trank.

Nala seufzte wieder, stöhnte. Er hielt inne. Das war kein lustvoller Laut. Er spürte Wellen durch ihren Leib laufen. Schmerz. Nala hatte Schmerzen! Wahrscheinlich hatte sein Saugen die Wehen ausgelöst. Sofort leckte er über die Halswunde um sie zu schließen und fasste sie von hinten unter die Achseln, stützte sie. Nala schmiegte den Kopf an seine Brust, wurde dann wieder vom Schmerz überwältigt. Arishar hielt sie, spürte seine Unterarme feucht werden, denn er hatte auf ihre Brüste gedrückt. Er schob die Arme tiefer um ihren Brustkorb, fühlte die Welle und nahm sie ihr ab – teilte die Qual mit ihr. Bei jeder Wehe gab er Nala Halt. Geduldig wartete er mit ihr auf die nächste Schmerzwoge, strich ihr sanft in einer Wehenpause das verschwitzte Haar aus der Stirn.

Sie keuchte laut, hing nur noch in seinen Armen. »Nimm es, Arishar!« Sie schrie es fast. Er griff mit dem rechten Arm zwischen ihre Beine, fühlte das Kind, das mit der nächsten Wehe in seine Hand glitt. Nala sank erleichtert in sich zusammen, klammerte sich an seinen Arm.

Langsam hob er das Neugeborene an den Beinchen hoch damit sie es ansehen konnten.

»Ein Sohn, Arishar!«, lachte Nala. Bewegt und gerührt betrachtete er das blutverschmierte Wesen. Noch nie hatte er etwas Schöneres gesehen! Der Junge plärrte lauthals, hatte bereits kleine gelbe Augen, die er dabei wütend zusammenkniff.

»Das wird einmal ein ganz Starker werden«, lächelte Arishar, biss die Nabelschnur durch und gab Nala das Kind in den Arm, die es sofort an ihre Brust legte. Das Quäken verwandelte sich in ein wohliges Schmatzen.

Arishar nahm beide in seine Arme und umschloss sie. Er würde sie immer beschützen. Er fühlte Tränen in seinen Augen und blinzelte sie fort – denn er weinte nie.

Tervenarius ließ sich auf ihr riesiges Bett in Vancouver fallen und streckte sich. »Ihr Götter! Ich bin wirklich dekadent geworden. So sehr ich Duonalia liebe, die Sauberkeit dort und die Gradlinigkeit, vermisse ich doch irgendwann die Erde, auch wenn ich weiß, dass dieser ganze Luxus den Menschen das Genick brechen wird.«

Mercuran, in seinem Serica-Gewand, glitt neben ihn. »Ja, Duonalia ist wahrlich schön. Aber – wie war Sublimar eigentlich? Du hast so wenig davon erzählt.«

Tervenarius starrte an die Decke. Sublimar. Er hatte stark gelitten in seiner Zeit als Falbalan. Es war demütigend gewesen sich benutzen zu lassen. Sublimar war ein faszinierender, wenn auch heißer Planet. Erst durch Solutosan hatte er mehr davon gesehen, als nur die engen Gassen des Amüsierviertels. Sublimar war wunderschön mit seinem kristallklaren Wasser. Er hatte über die Zutraulichkeit der Squali gestaunt. »Die Auraner leben in Symbiose mit einer Art Delphin, den Squalis. Die Tiere sind immer bei ihnen. Sie sind sehr intelligent. Ihre Milch ernährt die Auraner, so wie die Duonalier das Dona.«

Mercuran richtete sich interessiert auf. »Und was bekommen die Delphine dafür?«

»Sie nagen die alten Hautschuppen der Auraner ab, übernehmen quasi die Hautpflege. Das scheint ihnen zu behagen. Solutosan hatte sogar ein Weibchen, das sich ihm angeschlossen hatte.«

Mercuran hob seinen weiß-metallischen Arm. »Ob es mir gefallen würde, mich abnagen zu lassen?«

Terv lachte. »Ich glaube nicht, dass sie an dir herumknabbern würden. Auch Solutosan hatte seinem Weibchen wenig zu bieten.«

»Und trotzdem blieb es bei ihm?«, fragte Mercuran gespannt.

»Ja, sie hat ihn wohl irgendwie geliebt, David.«

»Schön! – Du hast mich wieder David genannt.«

Tervenarius lächelte und zog ihn auf seine Brust. »Ich liebe diesen Namen und ich werde dich wohl immer so nennen.«

Mercuran wurde ernst. »Ich frage dich bewusst nicht, wieso du auf Sublimar derartig gelitten hast. Ich will deine alten Wunden nicht aufreißen.«

Terv streichelte sein Haar. Darüber war er froh. Er neigte sich vor und küsste Mercuran innig, der die Arme um seinen Hals schlang. Er war glücklich mit ihm, würde es bestimmt auch immer sein. »So, ich werde mich jetzt mal duschen und umziehen. Ich gehe zu Smu um mit ihm über Meo zu reden.«

Mercuran nickte. »Ja, wir müssen Meodern suchen. Smu ist der Pfiffigste um den Job zu übernehmen. Hoffentlich hat er Erfolg.«

Tervenarius genoss eine ausgiebige Dusche. Er berührte den Ring, der ruhig in seiner Brust ruhte. Solutosan hatte auch so einen Reif. Wie es ihm wohl ging? Er vermisste ihn. Er trocknete sich ab und lief zurück in ihr Zimmer. Mercuran war eingeschlafen und lächelte im Schlaf. Leise zog Terv sich an. Endlich einmal wieder eine passende Hose und ein schönes Shirt!

Barfuß ging er durchs Haus. Aus Smus und Patallias Zimmer dröhnte der Fernseher. Klopfen sinnlos. Terv öffnete die Tür. Smu saß mit großen Augen, nägelkauend, allein auf dem Bett und sah sich einen Film an.

Er winkte Terv sich zu ihm zu setzen, und widmete sich wieder der Mattscheibe. »Oh Gott, oh Gott, oh Gott! Er hat ihn kastriert!«

»Wer denn?« Terv verstand die Faszination der Geschichte nicht ganz.

Smu stoppte die DVD. »Na, der schwule König! Ich sehe schon, ich muss dir den Film mal leihen. A Frozen Flower!« Jetzt erst nahm Smu richtig wahr, mit wem er da sprach.

»Hey, Terv! Wie geht's den anderen auf Duonalia? Wolltest du zu Patallia? Der ist bei Chrom!«

»Nein.« Tervenarius schüttelte den Kopf. »Ich wollte zu dir. Habe einen kleinen Auftrag.«

»Ich kann es mir schon denken.« Smu zupfte sich an einem seiner zahlreichen Ohr-Piercings. Im Gesicht hatte er die Piercings bis auf einen Nasen-Sticker und einen Ring in der Augenbraue entfernt. »Du willst wissen, wo Meo ist.«

»Genau. Dein Auftrag die Bacanis betreffend hat sich ja erledigt. Kümmere dich um Meo.«

Smu schaltete den Fernseher ganz aus. Er nahm seinen Plüschhasen und zog ihn gedankenverloren an den Ohren. »Was wissen wir denn, außer dass Ulquiorra ihn vor dem Haus hier abgesetzt hat?«

»Nichts«, antwortete Tervenarius nachdenklich. »Höchstens, dass er von irgendwas die Nase voll hatte. Es muss also auf Duonalia etwas passiert sein, das den Frust ausgelöst hat.«

»Vielleicht Solutosans Abflug«, mutmaßte Smu. »Eventuell war er auch sauer, dass Solutosan dich zum Führer gemacht hat!«

»Nein, Smu«, Terv runzelte die Stirn. »Das passt nicht zu Meo. Er hatte nie Chef-Ambitionen. Na ja, sieh zu, was du herausfinden kannst. Wenn du auf Duonalia nachforschen willst, sag mir Bescheid. Ich rufe dann Ulquiorra.«

»Okay!«

Die Zimmertür öffnete sich und Patallia stand auf der Schwelle. Der grinste und tat überrascht. »Was ist das denn? Mein Mann im Bett mit einem anderen?« Er zwinkerte. Smu warf ihm den Stoffhasen an den Kopf und tat beleidigt. »Hallo Terv.« Patallia lächelte.

Tervenarius sah auf den ersten Blick, wie gut es Patallia ging. Sein Gesicht war entspannt und seine Ausstrahlung ausgeglichen. Das war eindeutig Smus Einfluss zu verdanken und Terv freute sich darüber.

Pat setzte sich zu Smu aufs Bett. »Hat er genervt?« Er zupfte Smu sanft an seiner knallbunten Mähne.

»Hör nicht auf den Doc!« Smu schob Patallia zur Seite.
»Hier geht es im Moment um den Meisterdetektiv!«

»Oh!« Patallia wurde ernst. »Meodern.«

»Ich werde ihn aufspüren«, verkündete Smu. Seine grünen Augen glitzerten.

»Gut.« Tervenarius erhob sich. »Vorher solltest du dir noch etwas anziehen.« Sein Blick glitt über Smus nackten Oberkörper bis zu seinem minimalistischen Slip. Er ging zur Tür, hob den Plüschhasen auf und warf ihn den Männern ins Bett zurück. »Halte mich bitte auf dem Laufenden.«

Das würde ihm nicht mehr passieren, sagte Meo sich. Jetzt achtete er von sich aus darauf, immer einen hautfarbenen Slip zu tragen, wenn er über einen Laufsteg lief. Er lächelte in die Kameras, denn nach der Fashionshow im Studio war ein Fotoshooting fällig.

»Den könnten wir außerdem für Zahnpasta nehmen«, flüsterte eine der Assistentinnen des Fotografen zu dem jungen Mann mit einer reflektierenden Platte in den Händen.

Adam grinste. Wenn Terzia es wollte, würde er auch für Zahnpasta lächeln.

Umgezogen und abgeschminkt konnte er dann endlich mit ihr im Schneideraum des Studios sitzen. Lydia brachte ihm ein Glas Kefir, das er dankend annahm. War er das auf den Fotos? Er neigte sich vor und musterte sie eingehend. Zum ersten Mal wurde er sich seiner Schönheit bewusst. Er erinnerte sich, attraktiv gewirkt zu haben – aber schön? Er runzelte die Stirn. Er war unsterblich! Er war für immer schön! Adam schluckte heftig. Wieso fiel ihm das jetzt ein? Er schaute wieder auf seine Fotos, blickte zu Terzia, die sich erbittert mit dem Fotografen stritt. Wenn er unsterblich war, unterschied er sich von den Leuten um ihn herum. Er konnte kein Mensch sein. Wo war Duonalia? Zurück im Hotel würde er es an Terzias Laptop nachprüfen.

Er legte Terzia beruhigend die Hand auf den Arm.

Die drehte sich schnaufend um, sah seinen Gesichtsausdruck und senkte die Stimme. »Ich habe keine Lust mich zu streiten, aber die Rechte bleiben auf unserer Seite, sonst können Sie die Fotos wieder löschen!«

Der Fotograf gab auf. »Xavier! Geh den Vertrag ändern«, zischte er zu seinem Assistenten.

»Komm, Adam!« Terzia erhob sich. »Wir sind hier fertig.«

Zurück im Hotel streifte Terzia die Pumps von den Füßen. »Fast hätte mich der Kerl wahnsinnig gemacht! Und dann noch die Gala heute Abend!« Sie wandte sich an Lydia, die eben mit einer Tasse Kaffee für sie den Raum betrat. »Was haben wir denn für Adam zum Anziehen?«

Lydia verzog nachdenklich den Mund. »Nur die Sachen, in denen er hergekommen ist.«

»Verdammt! Das ist doch aus der Kollektion vom letzten Jahr«, schnarrte Terzia. »Außerdem ist das ein festliches Event.« Die rothaarige Lydia zuckte mit den Achseln.

»Ich trage auch gern eine Jeans«, ließ Adam verlauten. Er hatte sich auf die Fensterbank gesetzt und bewunderte wieder den Eiffelturm.

»Jeans!« Terzias Stimme bekam einen hysterischen Unterton, den sie selbst immer an sich hasste. »Egal, wir haben die Musterkollektion der aktuellen Anzüge mit. Lydia, schau doch mal, ob ihm davon etwas passt.« Terzia blickte über den Rand ihrer Kaffeetasse und sah wie Lydia ergeben nickte.

»Bin mal gespannt, ob Meyerhoff heute Abend auch da ist. Von dem verspreche ich mir eine dicke Order!«

»Das tun die anderen Designer bestimmt ebenfalls, Terzia«, gab Lydia zu bedenken.

Terzia winkte nur ab. »Peanuts!«

Lydia lachte. »Na klar sind Dolce & Gabbana, Dior, Joop und Jacobs Peanuts.«

»Jacobs! – Den müssen wir sowieso im Auge behalten. Vielleicht braucht er ja eine neue "Muse".« Terzia blickte zu Adam. »Na dann, bitte gib Adam seine Sachen. Ich gehe mich auch umziehen. Wir nehmen den Mietwagen.«

Ihre Auftragsbücher waren voll. Terzia verließ zufrieden den Konferenzraum des Hotels. Jetzt konnte sie den Rest des Abends genießen. Vielleicht würde sie sogar ein Glas Champagner trinken. Lydia war mit den Büchern ins Hotel gefahren. Adam hatte sie zur Party vorausgeschickt. Sollten die anderen ihr Prachtstück ruhig schon mal begutachten.

Terzia betrat den Ballsaal mit den vielen, weiß gedeckten Tischen auf dem spiegelnden Parkett. Die Tanzfläche hatte sich bereits gut gefüllt und die Musik war für ihren Geschmack etwas zu laut. Sie sah sich um. Um eine der Tafeln standen Menschen. Einer Ahnung folgend trat sie näher. Adam saß am Tisch, umkrampfte mit der Hand ein Glas Wasser und versuchte höflich lächelnd die neugierigen Fragen der Frauen und Männer zu beantworten. Terzia blinzelte. Sie checkte kurz die Lage. Von den Männern, die Adam umrundeten, waren achtzig Prozent schwul. Einer dieser Herren sprach intensiv auf Adam ein, hatte sogar seinen Arm um dessen Stuhllehne gelegt. Adam erblickte sie und sah sie hilfesuchend mit komischem Augenaufschlag an. Sein Mund formte lautlos das Wort „Hilfe“.

Sie trat energisch an den Tisch. »Adam, ich habe hier noch jemanden, der dich unbedingt kennenlernen will!« Sie reichte ihm die Hand, die er sofort nahm.

»Entschuldigen Sie mich bitte«, sagte er und verneigte sich höflich. Aber Terzia hatte ihn schon aus der belagernden Menge gezogen.

»Danke«, keuchte er. »Ich wusste nicht, was ich sagen sollte. Die Art und Weise wie diese Leute sprechen ist mir unbekannt.«

»Modebranche, Adam! Das wirst du noch lernen.«

Er blieb mitten in den Menschen auf der Tanzfläche stehen. »Ich bin mir nicht sicher, ob ich das überhaupt lernen will, Terzia«, brüllte er um die laute Musik zu übertönen.

»Was?« Das hörte sich ja nach einer Verweigerung an. Adam sah sich um. Die Musik hatte gewechselt. Die Leute tanzen einen langsamen Blues. Er zog sie an den Handgelenken zu sich heran.

»Aua, Adam!« Sie hatte nicht vermutet, dass er so stark wäre, vielmehr hatte sie sich nie Gedanken darüber gemacht, wie viel Kraft in seinem Körper wohnte. Jetzt wusste sie es. Wenn er mit ihr Blues tanzen wollte, würde sie sich besser fügen.

»Also«, raunte er mit dem Mund an ihrem Ohr, »ich habe gesagt, dass ich mir nicht sicher bin, ob ich lernen will so oberflächlich wie diese Leute zu werden, Terzia.«

Sie ergab sich, legte ihre Hände auf seine Schultern und bewegte sich mit ihm im Takt der Musik. Er hatte sich immer noch zu ihr hinunter gebeugt.

»Du musst lernen das Geschäft vom Privatleben zu trennen, Adam«, sagte sie.

»Wie soll ich das, wenn ich mein Leben nicht einmal kenne?« Er richtete sich auf und drückte sie an seine Brust, tanzte weiter mit ihr durch die Menge.

Schaudernd spürte sie wie müde sie eigentlich war. Es ging auf Mitternacht zu und sie war seit dem frühen Morgen auf den Beinen. Terzia lehnte den Kopf gegen ihn und schloss die Augen – ließ sich führen. Ja, unglaublich, dachte sie, ich, Terzia Tudosis, lasse mich von einem Mann führen. Am liebsten wäre sie an seiner warmen, breiten Brust im Stehen eingeschlafen. »Ich muss ins Bett, Adam! Ich gehe vor zum Auto.«

Er nickte. »Ich werde noch meinem Tischnachbarn auf Wiedersehen sagen, dann komme ich nach. In die Tiefgarage?«

»Ja, ich warte.« Sie löste sich von ihm. Da war er schon in der Menschenmenge verschwunden.

Terzia lief den langen, weißen Gang zur Tiefgarage hinunter. Ihre Pumps klapperten auf dem Betonboden. Am liebsten hätte sie die Schuhe ausgezogen. Ihre Füße schmerzten. Im Hotel nehme ich ein Fußbad, dachte sie. Ihr kam Adams Fußmassage in Erinnerung. Ja, Fußbad plus Massage wäre gut. Sie suchte in der Handtasche den Schlüssel vom Mietwagen. Sie hatte einen extragroßen Van gemietet, in den der Großteil der Kollektion gepasst hatte. Die war im Moment im Hotel, also war der Van leer.

Hoffentlich kommt Adam gleich, dachte sie, da erhielt sie von hinten einen Schlag auf den Kopf. Sie ging zu Boden, wollte sich an den Kopf greifen, aber ihre Hände wurden in einem brutalen Griff umklammert. Sie öffnete die Augen, sah zuerst alles verschwommen. Ein riesiger Kerl in schwarzer Kleidung grinste sie an, richtete ein paar Worte an einen anderen Mann, der soeben ihre Handtasche durchwühlte. Russisch, dachte Terzia, das muss russisch sein! Sie musste sich das Aussehen beider Männer einprägen. Überlebe ich das, wird das wichtig sein. Oh Gott! Die würden sie vielleicht umbringen!

Der erste Kerl presste sie auf den Boden und fummelte an ihrem Kleid, erreichte ihren Slip – zerriss ihn. »Du schreien, du tot!«, stieß er hervor und drängte ihr die Beine auseinander. Er packte brutal ihre beiden Hände, versuchte mit der anderen seine Hose zu öffnen. Terzia hielt die Luft an, die Zähne aufeinander gepresst. Lieber Gott, dachte sie, lass das nicht geschehen! Ihr Schädel dröhnte. Sie zitterte und schloss die Augen.

Plötzlich ließ der Druck nach, seine Hände waren fort. Sie öffnete die Augen und sah Adam. Ungläubig sah sie zu, wie Adam den Angreifer mit seinen bloßen Händen enthauptete. Der andere Mann fluchte und zog eine Pistole aus dem Mantel. Die schepperte auf den Betonboden. Sein abgetrennter Schädel schlug blutspritzend neben ihr auf. Terzia schrie.

Eine Hand presste sich auf ihren Mund, erstickte ihren Schrei.

»Nein«, keuchte Adam heiser und schüttelte den Kopf. »Nicht schreien!« Er sah ihr in die Augen. Sein grüner Blick sprühte goldene Funken. Terzia schluckte, starrte ihn hypnotisiert an. Nickte dann. Augenblicklich nahm er die Hand weg, half ihr, sich aufzurichten.

»Wie hast du das gemacht?« Ihre Stimme war völlig tonlos.

Er schüttelte nur den Kopf. »Wir müssen auf der Stelle weg.«

Fassungslos starrte sie auf die geköpften Männer in den Blutlachen.

»Sofort!«, beharrte Adam.

Er half ihr hoch, hob ihre Handtasche auf, blickte sich um, ob von deren Inhalt noch etwas verstreut lag. Er schob sie auf den Beifahrersitz des Vans und schloss die Tür. Er schwang sich auf den Fahrersitz. »Wie heißt das Hotel?«

Hatte sie das eben wirklich erlebt? Sie starrte aus dem Autofenster. Ja, da lagen zwei Leichen.

»Pullmann, Adam, Pullmann!« So langsam kam sie zu sich.

Er hatte schon den Motor angelassen und setzte zurück. Sie hatte gar nicht gewusst, dass er Auto fahren konnte. Aber er fuhr, als hätte er nie etwas anderes getan.

»Wer bist du?«, fragte sie. »Wer bist du nur?«

Meo schaute prüfend auf Terzias Kleid. Glücklicherweise war es schwarz. Man sah deshalb das Blut nicht darauf. Er hielt kurz am Straßenrand und ließ das Navigationsgerät nach dem Hotel suchen. Gut, da war es.

Er fuhr auf direktem Wege dorthin, sah auf seine Hände auf dem Lenkrad. Er wusste nun wieder alles. Er war Meodern. Die Beschleunigung in der Tiefgarage und die Tötung der Männer hatten ihm sein Leben zurückgegeben.

Er lächelte. Jetzt war er mit Terzia in Paris – war ein von der Presse gefeiertes Model für ihr Label. Terzia. Sie saß neben ihm in dem blutbefleckten Kleid mit wirrem Haar, die Handtasche an sich gepresst und starrte mit blindem Blick aus dem Fenster in die Dunkelheit. Der Kerl hatte sie geschlagen, hatte ihr Gewalt antun wollen. Er fühlte, wie die Wut wieder in ihm aufstieg, aber er riss sich zusammen. Seine Vibrationen hätten sonst das Lenkrad zerlegt.

Er bog in die Tiefgarage des Hotels ein und half Terzia aus dem Wagen. Sie knickte in den Knien ein. Er nahm sie auf die Arme und trug sie vorsichtig zum Aufzug, fuhr in die zweite Etage und suchte in ihrer Handtasche nach der Zimmerkarte. Er öffnete die Tür, setzte sie auf das kleine Sofa und ging ins Bad, um Wasser in die Badewanne laufenzulassen.

»Komm, Terzia«, forderte er sanft, »es ist jetzt alles in Ordnung. Wir sind im Hotel. Du wirst nun baden und dann schlafen. Morgen früh hauen wir hier ab!«

»Seit wann bestimmst du das alles?«, flüsterte sie.

Er lächelte und schälte sie aus dem Kleid. Im Kamin war ein wenig Glut. Kurz entschlossen warf er ihr Kleid hinein.

»Mein Kleid«, hauchte sie.

»Du hast doch noch mehr davon. Komm jetzt baden.« Ihr Slip bestand nur aus Fetzen. Ohne zu zögern, zog Meo ihn ebenfalls aus. Auch den BH. Er trug sie ins Bad und prüfte die Wassertemperatur, setzte sie vorsichtig in die Wanne. Terzia seufzte. Er löste die restlichen Haarnadeln aus ihrer wirren Frisur und ließ die Haarfülle auf ihre Schultern hinab fallen. Das Blut hatte ihr Haar verklebt.

»Komm, das waschen wir, Terzia.« Er träufelte mit einem Tuch Wasser über ihren Kopf, schäumte das Haar ein und nahm sie vorsichtig, umfasste sie mit einem Arm und tauchte sie bis zur Stirn unter, um Blut und Shampoo auszuwaschen. Jetzt war er sich seiner Stärke wieder voll bewusst.

Sie wirkte wie eine kleine, zierliche Puppe in der riesigen Wanne. Meo half ihr hoch, wickelte sie in ein weiches Badetuch, trocknete das Haar und trug sie ins Bett. Sie hatte bestimmt durch den Schlag eine leichte Gehirnerschütterung.

Er holte ihren Laptop, setzte sich auf die Bettkante und surfte im Internet nach dem Begriff Gehirnerschütterung. Er bedauerte, sein Handy nicht bei sich zu haben, um Patallia anrufen zu können. Aber das lag ja leider in Vancouver. Meo suchte in Terzias Handtasche nach den Flugtickets – fand sie nicht. Garantiert hatte Lydia sie in Verwahrung. Er hoffte auf einen frühen Flug zurück nach Kanada.

»Adam? Bist du da?« Terzia wollte sich aufrichten.

»Ja, ich bin hier. Leg dich hin. Du brauchst Ruhe.«

»Ist das wirklich alles geschehen?«

Was sollte er nun sagen? »Lass uns morgen sprechen, ja? Schlaf jetzt!«

»Bleib bei mir, Adam.«

Er zog das Sakko aus. Die Ärmel waren nass und blutig. Kurzerhand stand er auf, lief ins Wohnzimmer, schürte das Feuer neu und schmiss das Sakko in die Flammen. Er zog sich Schuhe, Strümpfe, Hose und Hemd aus, ging sich in der Badewanne kurz waschen und ließ das Wasser aus. Nackt kehrte er zu Terzia ins Schlafzimmer zurück, schlüpfte zu ihr unter die Decke und nahm sie in den Arm. Ihre Haut war weich, ihr Körper schläfrig und nachgiebig. Endlich ist sie genau da, wo sie eigentlich hingehört, dachte er noch und ging in seinen Ruhemodus.

Benommen wachte sie auf. Wo war sie? Wieso fühlte sie sich so geborgen? Ach ja, sie lag in Adams Armen. Sie schloss wieder die Augen. Was? Sie lag in Adams Armen? Sie waren beide nackt. Sie richtete sich auf und starrte ihn an. Ihre Bewegung hatte ihn geweckt. Er schlug die Augen auf, den grünen Blick noch etwas verschwommen.

»Wieso?«, hauchte sie.

Er zog sie wieder an seine Brust. »Weil du mich gestern gebraucht hast«, knurrt er.

Sie schmiegte ihre Wange an seine glatte Haut und dachte nach. »Oh Gott, Adam. Die Kerle in der Tiefgarage. Du hast sie umgebracht!«

Er hielt die Augen geschlossen. »Sie haben dich geschlagen und wollten dich vergewaltigen. Hätte ich das nicht verhindern sollen?«

Terzia schnaufte. »Aber doch nicht so! Wie hast du das überhaupt gemacht? Du warst unmenschlich schnell!«

Er kniff die geschlossenen Augen zusammen. »Das ist eigentlich nicht das Thema, Terzia. Viel wichtiger ist, wann gehen unsere Flüge? Wir müssen hier weg.«

»Soweit ich weiß um elf Uhr. Lydia hat die Tickets.« Sie angelte ihr Handy aus der Handtasche neben dem Bett. »Acht Uhr. Ich hoffe sie hat schon gepackt. Wieso sind wir eigentlich nackt?«

Nun richtete er sich doch auf und stützte den Kopf auf die Hand. »Du warst gestern fix und fertig. Ich habe dich gebadet und du hast mich gebeten bei dir zu bleiben.«

Sie griff sich in ihr aufgelöstes Haar. »Und haben wir? Ähm, haben wir?«

»Nein, Terzia. Ich nutze es bestimmt nicht aus, wenn eine Frau eine Gehirnerschütterung hat.«

Terzia schluckte. »Entschuldige!« Das meinte sie ganz ernst. Sie hatte am Abend auf der Gala gesehen, dass er haben konnte, wen er wollte – egal ob Mann oder Frau. Tatsache war, er hatte sich um sie gekümmert und lag nun in ihrem Bett. Ja, das gefiel ihr. Sie würde das jetzt eine Weile ausnutzen. Sie legte den Kopf wieder an seine Brust. Er brummte nur und schlang den Arm um sie.

Ohne ihn wäre sie vergewaltigt worden und vielleicht tot. Noch ein Viertelstündchen, dachte sie. Die Haut auf seiner Brust war so haarlos und weich. Dazu dieser wunderschöne Farbton. Sie überlegte, wie der genau hieß. Ein helles Bleichgold. Nein, Reichbleichgold. Ach, das war aber jetzt auch gleichgültig.

»Ich muss mich bei dir bedanken, Adam«, flüsterte sie.

»Das ist schon in Ordnung. Wir müssen nur dringend aus Frankreich heraus, Terzia. Die Polizei wird Nachforschungen anstellen, wer in der Tiefgarage geparkt hat. Sie werden auch auf uns kommen.« Er rollte sie sanft von seinem Körper und stand sofort neben dem Bett.

»Du bist so unglaublich schnell, wieso?«, keuchte sie erstaunt.

»Das erzähle ich dir alles in Vancouver, okay? Lass uns packen!«

Terzia zog ihren Koffer hinter sich her. Lieber Gott, dachte sie und musterte Adam und Lydia, die sie flankierten, lass das jetzt mal alles klappen! Vor der Passkontrolle standen einige Männer mit Kameras. Okay, das war nach den Modenschauen ohne weiteres normal.

»Frau Tudosis, dürfen wir sie kurz noch nach ihrer außergewöhnlichen Kollektion fragen?«

Terzia runzelte die Stirn. »Wie Sie sehen, sind wir auf dem Weg nach Hause und unser Flugzeug wartet nicht. Die Presse hatte genügend Möglichkeiten für Interviews!«

Ein Mann in einem grauen Trenchcoat kam näher, ohne Kamera und Mikrophon. »Ich habe auch noch eine Frage: Haben Sie gestern Abend in der Tiefgarage des Hilton geparkt?«

Terzia lachte hysterisch und hasste sich im gleichen Moment dafür. »So etwas fragen Sie mich? Da müssen Sie schon mein Team fragen!«

»Das haben wir gemacht, Frau Tudosis, aber sie sagen, dass Sie mit ihrem Model allein ins Hotel gefahren wären.« Die anderen Passagiere drängelten von hinten. Es wurde unübersichtlich.

Terzia sah sich um. Adam war weg. Sie keuchte kurz.

»Habe ich den Mietwagen beschädigt, oder was?«

»Nein«, der Mann blieb beharrlich. »Haben Sie in der Tiefgarage nichts Auffälliges bemerkt?«

Terzia schaute ihm frontal in die Augen. »Was soll ich denn gesehen haben?« Sie gab ihrem Gesicht einen neugierigen Ausdruck. »Ist etwas passiert? Ich habe noch keine Zeitungen gelesen.«

»Nein, Frau Tudosis, danke für die Antworten!« Der Mann zog sich zurück und die Welle der Reisenden schob sie durch die Passkontrolle. Wo war Adam nur? Er verpasste das Flugzeug! Ihr Herz klopfte bis zum Hals, als sie mit Lydia die Gangway betrat.

»Wo ist Adam?«, raunte Lydia. Sie zuckte mit den Schultern. Die Stewardessen begrüßten sie und leiteten sie zu ihren Sitzen in der ersten Klasse. Adam saß bereits dort und lächelte sie an.

»Oh Gott! Ich dachte, wir hätten dich verloren!«

Er grinste. »Nein, ich habe nur den direkten Weg genommen. War mir zu voll in der Halle!«

Das verschlug Terzia die Sprache. »Und ich habe mir Sorgen gemacht!« Sie musste sich beherrschen, ihn nicht anzuspringen und vor Wut auf seine Brust zu trommeln.

Adam stand lächelnd auf. »Um mich brauchst du dir niemals Sorgen zu machen, Terzia«, sagte er sanft, nahm sie einfach in den Arm und küsste sie. Vor allen Leuten! Die Stewardessen kicherten. Lydia hielt die Luft an, bis sie fast platzte.

»Also wirklich!« Sollte sie ihn jetzt ohrfeigen? Nein, stattdessen ordnete sie ihr Haar. Sie wusste, dass sie errötet war, und hasste es. Sie ließ sich auf den Sitz fallen, machte ein ernstes und böses Gesicht, was sie aber nur ein paar Sekunden durchhielt. Dann musste sie lachen – nahm seine Hand und lachte.

»Wah!«, schrie Smu und sprang von der Toilette. Er ließ die Zeitschrift fallen, die er gelesen hatte, machte einen Satz zum Bidet, zum Waschbecken, raffte das Magazin auf und rannte zu Patallia ins Labor! Er schwenkte aufgeregt das Blatt.

»Pat! So schnell habe ich noch nie einen Fall gelöst!«

Patallia fuhr zusammen, denn er hatte die Tür zum Labor einfach aufgerissen. »Sieh mal!« Er hielt ihm eine seiner Fashionzeitschriften vor die Nase. Da war doch tatsächlich Meodern in einer Art kurzem Gewand auf einem Laufsteg. Darüber prangte die Überschrift: der Ägypter in Paris! Terzia Tudosis brilliert mit neuer Kollektion.

»Meo!«, staunte Patallia.

»Ich häng mich sofort ans Telefon!« Smu stürmte zur Tür, bremste, hastete zurück, drückte Pat einen dicken Kuss auf die Glatze und verschwand dann.

Er schnappte sich seinen Laptop und sein Handy. Nach zehn Minuten hatte er herausgefunden, dass die Maschine mit Meo aus Paris drei Stunden später in Vancouver landen würde.

»Ja!« Smu klatschte in die Hände, preschte in die Küche um sich zur Belohnung einen Kakao zu kochen.

Tervenarius und Mercuran, die umschlungen vor dem Kühlschrank gestanden und sich geküsst hatten, fuhren auseinander. Mercuran zog seinen Pulli vorn über die Hose und grinste verschämt. »Beim Vraan, kannst du uns nicht warnen, bevor du die Küche stürmst«, grunzte Terv.

»Ich habe Meo gefunden!«, jubilierte Smu. »Er landet um siebzehn Uhr aus Paris. Wer kommt mit zum Flughafen???«

Er hatte die Aufgabe die Warrantz zu füttern und zog deshalb eine der dicken, grauen Lederhosen an, die die Quinari immer trugen. Manchmal war es nicht zu vermeiden, dass er in die Boxen musste. Dann bissen sich besonders die Männchen gern einmal im Bein fest. Solutosan machte sich mit einer Schubkarre voll blauer Rüben auf den Weg zu den Ställen.

Er hatte erneut von der Frau geträumt. Aber immer wenn er versuchte, ihr Gesicht im Traum zu sehen, wachte er auf. Die letzte Nacht war besonders schlimm gewesen. Sie hatte ihn so stark erregt, dass er scheinbar laut gestöhnt und die anderen Männer geweckt hatte. Aricon hatte sogar einen Stiefel nach ihm geworfen. Warum verfolgte diese Frau ihn? Wieso quälte ihn dieser immer wiederkehrende Traum? Solutosan fütterte die Warrantz, die sich quiekend um die Rüben balgten. Aus einer leeren Box kam ein Grunzen. Das war ganz gewiss kein Tierlaut. Solutosan reckte den Hals und sah in die Umzäunung. Xanmeran lag auf dem Rücken im Dona-Stroh, das Gesicht verquollen mit etlichen blauen Flecken.

»*Ihr Götter, Xan!*« Er mochte gar nicht daran denken, wie wohl der Rest seines Körpers aussah.

Xanmeran hob ein Augenlid. »*Keine Sorge, mir geht's gut*«, krächzte er.

»*Ich sehe es!*« Solutosan warf die letzten Rüben zu den Tieren, betrat die Box und kniete sich vor ihn. Mit schief gelegtem Kopf betrachtete er Xans Verletzungen. »*Findest du es normal sich derartig zu prügeln?*«

»*Nur keine Moralpredigten*«, fauchte der rote Krieger.

Solutosan überlegte. Es war an der Zeit etwas zu tun. Er seufzte. Da nicht anzunehmen war, dass Xanmeran von sich aus endlich aktiv werden würde, schnappte Solutosan ihn am Hemd und stellte ihn auf die Beine. Dann hieb er ihm mit aller Kraft die Faust seitlich gegen die Stirn. Xanmeran ging bewusstlos zu Boden.

Solutosan drückte die Hand auf den Ring in seiner Brust, der in seinem goldenen Schein strahlte und rotierte. Er rief Ulquiorra und wartete. Kurz darauf öffnete der Energetiker sein Tor in dem Stall.

»*Danke für dein Kommen, Ulquiorra!*«

Der war durch das Tor getreten und starrte fassungslos auf seinen Vater.

»*Ich möchte dich bitten, Xanmeran zu Patallia zu bringen. Er hat starke Verletzungen und muss behandelt werden. Tu mir den Gefallen.*« Ulquiorra schluckte.

»*Nein, sag nichts. Bring ihn einfach nur auf die Erde.*«

Wortlos öffnete Ulquiorra nochmals das Tor, Solutosan half ihm, den bewusstlosen Xanmeran auf die Schulter zu laden. Ulquiorra sah ihn durchdringend mit seinen schwarzen Augen an und trat in die Toröffnung. Der große rotierende Ring fiel verblassend hinter ihnen zusammen.

Ulquiorra lud seinen Vater auf dem Teppich im Wohnzimmer der Duocarns ab. Xanmeran war immer noch bewusstlos, was ihm sehr recht war.

Ulquiorra lief die Treppe hinunter zu Patallias Labor und klopfte. »*Patallia?*«

Der Mediziner öffnete ihm die Tür. »*Ulquiorra! Hat Terv dich gerufen?*«

»*Nein, Solutosan hat mich her geschickt mit einem - ähm - Patienten. Er liegt oben.*«

»*Ihr Götter, wer ist es denn?*« Pat schaute ihm ins Gesicht und beantwortete sich die Frage selbst. »*Xanmeran! - Ich komme!*«

Im Wohnzimmer kniete sich Patallia neben Xan. »*Wer hat ihn so zugerichtet?*«

Ulquiorra zuckte die Achseln. »*Einer der Quinari vielleicht oder Solutosan. Macht es einen Unterschied, mit wem er sich prügelt?*« Seine Stimme klang bitter. »*Ich werde wieder verschwinden.*«

»*Nein, bitte warte! Hilf mir ihn in sein Zimmer zu bringen. Ich werde ihn dann dort versorgen.*«

Gemeinsam nahmen sie Xanmeran unter die Arme und schleiften ihn die Treppen hinauf.

»*Beim Vraan! Ich vergaß, dass er ja nicht einmal ein Bett hat. Wir müssen in Solutosans Zimmer.*«

Ulquiorra seufzte, aber half Patallia, den stöhnenden Xanmeran auf Solutosans Bett zu legen. »*Er kommt langsam wieder zu sich. Ich werde verschwinden. Ich habe ihm nichts zu sagen.*«

Patallia nickte betrübt. »*Ich danke dir. Grüß Trianora von mir.*«

Ulquiorra aktivierte das Tor und schritt nach Duonalia zurück. Ihm war schlecht. In seinem Labor im Silentium lehnte er sich gegen die Wand. Immer wenn er mit seinem Vater zu tun hatte, wurde er mit irgendeiner Art von Gewalt konfrontiert. Wie Xan schon wieder ausgesehen hatte! Ulquiorra wusste, dass er sich freiwillig prügelte, aus Lust am Kampf, und er die Verletzungen einfach ignorierte oder vielleicht sogar noch genoss.

So sehr Ulquiorra das abstieß, so nachdenklich machte es ihn doch. Was quälte seinen Vater, dass dieser so agierte? Ulquiorra sank langsam mit dem Rücken die Wand hinunter. Die Antwort lag auf der Hand. Er war es selbst, der Unfall seiner Mutter, seine Reaktion auf seinen Vater, seine Wut und Ablehnung. Xanmeran litt unter ihrem Verhältnis, war hilflos trotz all seiner Kraft. Er prügelte sich, gequält von Selbstvorwürfen und aus Hilflosigkeit. Nur Ulquiorra konnte das beenden, indem er sich mit Xanmeran versöhnte. Fühlte er sich dazu in der Lage? Er schaute in sein Herz. Nein. Er brauchte Zeit, seinen Groll zu überwinden. Er hatte das Bild von Xanmerans zerschlagenem Gesicht vor Augen und weinte still ein paar bittere Tränen.

Meodern traute seinen Augen kaum. Er hatte ein Empfangskomitee – und was für eins! Tervenarius, Mercuran und Smu grinsten ihm entgegen, als er, mit Terzia an seiner Seite, in Vancouver durch den Zoll kam. »Entschuldige mich einen Moment«, bat Meo sie und eilte auf seine Freunde zu.

»Der verlorene Sohn«, flachste Smu. »Denkst du, du könntest uns entkommen, du Ägypter?«

Meo umarmte ihn gerührt, danach auch Terv und Mercuran. »Ich stelle euch Terzia vor. Sie weiß von nichts.« Er machte eine kurze Pause. »Ich werde einige Zeit bei ihr bleiben, denn wir haben noch verschiedene Termine.« Die Männer grinsten und nickten. Tervenarius schob Meo sein Handy in die Hand.

Meodern drückte sich zurück durch die Menschenmenge in der Ankunftshalle und nahm Terzia an die Hand. »Ich möchte dir jemanden vorstellen.« Er zog sie mit sich zu seinen Freunden. »Ich weiß inzwischen wieder, wer ich bin. Das hier sind meine Freunde: Tervenarius, Mercuran und Smu.«

Terzia stand klein und schlank vor den großen Männern. Meo konnte an ihrem Gesicht ablesen, was ihr durch den Kopf ging. Sie plant, sie anzuziehen, dachte er amüsiert.

»Ich bin sehr erfreut«, hauchte sie. »Ich wusste nicht, dass Adam so viele Freunde hat, und dann noch so ... ähm – außergewöhnliche.«

Meo lachte. »Genug gesehen. Wir können sie ja zur Hochzeit einladen.«

Terzia erbleichte. »Zu welcher Hochzeit?«

»Na, zu unserer«, strahlte Meodern und hielt gleichzeitig seinen Arm unterstützend hinter ihren Rücken, denn er wusste, sie würde in die Knie sinken.

»Das war aber jetzt kein romantischer Heiratsantrag!«, ereiferte sich Smu.

»Wir kommen gern«, lächelte Tervenarius. Die Drei wandten sich zum Gehen.

»*Ich rufe euch an*«, informierte Meodern Terv telepathisch. »*Bitte sage Smu, dass ich noch mit ihm sprechen muss.*«

»Wo gehst du hin?« Luzifer stand in der Stalltür und schaute Halia mit großen Augen an.

»Ich will auf den nördlichen Mond.« Halia klemmte ihr Energiebrett unter den Arm. »Ich brauche einige Gräser. Mein Herbarium ist immer noch nicht fertig und mein Magister hat mich getadelt.« Das war wirklich sehr ärgerlich, denn eigentlich hatte sie rechtzeitig damit angefangen. Aber die letzte Zeit saß sie oft über ihren Aufgaben und träumte. Die Zeit verrann und dann ...

»Darf ich mitkommen? Ich habe so schreckliche Langeweile!«

Halia überlegte. Luzifer auf ein Windschiff mitzunehmen war immer kritisch wegen der ängstlichen Mitfahrer. Aber sollte der arme Kerl wirklich sein Leben lang in der Karateschule bleiben, bloß weil sie Angst vor ihm hatten? »Ich hole mein altes Energiebrett für dich. Ich nehme dich mit. Versprich mir, die Passagiere nicht zu erschrecken!«

Luzifer strahlte. »Versprochen!« Er trug immer noch den Verband, der nun eher grau als weiß war.

Halia ging in ihr Zimmer, um das zweite Brett zu holen. Nach ihrer Rückkehr in den Innenhof legte sie das alte Energiebrett auf den Boden und winkte ihn heran. »Komm, wir machen die Bandage ab. Zeig mal die Verletzung.«

Luzifer tigerte zu ihr und hielt die Schulter hin. Die Wunde war gut zusammen gewachsen und es war nur noch eine hellgraue Narbe zu sehen. Eine von vielen, die seinen schwarzen Leib durchzogen.

Luzifer drehte neugierig den Kopf und züngelte. »Du bist eine super Medizinerin. Studierst du das auch?«

Halia freute sich über die Frage. Er interessierte sich nicht nur für ihre schönen Augen. »Ich studiere Medizin und Philosophie, Luzifer.« Sie warf den alten Verband in den Behälter für wiederverwertbare Dona-Produkte, den jedes Haus auf Duonalia besaß.

»Was ist denn Philo ...?«

Sie machten sich auf den Weg.

Halia überlegte. »Das ist schwer in einem Satz zu erklären. Philosophie ist die Wissenschaft die eigene Existenz zu betrachten und zu erforschen, und nicht nur diese, sondern die aller Lebewesen auf diesem Planeten.«

Luzifer staunte. »Auch meine?«

»Du bist Teil des Ganzen.«

Er blickte an sich hinunter. Halia sah in seinem Gesicht, was er dachte und musste laut lachen. Ihr war völlig klar, was er mit der Erforschung seiner selbst verband. Sie betrachtete seinen stämmigen, muskulösen Körper und irgendetwas rührte sich in ihr.

Sie schluckte. »Ein sehr komplexes Thema, Luzifer«, sagte sie, um sich abzulenken.

Luzifer hatte noch nie auf einem Energiebrett gestanden. Halia erklärte es ihm, er schwang sich darauf und fuhr los. Er brauchte einige Zeit, bis er das Gleichgewicht gefunden hatte, düste dann jedoch flott über die Steppe und benutzte den Schwanz als eine Art Ruder.

Er sah zu Halia, die neben ihm fuhr. Ihre Schleier flatterten um ihren schlanken, aber kräftigen Leib, die rotgoldenen Locken flogen. Fast wäre er vom Brett gefallen. Er musste sie immer wieder anschauen. Sie hatte keine Angst vor ihm. Nicht so wie die Leute auf dem Windschiff. Er hatte sich extra in eine Ecke gedrückt und darauf verzichtet zu züngeln oder Lava zu spucken. Halia hatte hoch erhobenen Hauptes neben ihm gestanden und mit ihm gesprochen, als würde er aussehen wie die anderen Duonalier. Das hatte ihn besonders stolz gemacht.

Halia hielt an einer Senke an, stieg vom Brett und suchte auf ihrem Datentablett Bilder von den Gräsern, die sie haben wollte. Er sah ihr über die Schulter und nickte. Er würde helfen zu suchen.

Tatsächlich fand er zwei der gewünschten Rispen und setzte sich ins Gras. Verträumt betrachtete er Halia, die sich eben nach einer Pflanze bückte und ihr rundes Hinterteil so vorteilhaft zur Geltung brachte. Sofort fühlte Luzifer wie sich sein Lendenschurz hob. Er presste die Arme in den Schoß und versuchte an etwas anderes zu denken. Aber das war nicht leicht für ihn in ihrer Nähe. Da er den Flammenreif am Gürtel hatte, nahm er den Reif und legte ihn auf das Stück Kettengewebe. Der Ring war schwer genug, um sein Glied wieder nach unten zu drücken. Er seufzte.

Halia kam auf ihn zu, blickte stirnrunzelnd auf den Reif. »Warum hast du denn die Waffe dabei?«

»Halia, ich gehe nie unbewaffnet irgendwo hin. Es kann ja immer mal etwas passieren.«

»Wie funktioniert der eigentlich?« Halia setzte sich zu ihm ins Gras.

Luzifer überlegte. »So ganz genau weiß ich das auch nicht. Ich kann ihn wie meine anderen Waffen entzünden, und er gehorcht mir. Mein Vater hat ihn mir gegeben. Jeder Trenarden-Krieger hat eine Flammenpeitsche und ein Flammenschwert. Den zusätzlichen Ring haben nur die Könige.«

»Darf ich ihn mal halten?« Halia legte den Kopf schief.

»Ähm, im Moment ist es grade schlecht.« Er wusste nicht, wie weit er schon abgekühlt war. Ihre Nähe trug nicht gerade dazu bei, dass seine Hitze wich. Halia schmollte ein bisschen.

»Ich gebe ihn dir nachher, ja?«, sagte Luzifer, um Frieden bemüht.

Halia legte sich in die dürren, leicht wehenden Gräser. Ihr Haar ringelte sich und verflocht sich mit den Halmen. »Was ich dich schon immer mal fragen wollte, Luzifer«, sie hob den Kopf. »Mein Vater hat mir erzählt, dass du, kurz nachdem ihr auf Duonalia angekommen seid, gesagt hast, dass du mich heiraten willst. Ist das wahr?«

Mit jeder Frage hatte Luzifer gerechnet, nur mit dieser nicht. Verlegen kratzte er mit seinen Krallen im Gras. »Ja, das stimmt, Halia. – Und ich will es immer noch.« Er blickte sie an, züngelte ohne Feuer langsam in Richtung ihrer ruhig auf dem Boden liegenden Hand, streichelte zart ihren Handrücken. Halia sah an ihrem Arm entlang, dann auf ihn. Würde sie jetzt die Hand zurückziehen? Mit ihm schimpfen? Ihn vielleicht sogar schlagen? Nein, sie musterte ihn durchdringend mit ihren grünen Sternenaugen.

»Warum denn nur?«, fragte sie.

Luzifer schluckte trocken. Er war ein Mann der Tat. Gefühle zu erklären fiel ihm schwer. Er zog die Zunge ein. »Das wollte ich schon, als ich dich das erste Mal gesehen habe. Ich – «, er wand sich, »habe sofort gefühlt, dass wir zusammenpassen und dass du stark genug bist für jemanden wie mich.«

Halia setzte sich auf, nahm seine verkrampfte Hand in ihre. Sie bog langsam die Klauen auseinander, legte seine Hand in ihren Schoß und streichelte die empfindsame, zartrote Handfläche. Luzifer glaubte einen Moment sein Herz bliebe stehen.

»Mein Vater wird nicht begeistert sein«, sagte sie nur.

Luzifer starrte sie an. Das war ein Ja. Irrsinnige Kraft erwachte in ihm. Am liebsten wäre er aufgesprungen und hätte sie gepackt und in die Luft geworfen vor Glück. Aber das hätte sie vielleicht erschreckt. Er musste sich benehmen. Also schloss er die Augen, drückte das Feuer in seinen Leib zurück und genoss ihre Berührung. Entschlossen rutschte er langsam näher an sie heran, streifte mit der anderen Hand ihr Haar. Mutig schlang er den Arm um sie. Wie oft hatte er von diesem Moment geträumt, aber niemals damit gerechnet, dass er einmal Wirklichkeit werden könnte.

Halia kuschelte ihren Lockenkopf an seine Schulter. »Du bist heiß«, stellte sie fest. Sie tastete über seinen Unterarm, den Bizeps, die Schulter, legte die kleine Hand auf seine Brust.

»Ja«, er konnte kaum sprechen. »Meine Hitze kommt aus meinem Magen. Da bin ich am heißesten. – Macht dir Hitze etwas aus?«

Halia schüttelte die Locken »Nein, Luzifer.«

Jetzt wurde er mutiger. »Darf ich etwas versuchen, bitte?« Er wartete nicht auf ihre Antwort, sondern drückte zart den Mund auf ihre vollen Lippen, dankbar, dass der Ring noch beschwerend in seinem Schoß lag. Er züngelte behutsam ohne Feuer, öffnete ihre Lippen. Das klappte. Er gab langsam etwas Feuer auf die Zunge. Ihr Mund kühlte ihn sanft ab. Er schlang beide Arme um sie, gab mehr Feuer in seinen Kuss, spürte ihre Zunge, die seine streichelte. Der Ring rutschte aus seinem Schoß. Er musste aufhören.

Hör auf, Luzifer, befahl der Engel in seinem Kopf. Mach weiter, Luzifer, riet ihm der Teufel in seinem Schädel.

Halia nahm ihm die Entscheidung ab. Sie drückte ihn von sich, löste die Lippen von seinen. Die Augen weit aufgerissen schaute sie ihn an.

»Habe ich einen Fehler gemacht?« Er schob den Ring wieder unauffällig auf seinen Lendenschurz.

»Das war unglaublich! Wir sind ja wirklich Feuer und Eis!«

»Natürlich«, nickte Luzifer. »Deshalb will ich dich ja schon seit so langer Zeit haben.«

Sie schwiegen im Taxi. Selbst Lydia schien es aufzufallen, denn sie blickte vom Beifahrersitz aus irritiert von Terzia zu ihm und wieder zurück. »Alles in Ordnung?«, fragte sie vorsichtig.

»Ja!«, antworteten Meo und Terzia aus einem Mund.

Er überlegte die ganze Fahrt über, was er ihr eigentlich erzählen sollte. Terzia war manchmal unberechenbar. Er würde es auf sich zukommen lassen müssen. Sie setzten Lydia an ihrer Wohnung ab und fuhren zu Terzias Haus.

Meo spürte, wie sich die Spannung bei Terzia aufbaute. Er wusste nicht, ob es in Griechenland Vulkane gab. – In diesem Moment kam ihm die rassige Griechin jedenfalls vor, wie kurz vor der Explosion. Sie wartete genau bis zu dem Zeitpunkt, an dem sich die Haustür hinter ihnen geschlossen hatte, dann schoss sie auf ihn zu und ohrfeigte ihn heftig.

»Was denkst du dir nur bei all dem? Willst du mich zum Narren halten?« Sie stampfte mit dem Fuß wütend auf die Erde, wurde von ihren Pumps behindert und schleuderte sie direkt von ihrem Fuß in seine Richtung. Meo neigte den Kopf zur Seite, als ein Schuh an seinem Schädel vorbei sauste und gegen die Tür hinter ihm schlug.

Terzia stampfte ins Wohnzimmer, immer noch brüllend. »Du bringst vor meinen Augen zwei Leute um, verschwindest einfach, machst mir mitten auf dem Flughafen einen Heiratsantrag! Und dann diese Freunde! Von welchem Stern kommst du eigentlich?« Sie riss sich die Haarnadeln aus dem Knoten und warf sie auf den Wohnzimmertisch.

Fahrig zerrte sie an dem Reißverschluss ihres Kleides. Blitzartig war er hinter ihr und half ihr vorsichtig den Zip zu öffnen, was sie wieder erboste.

»Und dann diese irre Geschwindigkeit, mit der du dich plötzlich bewegst! Ich werde wahnsinnig!« Sie riss sich das Kleid von den Schultern, drehte sich um und stand vor ihm, in ihrem zarten Unterrock, mit riesigen Augen.

Meo fühlte, wie seine Lippen amüsiert zuckten, versuchte es zu unterdrücken, aber es klappte nicht. Schon war er bei ihr, packte sie und trug sie ohne ein Wort in ihr Schlafzimmer.

»Aber, aber!« Terzia schnappte nach Luft. Er verschloss ihr den Mund mit seinen Lippen, legte sie auf das Bett. Im Bruchteil einer Sekunde hatte er sich seiner Kleider entledigt. Terzia wollte dazu noch etwas sagen, entschied sich dann jedoch dagegen. Schon hatte er sie erneut im Arm und küsste sie inbrünstig. Ihre Arme, die sich anfangs gegen ihn gestemmt hatten, erschlafften, bekamen dann wieder neue Kraft und zogen ihn enger an ihren Leib. Genau das hatte er gewollt.

Er ließ seine Zunge leicht vibrieren, umschmeichelte die ihre, streifte ihr dabei die Träger ihres Unterrocks über die Schultern und entblößte ihren runden, festen Busen. Er verließ ihren Mund und wanderte mit den Lippen ihren Hals hinab zu den Brüsten – verwöhnte die sich ihm entgegenreckenden Nippel mit seiner Zunge.

»Wie machst du das?«, stöhnte sie. Sie erwartete garantiert keine Antwort. Meo, inzwischen an ihrem Bauchnabel, musste lächeln. Was würde sie wohl sagen, wenn sie sein vibrierendes Glied spürte?

Die Nacht hatte nicht ausgereicht. Sie blieben den ganzen Morgen im Bett, und erst als um die Mittagszeit Terzias Magen empört knurrte und sich nicht mehr beruhigen wollte, erhob sich Meo und machte ihr ein Frühstück. Terzia sah ihm entgegen, als er nackt, die volle Mittagssonne auf seinem goldenen Körper, mit einem Tablett ins Schlafzimmer zurückkam.

Terzia räkelte sich wie eine Löwin in der Sonne, setzte sich dann auf, um das Tablett in Empfang zu nehmen. Sie war satt. So satt und zufrieden, wie noch nie in ihrem Leben. Jetzt fehlte eigentlich nur noch ein voller Magen zu ihrem Glück. Sie schenkte sich einen Kaffee ein und drückte ihm sein Glas Kefir in die Hand.

»Oder hat sich jetzt daran auch etwas geändert?«, fragte sie.

»Nein.« Er lächelte und trank.

»Kann es sein, dass wir in Paris richtig in Gefahr waren, Adam?«

Er nickte, sein Lächeln verblasste. »Du mehr als ich. Die Polizei hätte dich sicher eine ganze Weile festhalten können. Auf der anderen Seite«, er fuhr sich kurz durch sein Stachelhaar, »ich glaube, dass die Todesursache unklar war und eine solche Exekution einer zarten Frau wie dir kaum zuzutrauen ist. Sie hätten dich irgendwann gehen lassen müssen.«

»Wie hast du das gemacht?« Sie trank noch einen großen Schluck Kaffee, um sich gegen das zu wappnen, was da als Antwort kam.

»Ich habe so viel Kraft in den Händen. Ja, bevor du weiter fragst, ich bin auch sehr schnell. Und – ich heiße Meodern.«

»Meodern?«, hauchte sie. So einen Namen hatte sie noch nie gehört. »Und woher kommst du?« Sie schluckte trocken, trotz des Kaffees.

»Ich wohne seit einiger Zeit in Vancouver. Davor waren wir in Calgary.«

»Wir?«

»Ja, meine Freunde und ich.«

Na okay, damit würde sie sich erst einmal zufriedengeben. Die letzten Stunden mit ihm waren zu schön gewesen, um sie mit weiteren Fragen zu zerstören. Nur eine Sache blieb.

»Arbeitest du weiterhin für meine Firma?«

»Sicher, ich bin doch dein Top-Model und habe mich vertraglich verpflichtet«, grinste er.

Terzia seufzte auf. »Du wärst wirklich dumm das jetzt abzubrechen. Ich habe an dem Stapel Visitenkarten, die du von der Gala mitgebracht hast, gesehen, dass du sogar welche von namhaften Kosmetikfirmen hast. Mit Werbung für Kosmetik kannst du richtig viel Geld verdienen!«

Meodern lächelte. »Ich interessiere mich nicht für Geld, Terzia. Ich bleibe wegen dir.«

Terzia fühlte, wie die Röte sich langsam von ihrem Hals über das Gesicht ausbreitete. Die vergangene Nacht würde somit nicht die letzte gewesen sein.

»Brauchst du mich heute Nachmittag? Ich habe noch allerhand zu erledigen.« Er stand auf und lief zum Fenster, ließ sie einen Blick auf seine muskulösen Pobacken und auf seine kräftigen, schlanken Beine werfen. Er hatte sich verändert. Er war nicht mehr der verstörte, verunsicherte Mann, den Lydia aufgegabelt hatte.

»Verdammt! Ich liege hier, dabei habe ich noch so viel zu tun!« Sie strampelte die Bettdecke weg und wollte ins Bad. Er hielt sie mit einem Arm zurück, hob sie hoch und legte ihre Arme um seinen Hals. Terzia umschlang ihn mit ihren Beinen.

»Bis heute Abend.« Er küsste sie zärtlich.

Meo nahm ein Taxi zum Duocarns-Haus. Er wurde von höllischem Gebrüll begrüßt. Xanmerans wütender Bass schallte aus dem Untergeschoss. Zwischendurch hörte er Patallias ruhige Stimme. Xan verstummte.

Meodern kratzte sich am Kopf. Was ging denn da vor sich? Er lief die Treppen hinunter und lugte in Patallias Labor. Xanmeran saß mit hochgezogenen Schultern auf einem der Drehstühle. Pat stand in einer Jeans und einem schwarzen Pulli vor Xan, die weißen Hände auf den Tisch aufgestützt und blickte ihm ins Gesicht.

»*Komme ich ungelegen?*«

»*Meo!*« Patallias Miene erhellte sich augenblicklich. »*Entschuldige, dass ich nicht mit am Flughafen war, aber ich hatte hier einen „Patienten".* Er schaute stirnrunzelnd auf Xanmeran.

»*Ja genau*«, maulte Xan. »*Der „Patient", der sich hier regelmäßig zum Affen macht!*« Er drehte sich zu Meodern um. Sein Gesicht zeigte einige verheilende Blessuren.

»*Hallo Meo!*«, er grinste schief. »*Habe von deiner Modelkarriere gehört. Klasse! Wenigstens einer, der etwas Vernünftiges schafft!*«

Meodern starrte ihn an. Jetzt fiel es ihm wieder ein. Er hatte Xanmeran zwischen Trianoras Beinen gesehen. Danach hatte er den Blackout. Ob die beiden Erlebnisse zusammenhingen?

Xanmeran hatte offensichtlich ähnliche Gedanken. Er legte den Finger auf den Mund und drehte die Augen zu Patallia.

Meo rieb sich das Kinn. »*Ich glaube, Xanmeran und ich haben etwas zu besprechen.*« Er winkte dem roten Krieger mit der Hand und ging in den Trainingsraum.

Xanmeran folgte ihm, schloss die Tür und stützte sich dagegen. »*Und?*«, fragte er gereizt.

»*Du und Trianora?*« Meodern lehnte sich gegen Xanmerans Übungspuppe.

»*Nein, Meo, das war nur ein Ausrutscher. Ich möchte nichts von Trianora. Das hatte sich so ergeben.*«

»*Xan, mit einer Duonalierin ergibt sich doch nicht einfach so etwas!*«

»*Doch. Ich weiß auch nicht wieso. Wenn du mich fragst, liebt sie seit ewigen Zeiten Ulquiorra, der sie aber überhaupt nicht wahrnimmt.*«

»*Immerhin hat er dich wieder auf die Erde gebracht.*«

»*Ha!*« Xanmeran wurde erneut lauter. »*Solutosan hat mich bewusstlos geschlagen und abtransportieren lassen!*«

»*Was?*«

Xanmeran nickte, beruhigte sich. »*Er hatte ja recht*«, gestand er kleinlaut. »*Ich wollte wieder her, aber hatte nicht den Mumm Ulquiorra darum zu bitten.*«

»*Au Mann, Xan!*« Meodern setzte sich auf eine zusammen-gerollte Übungsmatte. »*Und nun?*«

»*Ich werde auf der Erde bleiben und kämpfen. Als französischer Soldat.*« Sein rotes Gesicht war hart. »*Ich sehe menschlich ge-nug aus, um in die Fremdenlegion aufgenommen zu werden. Kana-dische Papiere habe ich ja. Werde mich in der Neutralisierung von Explosivstoffen ausbilden lassen. Der Dienst dauert fünf Jahre. Danach sehe ich weiter.*«

Meodern nickte. Er verstand das. Seit die Jagd auf die Ba-canis zu Ende war, taumelte Xanmeran ziellos umher. Ein Krieger ohne Krieg. Viele Männer waren im Moment in Xans Situation – mussten sich neu orientieren. Wenn er da an die ganzen Quinari dachte, die mit Arishars Raumschiff gekom-men waren …

Meo seufzte. »*Fünf Jahre sind für uns ein Augenzwinkern, Xanmeran. Ich wünsche dir Glück!*« Er erhob sich und umarmte seinen alten Kampfgenossen. »*Du weißt, wo wir sind.*« Er dreh-te sich um und verließ den Trainingsraum.

Sein Herz war tonnenschwer. Er ging in die Küche, um ein Glas Kefir zu holen. Er wollte sich etwas sammeln, bevor er mit Smu sprach.

Er brauchte Smu nicht zu suchen. Der kam in diesem Mo-ment durch die Garage in die Küche gestiefelt – die bunten Haare zu zwei Zöpfen geflochten, mit einer ausgefransten Wildlederhose, einen zerfetzten Jeansmantel um die Schul-tern gehängt.

»Wow, Smu! Cooles Outfit!«

Smu grinste. »Frag mich nur bitte nicht, was das gekostet hat.«

»Ich wollte mit dir sprechen. Erst einmal wegen eines Autos. Welches steht hier herum? Ich möchte nicht ständig bei dem Wetter über die Dächer hüpfen.«

Smu überlegte. »Patallia benutzt den Volvo, um zu Chrom zu fahren. Ich nehme meistens den BMW. Terv und Mercuran haben jetzt Aidens BMW. Also bleibt der Porsche und der Pick-Up. Ich wüsste schon, welchen von den beiden ich nehmen würde.« Smu grinste breit.

»Okay!« Meo setzte sich an den Küchentisch.

»Noch etwas anderes. Da ist eine Ungereimtheit in meinem Leben. Ich möchte dich bitten, ein bisschen nachzuforschen.«

Smu streifte den Mantel ab und legte ihn auf die Anrichte. Er schwang sich auf einen der Küchenstühle und sah ihn neugierig an. »Bin ganz Ohr.«

Meo spitzte die Ohren Richtung Keller. Alles war ruhig. Er wollte nicht, dass Xanmeran etwas von dem mitbekam, was er zu sagen hatte. »Mein Dilemma fing an, als ich von Ulquiorra den Auftrag bekam Trianora eine Nachricht zu bringen. Es ging dabei lediglich um eine Termin-Verschiebung. Ich suchte sie im Silentium und fand sie in der Aula. Ich hatte es zuerst nicht gesehen, aber Xanmeran kniete zwischen ihren Beinen und ...«, er vollendete den Satz nicht.

Smu pfiff durch die Zähne. »Und weiter?«, fragte er gespannt.

»Mir war die Situation peinlich und ich wollte gehen. Trianora wollte mir etwas erklären, aber meiner Meinung nach gab es da nichts klarzustellen. Sie hielt mich am Ärmel fest und zerriss ihn.« Er blickte nachdenklich in sein Kefirglas. »Ich kam zurück zu Ulquiorra, der seltsam abwesend wirkte, denn er setzte mich statt im Wohnzimmer vor dem Haus ab. Danach weiß ich nichts mehr. Ich hatte Amnesie und bin durch Vancouver gelaufen. Dort hat Terzias Assistentin Lydia mich aufgegabelt. Ich war die ganze Zeit bei Terzia und habe ihre Modelle vorgeführt. Wir flogen später nach Paris und haben auch da gearbeitet. In Paris wurde Terzia in einer Tiefgarage überfallen und ich habe die beiden Angreifer getötet. Durch den Einsatz meiner Gabe kam die Erinnerung zurück. Ich wusste plötzlich wieder alles. Schätze mal zu diesem Zeitpunkt hast auch du mich gefunden.«

Smu hatte sich Meos Bericht mit ernster Miene angehört. »Seltsam.«

»Ja, genau – ausgesprochen seltsam. Meine Amnesie kam da wohl jemandem sehr gelegen. Aber das ist nur eine Vermutung. Ich möchte dich bitten, dem nachzugehen.«

»Das werde ich machen, Meo. Das finde ich wirklich interessant. Ich gehe nach Duonalia.«

Meodern nickte. »Sei nur so nett und erzähle niemandem diese pikanten Details.«

»Und Patallia?«, fragte Smu.

»Bei dem ist es okay – der schweigt sowieso wie ein Grab.«

»Alles klar, Meo. Der Fall ist bei mir in guten Händen. Ich rufe dich an, sobald ich wieder hier bin.«

Meo stand auf und klopfte Smu auf die Schulter. »Danke, Smu!«

Er ging in sein Zimmer und öffnete den Kleiderschrank. Ob Terzia maulen würde ihn in der Kreation eines anderen Designers zu sehen? Er zuckte die Achseln und zog eine schwarze Lederhose, ein weißes Hemd und seine Lieblings-Lederjacke mit Fellfutter an, denn der Herbst war bereits wieder in Vancouver eingezogen. Das Meer in Seafair schäumte grau und wild, als Meo mit Solutosans Porsche das Haus verließ und zu Terzias Büro fuhr.

Solutosan schrie von einem Orgasmus geschüttelt. Er wachte schlagartig auf. Arinon kniete neben ihm. Seine gelben Augen leuchteten in der Dunkelheit.

»Das geht nun schon zu lange, Solutosan«, knurrte er.

»Die Frau! Sie war wieder da! Warum?«, stöhnte er verwirrt. »Sie hatte keine … «, er hielt inne.

»Keine was?«, fragte Arinon.

»Keine Brüste«, flüsterte er.

Es gab nur eine Frau, die er kannte, die keinen Busen hatte: Vena! Wieso träumte er von Vena? Warum hatte er ununterbrochene Sexträume mit ihr? Verwirrt fuhr er sich durchs Haar.

»Die Frau, von der ich träume, ist Auranerin und lebt auf Sublimar, Arinon.«

Der Quinari überlegte. »Hattest du dort mit ihr ein erotisches Verhältnis?« Solutosan schüttelte den Kopf.

»Hm.« Arinon schien mit seiner Weisheit am Ende. »Ich gebe dir vor deinem nächsten Ruhemodus ein Medikament. Vielleicht hört es damit auf. Morgen nach der Arbeit geht das Training weiter. Halte dich bereit.« Er stand auf und ließ sich auf seinem Lager nieder, streckte sich und war eingeschlafen. Solutosan lag noch lange wach.

Arinon hielt Wort. Am nächsten Abend stand er in seiner grauen Lederhose vor ihrem Haus, zwei Schwerter in den Händen. Er blickte Solutosan ernst an, der lediglich seinen Lendenschurz trug.

»Du erinnerst dich an den Messerkampf?«

Solutosan nickte.

»Gut, genau das Gleiche werden wir mit den Schwertern machen.« Er reichte ihm ein Schwert. »Zuerst wechsle es einhundert Mal von einer Hand zur anderen. Du wirst sehen, es ist ein großer Unterschied zu einem kurzen Messer.«

Solutosan wog die Waffe in der Hand. Sie war lang und unhandlich, aber gut ausgewogen. Er wechselte das Schwert in den Händen. Es pendelte. Arinon sah geduldig zu. Er übte, bis sein Griff sicher saß.

Der Quinari nickte. »Nun wirf es hoch. Nicht zu hoch – vier Handbreit – und wechsle dann.«

Das war schwieriger. Solutosan versuchte es weiter. Er brauchte länger, um fest zu greifen. Arinon zog ein Stück getrocknetes Fleisch hervor, setzte sich auf den Boden und kaute. Er beobachtete Solutosan genau.

»Gut! – Nun die nächste Schwierigkeitsstufe. Wirf es in die Luft, lass es um die eigene Achse drehen und fang es am Griff auf. Mal links, mal rechts!«

»Unmöglich!« Er rieb sich die Handgelenke, die bereits schmerzten. Arinon nahm sein Schwert, stand auf und warf es in die Luft. Es wirbelte gefährlich blitzend. Arinon fing es mit der rechten Hand, warf sofort wieder und ergriff es mit links.

»Dir ist klar, dass man sich so die Finger abschneiden kann?«, fragte Solutosan. Arinon grinste nur und setzte sich hin, um an seinem Fleisch zu kauen.

Sie hielt es nicht mehr aus nur herumzusitzen! Maureen hatte nun lange genug auf Xanmeran gewartet. Aber es kam kein Lebenszeichen von ihm. Sie verstand nicht, was passiert war. Warum ließ er seine Wut auf Ulquiorra an ihr aus? Wieso strafte er sie mit Nichtbeachtung? Anfänglich hatte sie nachts im Bett geheult. Inzwischen war sie über dieses Stadium hinaus und war nur noch wütend auf ihn. Sie wollte ihn zur Rede stellen!

Sie sagte die Trainingstermine für einige Tage ab und ging in Halias Zimmer. Die Unterkunft des Mädchens war leer und aufgeräumt. Wo konnte sie sein?

Einer Eingebung folgend lief Maureen in die Ställe zu Luzifer. Sie öffnete die Stalltüre, hörte Halias und Luzifers Stimmen an den hinteren Boxen. Sie ging die Stallgasse entlang. Da waren die beiden, standen sehr eng beieinander. Als sie Maureen bemerkten, fuhren sie auseinander. Luzifers feurige Augen flackerten erregt. Halias Gesicht war gerötet.

»Ähm ja«, Maureen räusperte sich. »Ich bin ja nur eine Freundin. Freut mich, dass ihr zwei euch so gut versteht!« Sie lächelte schief. »Ich befürchte nur, einige andere werden sich da nicht so sehr freuen.«

Halia biss sich auf die Lippen. »Das wissen wir. – Aber das ist uns egal.«

Maureen nickte. Ihr war absolut nicht danach, Halia und dem Trenarden eine Moralpredigt zu halten. »Ich wollte eigentlich nur Bescheid sagen, dass ich einige Tage fort bin.

Ich werde Xanmeran suchen gehen. Ich muss mit ihm sprechen.«

Halia nickte langsam. »Habt ihr Streit?«

»Ich weiß es nicht, Halia. Ich verstehe ihn nicht. Das muss ich jetzt klären.«

Halia kam auf sie zu und umarmte sie. »Mach das und komm bald wieder, ja?«

»Pass auf sie auf, Luzifer«, lächelte Maureen. Der bleckte die Reißzähne und grinste. Oh je, dachte Maureen. Da habe ich wohl den Bock zum Gärtner gemacht. Aber Halia war inzwischen alt genug, um selbst auf sich aufpassen zu können.

Maureen legte die duonalischen, transparenten Frauenschleier an und betrat das Transportband zum östlichen Hafen.

Sie hatte kein Energiebrett mitgenommen, sondern wanderte das Stück zu den Häusern der Quinari zu Fuß. Der Wind des nördlichen Mondes war an diesem Tag recht kühl, wehte ihr Gewand in alle Richtungen – wickelte es um ihren Leib. Maureen zog die Schleier fester um sich.

Sie klopfte an Arishars Haustür. Leichte Schritte näherten sich von innen. Nala öffnete mit einem Säugling auf dem Arm. An ihr dunkelrotes Gewand geklammert, mit dem Daumen in dem Mund, starrte ihr erstgeborener Sohn Maureen mit gelben Augen an.

»Hallo Nala! Wie heißt der Junge?«

Nala lächelte. »Das ist Arison.«

Maureen beugte sich zu dem Kind hinab. »Hallo Arison!« Der Kleine fasste fester in den Stoff von Nalas Kleid. »Ich wollte Arishar sprechen, Nala.«

»Der ist bei den anderen Männern. Sie wollen noch ein Freigehege einzäunen.« Nala deutete in Richtung der neu gebauten Ställe.

»Danke!« Maureen lächelte die zierliche, dunkelhaarige Frau an. Wie diese kleine Quinari es wohl schaffte, den riesigen, stark gehörnten Arishar zu bändigen? Maureen hatte das Gefühl bei Xanmeran versagt zu haben.

Sie hörte die Quinari schon von weitem, denn die Schläge, mit denen sie die Pfosten in den Boden schlugen, waren nicht zu überhören. Maureen blinzelte. Da arbeiteten nicht nur drei Quinari mit Lendenschurz, sondern auch ein zartbraun getönter Mann mit ausgeprägten Muskeln und einem goldenen Pferdeschwanz – Solutosan! Maureen strahlte. Sie hatte den Duocarns-Chef von Anfang an gemocht. Sie trat langsam näher. Er hatte sich verändert. Oder täuschte sie sich? Er hob den Blick und seine Sternenaugen waren klar, wie sonst auch.

»Hallo Maureen!« Er lächelte und Maureens Herz schlug schneller. Arishar stützte sich auf einen Pfosten und nickte.

»Hallo! Ich hoffe, ich störe nicht. Ich suche eigentlich Xanmeran.«

Das Lächeln verschwand aus Solutosans Gesicht. »Der ist auf der Erde, Maureen. Er war etwas lädiert«, er warf einen bedeutsamen Blick zu Arishar, »und ich habe ihn zu Patallia geschickt.«

»War er schwer verletzt? Himmel, Solutosan, sag was!«

»Keine Sorge, Maureen, es geht ihm gut.«

Maureen stieß die Luft aus. »Gut, danke, dann weiß ich, was ich zu tun habe.« Sie ließ die Männer stehen, drehte sich um und ging. Maureen spürte deren Blicke im Rücken.

Sie würde nun ins Silentium fahren und ein längst überfälliges Gespräch mit Ulquiorra führen.

Das hoheitsvolle Silentium, aus glänzenden, weißen Steinen erbaut, war ein beeindruckendes Gebäude. Obwohl sie genau wusste, was sie dort wollte, stieg Maureen mit beklommenem Herzen die breiten Steinstufen zu dessen riesigen Flügeltüren hinauf. Als sich die Türen hinter ihr leise schlossen, hüllte die Stille sie ein. Sie durchquerte die Vorhalle, mit den tiefgründig schimmernden, weißen Fliesen und stand dann hilflos vor den ruhigen Fluren. Wo sollte sie ihn suchen? Sie musste warten, bis sich jemand zeigte, der ihr vielleicht den Weg weisen konnte.

Maureen lehnte sich gegen die kühle Wand. Sie verstand, wie das Silentium beschaffen war. Nichts sollte von dem Wissen ablenken, das hier vermittelt wurde. Die telepathischen Duonalier bemerkten diese dröhnende Ruhe vielleicht nicht in dem Maß, wie sie es tat. Sie hätte sich nicht vorstellen können, länger in dem Gebäude zu verweilen. Unruhig ging sie auf und ab. Was sollte sie Ulquiorra genau sagen? Ach, das würde sich im Gespräch ergeben. Auf jeden Fall wollte sie ihn bitten, sie zur Erde zu bringen. Wie lange war sie nun schon auf Duonalia? Sie wusste es nicht. Die Zeit verging anders als auf der Erde – wie anders hätte sie nicht sagen können.

Die Flügeltüren öffneten sich und eine blonde Frau trat auf sie zu. Sie trug über dem üblichen weißen, ein violettes, zartes Übergewand.

»Kann ich dir helfen?«, lächelte sie.

»Ja bitte! Ich suche Ulquiorra.«

Die Frau überlegte kurz. »Er könnte in seinem Privatquartier oder im Labor sein. Ich würde sagen, das Labor ist wahrscheinlicher. Ich führe dich gern dort hin.«

»Das ist sehr nett, vielen Dank«, strahlte Maureen. Sie liefen gemeinsam los.

»Ich bin übrigens Dana. Ich gehöre nun dem Duonat an.«

»Ich bin Maureen. Du bist gewählt worden? Ich gratuliere dir! – Kommst du denn mit den Bacanis klar?«

Dana schnitt eine kleine Grimasse. »Es geht so. Glücklicherweise haben die Wähler außer Rarak nur noch zwei ältere und ruhige Rudelfürsten auserkoren, die sehr besonnen agieren.« Sie blieb stehen. »So, da wären wir.« Sie klopfte an eine der vielen Türen. »Ulquiorra?« Dana zuckte die Achseln und öffnete die Tür. »Nein, hier ist niemand. Dann ist er gewiss im Wohnflügel.«

»Meinst du, ich kann ihn dort stören?«

Dana musterte sie von oben bis unten. »Wer würde sich denn nicht über deinen charmanten Besuch freuen?«

Maureen spürte, wie sie errötete. Sie konnte nur sehr schlecht mit Komplimenten umgehen. Also schluckte sie trocken und nickte.

Dana begleitete sie bis zum Wohnflügel und deutete den Gang hinunter. »Dort, die letzte Tür. Ich muss jetzt leider gehen.«

»Vielen Dank, Dana!«

Die blonde Frau verneigte sich und ging.

Auch in diesem Teil des Silentiums war die Stille erdrückend. Maureen schritt langsam den Gang entlang und klopfte an besagte Zimmertür.

»Ja?« Ulquiorra schien verschlafen.

»Hallo, hier ist Maureen!« Er rumorte kurz in seinem Zimmer und öffnete dann die Tür.

»Habe ich dich geweckt?« Sie blickte auf sein zerwühltes Bett. »Entschuldige.«

Er lächelte und sah auf sie hinab. »Das ist in Ordnung. Tritt bitte ein.« Er hat Xanmerans Augen, dachte Maureen. Wieso fiel ihr das jetzt erst auf?

Er deutete auf einen Stuhl und setzte sich auf das Bett. Er sah erschöpft aus.

»Ich hätte dich doch nicht wecken sollen – du siehst müde aus.«

»Die Müdigkeit ist bei mir ein Dauerzustand, Maureen.«

Sie schaute ihn kritisch an. Es ging ihm nicht gut. Aber es war nichts Körperliches.

»Warum möchtest du mich sprechen? Worum geht's?« Er blickte sie interessiert an. »Nein«, er hob die Hand, »lass mich raten – um Xanmeran.«

»Woher weißt du ...«, hob sie an.

»Wann geht es mal nicht um meinen Vater?«, seufzte er.

Maureen stand auf und setzte sich zu ihm auf das Bett, nahm seine schlanke, sehnige Hand in ihre. »Ich verstehe ihn nicht, Ulquiorra. Er hat mich einfach verlassen!« Sie schluckte, merkte, dass ihr die Tränen hochstiegen. Sie hatte eigentlich nicht vorgehabt, Ulquiorra etwas vorzuheulen.

»Wir hatten nicht einmal Streit. Er wurde aggressiv und ist gegangen. Die Gründe verstehe ich nicht.« Nun liefen doch einige Tränen über ihre Wangen.

»Maureen!« Ulquiorras bleiches Gesicht zeigte Bestürzung. »Ich wusste nicht ...«, er senkte den Kopf und sein schwarzes, langes Haar fiel nach vorne.

»Sogar dich lässt er leiden«, flüsterte er.

Maureen klammerte sich an seine Hand. »Aber warum?«

»Ich weiß es nicht genau, Maureen. Ich vermute nur.«

Er hob den Kopf, zog seine Hand aus ihrer und strich ihr über die Tränen auf der Wange. Er sah Xanmeran in diesem Moment so ähnlich, dass Maureen den Atem anhielt. Etwas rührte sich in ihr. Nahm Form an. Endete darin, dass sie seine streichelnde Hand ergriff und sie küsste. Was tat sie da? Sie hatte doch vorgehabt, ihn zu bitten, sie auf die Erde zu bringen, damit sie Xan hinterher laufen konnte.

Ulquiorra blickte erstaunt auf seine Hand. Seine Augen begannen zu glitzern. Er musterte sie, als würde er sie zum ersten Mal sehen. Sie streckte die Hand aus und strich zärtlich über sein glattes Haar. Er war schöner, angenehmer, gebildeter und ruhiger als sein Vater.

»Sag bitte nichts«, flüsterte sie und streichelte seine Wange. Ulquiorra schloss die Augen. Jetzt hatte sie angefangen, nun würde sie weiter gehen. Sie war keine scheue Duonalierin – sie war ein Mensch!

Er wusste nicht, was mit ihm geschah – nur, dass es gut und wohltuend war, so angefasst zu werden. Xanmeran hatte diese Frau verstoßen. Er verstand nicht warum. Sie war schön, feinfühlig und klug, außerdem durch ihren Sport kraftvoll und tatkräftig. Maureen war ganz Frau, ihre Hände fühlten sich angenehm weich an – ihr Körper würde ebenfalls wunderbar sein.

Er war am Ende. Sein ganzes Leben hatte er der Erforschung der Anomalie gewidmet, nun war er deren Wächter.

Er hatte noch nie eine Partnerin gehabt, und manchmal zerfraß die Einsamkeit ihn regelrecht. Jetzt war Maureen auf einmal da.

Er spürte ihre Hand auf seiner Brust. Seine Brust glühte. »Was machst du mit mir?«, fragte er leise. Er blickte hinab, und sah seine Energie in Wellen durch den Stoff leuchten. »Ist das schlimm?«, hauchte Maureen.

»Nein, es fühlt sich gut an.«

Maureen lächelte und streifte ihm sein Gewand über den Kopf, betrachtete seinen entblößten Körper. Ulquiorra zog sie in die Arme. Er wollte jetzt auch nicht mehr aufhören, wollte sie sehen und fühlen. Ihr Gewand sank wie eine weiße Wolke neben sein Bett.

Er wunderte sich über ihre blonden Haarsträhnen, die sich auf seinem Kopfkissen ausbreiteten – über ihren nackten Leib in seinem sonst leeren, weißen Bett – über ihr Gewand auf dem Fußboden seines kahlen Zimmers. Erstaunt sog er ihren verführerischen Duft ein, der ihm in die Nase stieg. Den wollte er erkunden. Wissbegierig begann er bei ihrem Haar, streifte sanft ihre Lippen, um ihren Atem zu erforschen. Er fuhr an ihrem Hals hinab unter ihre Achseln, zwischen ihre Brüste, strich die schlanken Beine hinunter zu den Füßen und kam zurück, um den Duft zwischen ihren Schenkeln zu atmen. Was für eine neue Welt! Maureen seufzte.

Er ließ Energie in seine Hand fließen und begann den gleichen Weg erneut. Maureen zuckte, wo seine Kraft sie berührte. Ihm war, als könne er ihren ganzen Körper in leidenschaftliche Flammen setzen.

Sie öffnete die Schenkel, um seiner Hand Platz zu geben, streckte sehnsüchtig die Arme nach ihm aus. Er glitt an ihre Seite. Er zögerte, fühlte sich durch seine Unerfahrenheit etwas befangen. Maureen nahm seinen Kopf in beide Hände und drückte ihre warmen Lippen auf seinen Mund. Ihre streichelnde Zunge öffnete seine Lippen. Er keuchte erstaunt auf. Was war das für ein Gefühl? Ihre Zunge drang weiter vor, umschlang die seine und streichelte sie. Ich habe meine Hand an ihrer intimsten Stelle, fuhr es ihm durch den Kopf. Sie wird mich verschlingen. Eine warme Welle flutete in seinen Leib und endete in seinem Glied, das sich augenblicklich aufbäumte. Ich kenne meinen eigenen Körper nicht, dachte er noch und ergab sich dem starken, in ihm erwachenden Drängen. Er wollte sie besitzen. Und zwar sofort! Ihr Unterleib unter seiner energetischen Hand bäumte sich auf. Er spürte ihre Hitze und ihre Feuchtigkeit. Maureen zog ihn über sich und umschlang ihn mit ihren Beinen. Er fühlte ihre süße Gier, die wie eine Woge über ihm zusammenschlug und ihn endgültig berauschte. Zärtlich und bestimmt nahm sie sein Glied in die Hand und führte es. Ihre Hitze fuhr wie ein Blitzschlag in seinen Körper, aktivierte seine Energie. Einen Moment hatte er Angst sie nicht kontrollieren zu können, machte sich steif und horchte in seinen Energiefluss. Er war entflammt, aber nicht unkontrolliert. Seufzend gab er sich hin, versank in ihren Armen, in ihrem Schoß, verströmte seine Kraft in sie, bis sie sich aufbäumte und ihr ekstatischer Schrei die Stille des Silentiums zerriss wie einen gespannten Seidenvorhang.

»Ah, da bist du ja!« Terzia kniff die Augen zusammen, um ihn in seiner Lederkleidung zu mustern. »Sexy!« Sie grinste. Lydia, die mit einem rollbaren Kleiderständer ins Büro kam, pfiff laut und bewundernd.

Meo schlenderte um den großen Schreibtisch herum und küsste Terzia.

»Nicht vor allen Leuten«, zischte sie. Lydia winkte nur ab und verließ lachend das Büro. »Ach so, es kamen Anrufe für dich. Ich glaube, du brauchst einen Agenten, der für dich in Zukunft die Jobs regelt. Ich habe keine Zeit dafür. Aber ich habe dir trotzdem ein Fotoshooting für eine Herrenpflegeserie in New York arrangiert und du müsstest nach London für ein Interview, wahrscheinlich mit Cover-Shooting.«

Meodern sah sie forschend an. »Und du?«

Terzia hob den Kopf von ihren Entwürfen. »Was soll mit mir sein?«

»Warum bist du plötzlich so kalt?« Er kam um den Schreibtisch herum und hob sie hoch, als wäre sie leicht wie eine Feder. Er schob sich auf die Schreibtischplatte und nahm sie auf den Schoß.

»Meodern!« Sie trommelte unwillig mit den Fäusten gegen seine Brust. »Ich bin nicht kalt, aber ich trenne Geschäft gern vom Privatleben.«

»Und wozu gehöre ich?«

Jetzt musste Terzia wider Willen lächeln. »Du hast recht. Du gehörst zu beidem. Trotzdem darfst du dir keine Frechheiten herausnehmen!« Sie strampelte, doch er hielt sie fest.

»Gut, da ich deiner Meinung nach zu beidem gezählt werde, darf ich dich a) küssen wenn mir danach ist, was privat ist, und b) darf ich das in deinem Büro, weil ich Teil deines Geschäfts bin.«

Terzia lachte. »Ich gebe mich geschlagen! Aber bitte wenigstens nicht vor den Angestellten.« Sie packte ihn an den Ohren und zog ihn zu sich heran. Küsste ihn lange und innig.

»Darf ich jetzt wieder weiterarbeiten?«

Er nickte und setzte sie auf dem Boden ab. »Ich gehe mal zu Lydia wegen des Agenten.«

Lydia war nicht im Nebenraum, also setzte Meo sich in einen der kunstvoll verdrehten Designer-Metallsessel und wartete. Er war dabei, ein Jet-Set-Leben zu beginnen. Aber was hatte er zu verlieren? Er würde auch in tausend Jahren noch so aussehen wie jetzt.

»Sag mal«, fragte er, als sie bepackt mit Katalogen in ihr Büro kam. »Wie lange kann man denn so als männliches Model auf dem Markt bestehen?«

Die rothaarige Lydia musterte ihn abschätzend mit ihren durchdringenden, blauen Augen. »So wie du gebaut bist, schätze ich zehn – mit gutem Chirurgen zwanzig Jahre.« Sie grinste und ihre Fältchen vertieften sich. »Du scheinst Gefallen an dem Job gefunden zu haben. – Was hast du denn eigentlich vorher gemacht?«

Er überlegte kurz. »Ich war so eine Art Jäger und Söldner.«

»Was? Irgendwo in den Bergen herumkraxeln und faules Wasser trinken? Na, da bist du aber hier besser dran!« Sie ging in die winzige, abgetrennte Büroküche und kam mit einer Tasse Kaffee und einem Glas Kefir wieder heraus. Sie drückte ihm das Glas in die Hand. »Hat Terzia mit dir wegen eines Agenten gesprochen? Ich kann Joseph Klein mal für dich anrufen. Macht es dir etwas aus, einen schwulen Agenten zu haben?« Meo schüttelte den Kopf. »Fein! Ich gebe dir Bescheid.«

Meo zog sein Handy aus der Jackentasche und sah auf das Display. »Nimm am besten mal meine Nummer.«

Lydia grinste erneut. »Du hast dich ganz schön verändert, seit dein Gedächtnis wieder da ist.«

»Findest du?«

»Ja, Adam, als ich dich auf der Straße fand, warst du zwischen Tag und Traum.«

»Ich heiße übrigens Meodern«, bemerkte er sanft.

»Oh!« Lydia ließ den Namen auf sich wirken. »Aber im Job bleiben wir bei Adam. Muss sonst alles wieder neu drucken lassen!«

»Nur keine Panik, Lydia.«

Smu zupfte missmutig an dem weißen Gewand. Er hatte sich nicht dazu durchringen können, seine Haare wieder in einem einheitlichen Farbton zu färben. Um mit dem bunten Haar nicht aufzufallen, trug er eines der auf Duonalia üblichen Herren-Barretts, das er genau so grauenvoll fand wie das Gewand, und es deshalb übellaunig auf dem Kopf drehte.

Ulquiorra hatte ihn auf dem östlichen Mond abgesetzt, und bevor Smu ihm weitere Fragen stellen konnte, war dieser lächelnd verschwunden. Er braucht überhaupt nicht zu glauben, dass er so einem Interview entgeht, dachte Smu grimmig und drückte das Tor zum Innenhof der Karateschule auf.

»Pack ihn!«, brüllte Luzifer in diesem Moment. Ein gepunkteter Warrantz war, mit einer völlig aufgelösten Halia auf den Fersen, an Smu vorbei galoppiert.

»Hey Smu!«, schrie sie im Vorbeirennen und stürzte sich auf den Warrantz.

»Pass auf, der beißt!« Luzifer stürmte ebenfalls an ihm vorbei, packte das Tier an der Schnauze und drückte sie zusammen.

Halia überließ ihm das strampelnde Tier und strich sich das wirre Haar aus der Stirn. Sie strahlte ihn an, breitete dann die Arme aus und schlang sie um seinen Hals. »Schön dich mal wieder zu sehen!« Sie warf einen Blick zu Luzifer, der mit dem Warrantz im Stall verschwand und mit dem dicken Schwanz eine Schleifspur im Staub hinterließ.

Halia grinste schief. »Das macht er nur, wenn ihm etwas nicht passt.«

»Was sollte ihm denn nicht passen?« Smu nahm sie an den Schultern und hielt sie vor sich.

»Dass ich dich umarmt habe«, lächelte Halia mit erhitztem Gesicht.

Jetzt dämmerte Smu einiges. Er schluckte. »Weiß dein Vater das von dir und Luzifer?«

»Nein, Smu«, sie stockte. »Er ist ja immer noch bei Arishar – so lange schon. Aber sag ihm nichts. Ich spreche selbst mit ihm.«

Smu staunte. »Halia, er ist ein feuerspuckender Trenarde. Hat das denn Zukunft?«

»Ha!« Sie löste sich endgültig von ihm. »Und das sagt jemand, der mit einem durchsichtigen, männlichen Alien zusammen ist.« Sie betonte das Wort „männlich".

Smu nahm das Barrett ab und kratzte sich am Kopf. »Da hast du wohl recht. Hast du dich denn noch nicht an ihm verbrannt?«

Halia schüttelte die Locken. »Nein, und zwar deswegen.« Sie legte Smu ihre Hand auf den Handrücken, der sofort kalt wurde.

»Eis!« Smu betastete die kühle Stelle. »Du kannst Dinge vereisen?«

Halia nickte.

»Wahnsinn! Feuer und Eis!«

In diesem Moment flog eine Gestalt auf ihn zu. Maureen! Smu schnappte sie und schwenkte sie im Kreis herum.

»Sweety!«, brüllte Maureen. Smu stoppte, schob die Unterlippe vor. Maureen strahlte ihn an. »Jetzt sag nicht, dass ich dich damit immer noch ärgern kann. Komm rein! Ich habe Donakuchen.«

»Ich kann es kaum erwarten«, knurrte Smu und rollte mit den Augen.

Aritax und Aribar gingen sich waschen. Solutosan blieb mit Arishar allein an dem neu umzäunten Gehege stehen. Zufrieden blickten beide auf ihr Tagwerk.

»Es sind wieder einige zahme Tiere beim neuen Wurf«, meinte Solutosan. »Soll ich sie in Extraställe sperren? Die können wir dann auf dem Markt als Streicheltiere verkaufen.« Arishar nickte.

Solutosan sah ihn mit schräg gelegtem Kopf an. »Ich habe mich an unsere Abmachung gehalten – du weniger, Arishar.«

Der Quinari hob den gelben Blick. »Was meinst du damit?« Solutosan schwieg. »Ah, verstehe, du dachtest ich bilde dich selbst aus. Nein, Solutosan. Ich habe dir unseren besten Ausbilder gegeben.«

So war das also. Solutosan blickte ihn weiterhin schweigend an.

»Arinon bildet allerdings nicht jeden aus«, meinte Arishar gedehnt.

»Mich hat er angenommen, Arishar. Wie passt es zusammen, dass er der beste Ausbilder ist – was meiner Meinung nach Anerkennung verdient – und er trotzdem als der Niedrigste von euch angesehen wird?«

Der Quinari-König umfasste einen der Zaunpfähle mit den Klauen. »Er hat die Achtung aller Männer, was aber nichts an seinen fehlenden Hörnern ändert.«

Solutosan zwang sich, ein missbilligendes Augenrollen zu unterdrücken. »Verstehe.« Er wollte sich nach dem Werkzeug bücken, als er Arishars linke Faust auf sich zu sausen sah. Er bückte sich blitzschnell tiefer.

»Nicht schlecht«, zischte Arishar.

Solutosan sprang sofort einige Schritte von ihm weg. Der Quinari ging wieder in den Angriff über. Ein Kampf von irrsinniger Geschwindigkeit entbrannte. Solutosan wandte alles kämpferische Wissen an, das er so schmerzlich gelernt hatte, fing sich aber trotzdem einen Hieb in den Magen. Gleichzeitig konnte er Arishar unterhalb der Hörner treffen. Er schüttelte schmerzerfüllt seine Hand und fluchte. Es war idiotisch dort hinzuschlagen, da dessen Stirn aus einer massiven Hornplatte bestand. Also versuchte er tiefer am Hals einen Schlag zu landen. Er erwischte Arishar am Kehlkopf, was diesen die Augen aufreißen ließ.

Die anderen Quinari hatten inzwischen den Kampf bemerkt und waren näher gekommen.

Solutosan und Arishar prügelten sich, bis es zu dunkel wurde, einander völlig ebenbürtig. Beide schnauften.

»Lass gut sein, Solutosan!« Arishar winkte ab, stapfte in Richtung seines Hauses. »Demnächst – mit Schwert.«

Solutosan ließ sich auf den Boden fallen, streckte sich lang aus. Ein großer Schatten setzte sich neben ihn. Arinon. Beide schwiegen.

Es war selten, dass Arinon bei ihrem abendlichen Blutritual sprach. »Du solltest mir von Sublimar erzählen, Solutosan«, meinte er schlicht.

Solutosan zog den blutigen Pinsel an seinem Bauchnabel vorbei. Es war an der Zeit die Wahrheit auszusprechen. »Mein Vater hat mir meine Kräfte genommen. Mein Sternenstaub ist nichts mehr wert.«

Arinons Kopf lag im Dunklen. So konnte Solutosan nur die gelben Augen und dessen weiße Zähne erkennen. »Das habe ich vermutet.« Er schloss die Lider. »Warum?«

Solutosan zog den Pinsel weiter. Er berichtete ruhig und gefasst die ganze Geschichte. Arinon richtete sich langsam auf.

»Die Worte deines Vaters waren, dass er DEIN Kind möchte. Und nun träumst du ständig von einer auranischen Frau? Denk mal nach.« Arinon stand auf und legte sich auf seine Lagerstatt, ließ Solutosan in der Mitte des Raumes vor dem kleinen Energiefeuer erstarrt zurück.

Smu streckte seine langen Beine unter dem Tisch in der Küche aus und musterte Maureen aufmerksam. »Jetzt erzähl schon. Wie ist es dir ergangen? Wieso ist Xan eigentlich auf der Erde?«

Maureens Gesichtszüge verdüsterten sich. »Ich weiß nicht, Smu. Er hat hier herumgebrüllt und ist einfach abgehauen. Seitdem habe ich keine Nachricht von ihm erhalten.«

Smu schwieg. Sie wusste es also noch nicht. »Er wird in der nächsten Zeit auch nicht wiederkommen, Maureen. Er ist ...«, Smu schnaufte, »er ist zur Fremdenlegion gegangen.«

Maureen starrte ihn an. »Du machst Witze.«

»Nein. Er kam im Haus mit schweren Verletzungen an, ließ sich verarzten und ist dann nach Frankreich geflogen, um Fremdenlegionär zu werden.«

Maureen schlug die Hand vor den Mund. Ihre Augen füllten sich mit Tränen. »Ohne mir ein Wort zu sagen!« Sie wirkte schockiert und enttäuscht. »Wieso macht er das?«

Smu legte ihr tröstend die Hand auf den Arm. »Höchstwahrscheinlich aus den gleichen Gründen, warum er sich ewig prügelt. Er ist aus dem Lot. Ich kenne ihn noch nicht so lange, mir scheint jedoch, dass er mit all dem, was bisher zwischen ihm und Ulquiorra gelaufen ist, nicht klarkommt. Patallia hat mir erzählt, dass er schon immer ein Hitzkopf war. Aber auch ihm ist dieses unkontrollierte Wilde bei Xan neu.«

»Nun ja«, Maureen hatte sich gefasst. »Dann ist er ja jetzt erst einmal fünf Jahre fort. Das ist gut so, denn ... denn ihm würde nicht gefallen, was geschehen ist.« Smu sah sie abwartend an. »Ulquiorra und ich – wir haben uns ...«, sie stockte, »... haben uns wohl verliebt.«

Smu überlegte. Es war wirklich gut, dass Xanmeran das nicht mitbekommen hatte. Eventuell hätte es dann Mord und Totschlag gegeben. Er sah Maureen an. Sie wirkte entspannt und glücklich. Auch wenn ihr das mit der Fremdenlegion zugesetzt hatte. Er gönnte ihr die neue Liebe von Herzen. Und Ulquiorra ganz besonders. Allerdings wunderte es ihn ein wenig, dass dieser sich nie mit Trianora zusammengetan hatte, was ja naheliegend gewesen wäre. Nein, die Jahre, in denen er Ulquiorra kannte, hatte dieser immer wie ein großer, einsamer Schatten auf ihn gewirkt. Und nun die quicklebendige Maureen. Smu lächelte.

»Du findest es gut?«, fragte Maureen gespannt.

»Ja, Maureen. Es wird Zeit, dass ein wunderbarer und zurückgezogener Mann wie Ulquiorra endlich jemanden findet. – Heilige Scheiße, und dann noch Halia und Luzifer. Was geht hier ab bei euch? Duonalia scheint die Hormone zu beeinflussen!«

Maureen lachte. »Gehst du auch Solutosan und Arishar besuchen? Arishar ist übrigens wieder Vater geworden.«

»Wenn du nichts dagegen hast, bleibe ich über Nacht hier und gehe morgen früh los.«

»Super! Endlich der dritte Mann zum Rommé spielen. Luzifer fackelt nämlich immer die Karten ab.«

Das Flugzeug aus New York landete. Der Job für die Kosmetikfirma war gut gelaufen. Auch wenn er jetzt noch das Gefühl hatte, einen klebrigen Film auf dem Gesicht zu haben. Meodern streckte seine Glieder. Die Flüge der Menschen waren, im Verhältnis zur Distanz, unglaublich lang. Er dachte einen Moment an den zerstörten Sternenkreuzer. Auf Duonalia lag noch ein baugleiches Modell in der Sternenbasis. Dessen Technik hätte die Luft- und Raumfahrt der Menschen revolutioniert.

Natürlich hätte er sich auch ohne Flugzeug auf der Erde bewegen können, aber er wollte keine großen Distanzen mit seinen Vibrationen überbrücken. Sein Körper wurde erst einmal brandheiß, was beim Stoppen der Vibration sofort ins Gegenteil umschlug. Er fror dann jämmerlich.

Er dachte an Terzia und ihr warmes Bett. An ihren zarten, aber zähen Körper. Sie hatte ein heißblütiges Temperament. Er liebte es, wenn sie ihn fast bis zur Besinnungslosigkeit ritt. Er sollte nicht darüber nachdenken, denn seine Hose hatte einen engen Schnitt und sein Glied pochte in ihr.

Terzia, die kühle und beherrschte Geschäftsfrau, hatte ihn in New York ununterbrochen angerufen. Sie verging vor Sehnsucht nach ihm und vor Eifersucht, wenn sie daran dachte, wem er bei seinen Jobs begegnen könnte. Sie hatte sogar gefragt, ob die Maskenbildnerin des Studios gut aussähe. Meo schüttelte leicht grinsend den Kopf. Er hatte überhaupt nicht vor, mit einer anderen zu kopulieren, außer mit ihr. Er wusste nur noch nicht, wie er Terzia diese Eifersucht austreiben sollte. Er überlegte. Doch! Er hatte eine Idee!

Das Flugzeug fand seinen Platz am Gangway, und er wurde von der lächelnden Stewardess verabschiedet. Der Porsche stand auf dem bewachten Parkplatz des Flughafens

Vancouver. Er stieg ein, nahm sein Handy und telefonierte einige Läden ab.

»Sag mal, Terzia, ist es eigentlich für einen Mann zu affig Pelze zu tragen? Oder aus anderen Gründen unpassend?« Meodern stand im Bad und wusch sich Gesicht und Hände, den Oberkörper entblößt.

»Es gibt da so eine Tierlobby, Meo«, antwortete Terzia aus dem Bett. »Aber die kann man auch einfach ignorieren. An was für einen Pelz dachtest du denn? Ist dir der kanadische Winter zu hart?«

Er kam aus dem Bad und nickte. »Ich finde es hier entsetzlich kalt. Ich möchte eine schwarze, unauffällige Fellsorte. Nichts Kostbares. Meinetwegen Kaninchen. Für ein paar tote Kaninchen wird doch niemand einen Aufstand machen, oder?«

Terzia überlegte und zog den Mund schief. »Ich habe da etwas in einer neuen Kollektion gesehen. Kauf dir keinen. Ich besorge den.« Sie klopfte auffordernd auf die Bettdecke und musterte stirnrunzelnd seine Hose.

»Ach ja, Terzia. Ich wollte dir das hier zur Verwahrung geben.« Er reichte ihr einen kleinen Schlüssel.

»Wozu gehört der?«, fragte sie mit misstrauischer Miene.

Er grinste und zog die Hose nach unten. Terzia entgleisten die Gesichtszüge. Er hatte einen Keuschheitsgürtel aus kräftigem, transparentem PVC angelegt. Er blickte Terzia ins Gesicht, die aussah, als wüsste sie nicht, ob sie lachen oder weinen sollte.

Er zog die Hose ganz aus und rutschte auf das Bett, damit sie ihn näher betrachten konnte. Sie betastete die transparenten Plastikteile.

»Und so etwas funktioniert?«, erkundigte sie sich gespannt.

»Der Verkäufer sagte ja – und dass man das Ding auch sehr lange tragen kann.«

»Und das würdest du für mich tun?«, fragte sie, das Gesicht gerötet.

Er zuckte die Achseln. »Wenn ich damit deine Eifersucht ein wenig beruhigen kann.«

Terzia lief noch roter an. Sie kam näher. »Und wie kann ich ihn befreien?« Meodern grinste.

Eigentlich war Smu ja ein Stadtmensch. Aber zuerst die Fahrt auf dem majestätischen Windschiff mit den beeindruckenden Segeln und danach der Lauf auf dem windigen Grasland hatten ihm gut getan. Er fühlte sich prächtig. Er war Maureen dankbar, dass sie ihm einen duonalischen Kompass mitgegeben hatte. Er hätte sonst vielleicht die wenigen Häuser der Quinari verfehlt. Von Maureen wusste er, dass Arishars Frau Nala hieß. Smu klopfte an die Tür des ersten Gebäudes. Aus ihm drang Kindergeschrei. Nala öffnete ihm mit ihrem Sohn unter dem Arm. Der Kleine brüllte mit hochrotem Kopf wie am Spieß. Sie musterte ihn erstaunt.

»Hallo! Ich bin Smu, der Freund von Patallia. Ich suche Solutosan!« Er musste ziemlich laut sprechen, um das Kind zu übertönen.

Die Frau setzte den Jungen auf den Boden, der augenblicklich aufhörte zu quaken und sich hinter Nalas Gewand versteckte. Aber die Neugierde siegte und so schob er immer wieder den kleinen Kopf mit den kurzen Hörnern und den gelben Augen hinter dem Stoff hervor, um Smu zu mustern. Smu grinste ihn an.

»Er ist in der Dona-Fabrik«, antwortete Nala freundlich. »So wie die anderen Männer auch.«

»Solutosan arbeitet in einer Fabrik?«, fragte Smu erstaunt.

»Ja, wir sind froh über diese Möglichkeit. Wir mussten irgendwie Dona verdienen, um unsere Tierzucht und Landwirtschaft zu beginnen. Schau doch mal.« Sie deutete auf einige neu errichtete Stallungen. »Dank der Fabrikarbeit sind wir schon recht weit gekommen. Möchtest du auf Solutosan warten? Komm doch herein!«

»Wann sind die Männer wieder hier, Nala?«

»Bestimmt jeden Moment, denn heute ist Markttag und sie wollen einige zahme Tiere verkaufen.«

Smu trat ein und setzte sich auf den angebotenen Holzstuhl. Er sah dem kleinen Quinari geistesabwesend zu, der sich nun ganz ruhig mit ein paar Holzklötzchen unter den großen, hölzernen Esstisch verkrümelt hatte und diese dort aufeinanderstapelte. Der Junge war niedlich, wenn er nicht brüllte. Jedoch waren Kinder für ihn fremde Wesen und würden es wohl auch immer bleiben. Als Homosexueller hatte er keine Chance auf Vermehrung. Plötzlich quäkte ein weiteres Kind. Nala holte den Säugling aus seinem Bettchen an dem einzigen Fenster, setzte sich abgewandt in die von ihm am weitesten entfernte Zimmerecke und stillte das Baby. Dafür war er ihr dankbar. Er wollte das nicht sehen. Nachdenklich blickte er auf seine verschränkten Hände. Bedauerte er irgendetwas? Nein. Zumal er sich selbst manchmal noch wie ein Kind fühlte.

Nala legte den Säugling in sein Bett. »Möchtest du etwas Fleisch?« Sie hielt ihm einige gedörrte Fleischstreifen hin. Smu kam aus seinen Gedanken zurück. Warrantzfleisch hatte er immer schon mal probieren wollen. Freundlich lächelnd nahm er sie an.

Arishar polterte derartig plötzlich zur Tür hinein, dass Smu sich fast an dem wohlschmeckenden, salzigen Fleisch verschluckt hätte.

»Besuch?«, fragte der Quinari-König, seine gelben Augen zu Schlitzen verkniffen.

»Hallo Arishar, ich bin Smu, der Freund von Patallia. Ich wollte zu Solutosan.«

»Der ist jetzt im letzten Haus.« Arishar deutete zur Tür.

»Okay, danke! Und danke für das Fleisch, Nala.« Er drehte sich zu ihr um und nahm aus den Augenwinkeln Arishars Flackern in den Augen wahr. Hoppla, hier wurde aber jemand schnell eifersüchtig! Er würde sich garantiert nicht mit dem grauen Muskelberg anlegen.

Er lief los, das Barrett in der Hand. Der Wind riss an seinen Haaren.

Vor dem Haus wusch sich ein Quinari-Krieger im Lendenschurz an einer großen Schüssel. Er hatte seltsamerweise keine Hörner. Von der Statur ebenso wie die anderen Quinari-Männer, stark und durchtrainiert, wirkte er mit seinen Blutzeichnungen gefährlich und bizarr. Das Blut hatte sich durch das Wasser teilweise gelöst, und lief nun in kleinen, roten Rinnsalen an seiner grauen Haut entlang. Smu schluckte. Das war erotisch. Er bemühte sich von den Blutlinien wegzusehen und lächelte den Mann an. Dessen gelbe Augen in dem kantigen Gesicht musterten ihn interessiert.

»Hallo! Kannst du mich verstehen?«, fragte Smu auf duonalisch. »Ich bin Smu, ein Freund von Solutosan, ist er da?« Der Quinari deutete auf die Tür.

Smu fand Solutosan im Schneidersitz, der sich einige Schnittwunden mit einer entsetzlich stinkenden Creme einrieb. »Smu!« Er sprang auf.

Warum besuchte er Solutosan überhaupt? Im Grunde genommen hatte er ja den Auftrag Meos Amnesie zu hinterfragen. Aber er war, seinem Bauchgefühl folgend, bei dem Duocarn gelandet.

»Ich wollte dich eigentlich nur besuchen, um zu schauen, wie es dir geht«, begann er lahm. »Ich war bei Halia und bei Maureen. Sie sagen, du bist schon so lange fort.«

Die beiden Männer setzten sich in dem dämmrigen Raum auf einige Decken.

»Ist mit Halia alles in Ordnung?«, fragte Solutosan. »Ich vermisse sie!«

»Sie ist eine Frau geworden.«

Der Duocarn nickte betrübt. »Aber sie studiert noch?«

»Das weiß ich leider nicht. Mir scheint, sie hilft auch viel bei den Tieren mit.«

»Und Luzifer?«, knirschte Solutosan.

»Ähm, dem geht's ebenfalls gut«, beeilte sich Smu zu sagen. Hölle, Tod und Teufel! Er wollte nicht in Luzifers Haut stecken, wenn Solutosan dahinter kam.

Smu wechselte schnell das Thema. »Xanmeran ist zur Fremdenlegion gegangen.«

»Fremdenlegion?« Solutosan runzelte die Stirn.

»Ja, eine Truppe von französischen Söldnern.«

»Das passt zu ihm«, grunzte Solutosan. »Und wie reagiert Maureen?« Hm, durfte er das erzählen? Er entschied sich dafür. »Na ja, sie und Ulquiorra sind sich wohl näher gekommen.«

Solutosan streckte die braunen, kräftigen Beine aus. Er lachte. »Die bessere Wahl, meinst du nicht auch? In ihm hat sie einen ausgeglichenen Partner.«

Smu nickte. »Ach so, und ich habe Meo gefunden.«

Solutosan schien irritiert. »Wieso gefunden?« Er hatte offensichtlich nichts von den Ereignissen der vergangenen Zeit mitbekommen.

Smu berichtete von Meos Modelkarriere, was Solutosan mit einem Lachen quittierte, erzählte dann aber auch vom Aufstand Sarrns und dem Kampf gegen ihn.

Solutosan wurde ernst und nachdenklich. »Tervenarius bewährt sich als Duocarns-Chef. Das freut mich. – Ich wusste, dass die Quinari irgendwo gekämpft haben ...«, er stockte.

Smu verstand ihn. »Solutosan, es ist alles in Ordnung, so wie es ist. Jeder akzeptiert deinen Rückzug.«

Solutosan blickte ihn mit seinen tiefgründigen Sternenaugen an. »Ich danke dir, Smu. Es war wirklich sehr nett von dir, dass du mich besucht hast.«

Das war eine Verabschiedung. Smu nickte. Er drückte Solutosan die Hand und erhob sich. Der Mann hatte sich verändert, das fühlte er. Auch Unsterbliche entwickeln sich weiter, dachte Smu irritiert. Eigentlich hatte er gedacht, dass Wesen, die schon Jahrhunderte lebten, irgendwann einmal eine persönliche Reife erreichen würden und dann als perfekte Lebewesen verblieben. Aber scheinbar war dem nicht so. Auch bei den Duocarns gab es Stillstand und Fluss.

Smu trat aus dem Haus und sah sich suchend um. Der Quinari-Krieger war jedoch verschwunden. Nachdenklich wanderte Smu durch die Steppe zum Hafen zurück.

Er hatte wieder bei Maureen Station gemacht, bevor er am folgenden Tag nach Duonalia aufbrach. Smu stand auf der untersten Treppenstufe des Silentiums und machte einen langen Hals, um das riesige, weiße Gebäude ganz zu erfassen.

In der großen, stillen Eingangshalle überkam ihn leichte Verzweiflung. Niemand war dort, wie auf der Erde, auf die Idee gekommen Wegweiser anzubringen oder die Zimmer zu nummerieren. Wie sollte er Ulquiorra in diesem Monstrum finden? Kurz entschlossen lief er los, bereute diesen Entschluss jedoch nach einigen Minuten. Er hatte sich bereits verlaufen.

Smu bog um die Ecke und stieß mit einer großen Gestalt zusammen.

»Entschuldige«, knirschte der Quinari ohne Hörner.

»Ja, tut mir auch leid.« Der Mann wollte weiter gehen, aber Smu hielt ihn zurück. »Kennst du dich hier aus?«

»Nein.« Der Quinari blickte verschämt zu Boden. »Ich glaube, ich habe mich verlaufen. Ich suche Ulquiorra. Ich habe eine Nachricht für ihn.«

»Oh! Gut, denn zu dem will ich auch. Ich möchte nur nicht die ganzen Türen öffnen und fragen. Lass uns zusammen suchen.«

Der Mann nickte. »Ich bin übrigens Arinon.«

»Ich bin Smu.«

»Ja, ich weiß.« Arinon bleckte sein blitzendes Gebiss und zeigte eine Reihe scharfer Reißzähne. Smu wurde der Hals trocken. »Du bist mit dem Mediziner der Duocarns befreundet.«

Ups, es wurde sogar bei den Quinari getratscht? Der Gang teilte sich.

»Rechts oder links? Was meinst du, Arinon?«

»Links.« Sie wanderten weiter durch die stillen, weißen Flure. Er musterte Arinon von der Seite. Ob die Quinari immer halbnackt herumliefen? Arinon trug lediglich eine graue, aus vielen Teilen zusammengestückelte Lederhose.

»Frierst du eigentlich nicht?«

»Nein, warum sollte ich? Ich stamme von einem sehr warmen Planeten mit einer roten Sonne. Im Verhältnis dazu ist Duonalia gemäßigt – aber ich komme gut klar.«

»Da wo ich herkomme, gibt es extreme Jahreszeiten. Im Sommer wird es eine Weile ganz heiß, dann kommt ein bunter Herbst und danach ein langer Winter mit viel Schnee und Eis«, berichtete Smu.

»Wirklich?« Arinon blieb stehen. »Lass uns einen Moment Pause machen und erzähle mir davon!«

Arinon setzte sich auf den Boden in einer Wandnische und deutete neben sich. Warum nicht. Der Mann war aufregend und attraktiv – außerdem hatte er Zeit.

»Die Vegetation der Erde ist an diesen Rhythmus gewöhnt«, begann Smu. »Die Bäume sind im Winter kahl. Sobald es wärmer wird, treiben sie Blüten. Aus diesen Blüten werden bis zum Sommer Früchte und Samen. Im Herbst verfärbt sich das Laub in rot, gelb und braun und fällt dann ab. Auch die Samen wehen weg. Sie ruhen den Winter über. Ihnen machen Schnee und Eis nichts aus.«

»Wie sieht Schnee aus?«, fragte Arinon gebannt.

»Ich habe keinen Stift, sonst würde ich es dir aufzeichnen.«

»Das macht nichts.« Arinon biss in sein Handgelenk. Das Blut quoll heraus. »Nimm das.«

Smu schluckte trocken. Er tupfte mit dem Finger auf Arinons Wunde und fing an auf dem weißen Steinfußboden einen roten Schneekristall zu zeichnen.

»So sehen die Kristalle aus, wenn man sie ganz nah betrachtet. Aber sie sind natürlich viel kleiner und so zahlreich wie Regentropfen. Es ist im Grunde gefrorener Regen.«

»Gefrorener Regen«, wiederholte Arinon sehnsüchtig. »Ich würde es gern einmal sehen.«

»Im Moment ist in Kanada Winter. Lass dich von Ulquiorra hinbringen.«

»Nein, Smu. Ulquiorras Tor ist nicht für neugierige Touristen. Eine Reise muss einem Zweck dienen. Ich würde mich schämen, ihn um so etwas zu bitten, bloß weil ich gern Schnee sehen möchte.« Das verstand Smu.

Arinon überlegte. »Wie lange bist du denn noch auf Duonalia? Willst du heute Abend mit mir auf ein Fest gehen?«

»Warum nicht?« Smu hatte sowieso keine große Lust schon wieder mit Maureen und Halia den ganzen Abend Rommé zu spielen.

»Gut, dann treffen wir uns am Hafen des westlichen Mondes, wenn sich der südliche und der nördliche Mond gegeneinander drehen.«

Smu nickte, obwohl er es nicht verstand. Er würde Ulquiorra danach fragen, wenn sie ihn endlich fanden. Sie bogen um eine weitere Ecke und standen wieder in der Eingangshalle.

»Uff!«, schnaufte Smu. Aber sie waren nicht mehr allein in der Halle. Trianora trat durch die Flügeltüren. Aha, dachte Smu. Du kommst mir gerade recht.

Trianora begrüßte sie freundlich und geleitete sie durch einige Gänge zu Ulquiorras Labor. »Mein Raum liegt direkt nebenan«, sagte sie. »Ich würde mich freuen dich später zu sehen, Smu.« Sie verschwand in der weißen Tür.

Smu nickte nur. Er bezweifelte, dass sie nachher noch über seinen Besuch erfreut sein würde.

Arinon hatte Ulquiorra seine Nachricht überbracht und war verschwunden.

Smu stand lächelnd vor dem Torwächter. »Du bist der Letzte auf meiner Rundreise in Duonalia, Ulquiorra. Ich war bei den Quinari, bei Solutosan, habe Halia und Maureen besucht.«

Ulquiorras Gesicht hellte sich augenblicklich auf. «Sie ist eine wunderbare Frau, Smu.« Er lächelte verträumt. »Ich überlege, ob wir uns nicht ein gemeinsames Haus in Duonalia-Stadt besorgen sollen. Ich muss für sie auch noch auf die Erde. Maureen hat leider durch das Dona einige Mangelerscheinungen. Ich werde Patallia bitten, ihr ein Präparat zu machen, das die einseitige Ernährung ausgleicht.« Er machte eine versonnene Pause. »Ich glaube, ich liebe Maureen, Smu.«

Beide Männer fuhren zusammen, denn etwas zerstob klirrend in der Tür. Trianora stand leichenblass im Türrahmen, vor ihren Füßen eine zerbrochene Petrischale. Ihre Hände zitterten. Sie drehte sich um und floh.

»Trianora?« Ulquiorras Stimme klang ungläubig.

Tja, dachte Smu. Das hat er wohl nicht gewusst. Er war offensichtlich die ganzen Jahre blind gewesen, was Trianora anging.

»Lauf ihr nicht nach, Ulquiorra«, sagte Smu schärfer als beabsichtigt und hielt ihn am Ärmel seines Gewands fest. »Lass sie jetzt lieber in Ruhe. Ich kläre das mit ihr. Ich habe sowieso mit ihr zu reden.«

»Sie ist – sie war ...«, stotterte Ulquiorra fassungslos.

»Verliebt in dich? Ich denke schon. Ist dir das wirklich all die Jahre nicht aufgefallen?« Ulquiorra schüttelte den Kopf.

Er würde jetzt einfach das Thema wechseln. »Ich glaube, Maureen wird von einem gemeinsamen Haus begeistert sein. Du solltest dich weiter um sie kümmern. Sie ist zwar stark, braucht aber trotzdem Schutz.«

Ulquiorra musterte ihn mit seinen schwarzen Augen. »Danke, Smu!«

Smu winkte ab. »Könntest du mich bitte morgen früh bei ihr abholen? Ich gehe jetzt zu Trianora und heute Abend auf irgend so ein Fest.«

»Fest?«, hörte er Ulquiorra noch fragen, aber war schon zur Tür hinaus.

Solutosan kam mit Aricon vom Markt. Sie hatten für den Transport einfach den Warrantz die sechs Beine zusammengebunden und sie zwischen sich kopfüber auf einen Stab gereiht. Die Tiere hatten sich den ganzen Weg über lautstark beschwert, waren jedoch auf dem Markt, wieder auf den kleinen Hufen stehend, ruhig geworden.

Die Duonalierinnen reagierten entzückt. Sie hatten Aricon ängstlich gemustert, aber Solutosan angelächelt. Er war ganz erstaunt. Kaum verkaufte er Schmusetiere, behandelten die Frauen ihn, als wäre er selbst eines. Da hätte ich auch mal früher drauf kommen können, dachte er grinsend. Sie hatten einen guten Gewinn gemacht.

Zügig liefen sie über die Steppe, die Säcke mit getrocknetem Dona auf den Schultern.

Er schichtete die schweren Säcke um, warf Aricon spielerisch einen zu. Der grinste, balancierte seine Last aus und fing den Sack mit einem Arm auf. Das war eine gute Übung vor dem Schwertkampf mit Arishar, der sicherlich hart werden würde. Sie schleuderten Säcke hin und her und wurden immer schneller, bis einer von ihnen an einem von Aricons Hörnern hängenblieb, riss und den Quinari komplett mit Dona überpuderte.

Quinari zeigten ja selten Gefühlsregungen. Nun aber standen beide Männer auf der windigen Steppe und lachten, bis ihnen die Tränen liefen. Im Dorf angekommen, stapelten sie das Dona in dem Vorratsraum bei den Ställen und gingen sich waschen.

Solutosan hatte sich längst an das kalte Wasser gewöhnt. Anfangs hatte er den Luxus seines Badezimmers auf der Erde sehr vermisst. Inzwischen war es ihm völlig gleichgültig.

Er tauchte auch den Kopf in den großen Bottich nahe am Brunnen, um das Haar zu säubern. Glücklicherweise hatten die quälenden, erotischen Träume aufgehört. Das Gespräch mit Arinon hatte ihn zum Denken angeregt. Wenn er dessen Gedankengang weiter verfolgte, kam er zu dem Ergebnis, dass Pallasidus EIN Kind wollte. Er begehrte einen Enkel, nicht den erwachsenen Sohn, der zu ihm zurückgekehrt war – oder Halia. Er wünschte sich das kleine Kind zurück, das er vor Äonen verloren hatte. Ob dann die alte Überlieferung wahr und Pallasidus die zweite Sonne entfernen würde? Solutosan schüttelte den Kopf. Was für ein Märchen! Niemand war fähig eine Sonne zu erschaffen beziehungsweise zu löschen, auch sein Vater nicht.

Was würde Vena sagen, wenn er zu ihr käme und sie um ein Kind bäte? Sie würde ihn für verrückt halten! Oder nicht? Solutosan trocknete sich ab – hielt den Körper in den Wind, um sein schulterlanges Haar langsam zu trocknen. Die laue Brise streichelte ihn, sinnlich und weich.

Ihr Götter! Was hatte er sich da angetan? Meodern saß im Flugzeug nach London. Abermals so eine lange Strecke! Er presste die Beine zusammen. Er hatte sich wirklich freiwillig fangen lassen. Dieses Keuschheits-Ding war mehr als gewöhnungsbedürftig. Nachdem er sich bei Terzia verausgabt hatte, hatte sie ihn wieder eingeschlossen. Zu diesem Zeitpunkt war ihm noch nichts aufgefallen. Aber jetzt reichte es, dass sich die hübsche Stewardess nach einer Decke bückte, um ihn schmerzhaft an sein Gefängnis zu erinnern. Meo grinste schief und bestellte einen Kühlakku. Den Akku legte er sich seufzend in den Schoß. Er würde auf dem Titelblatt des „Mens Journal" garantiert leidend aussehen.

Terry, Freund seines kanadischen Agenten Joseph, holte ihn vom Flughafen ab. Er stand schon winkend hinter der Passkontrolle. Er sah sehr britisch aus mit dem dunklen Anzug, steifem weißen Kragen, Bowler und Regenschirm.

Er musterte Meo in seiner Lederkleidung und dem kurzgeschorenen, schwarzen, langen Nerzmantel. Natürlich hatte Terzia sich durchgesetzt und ihm diesen Mantel aufgehalst, mit der Lüge es sei Kaninchen. Ein Büro weiter hatte Lydia, ihn über die wahre Pelzart aufgeklärt. Er würde ihr den Mantel zurückgeben. Ihm waren die hasserfüllten Blicke der Männer und die lächelnden Münder der Frauen zu viel. Er war so schon ein auffälliger Typ, aber der Nerz setzte noch eins oben drauf.

Was Terry trug, gefiel ihm. »Wo hast du denn dieses Outfit her, Terry?«

»Gefällt's dir, Adam?«

»Ja, sehr cool! Möchte ich auch haben.« Terzia würde der Schlag treffen ihn in so einem Aufzug zu sehen, aber das war dann die Rache für den Mantel.

»Wir haben noch Zeit, bevor das Shooting beginnt«, flötete Terry. »Wollen wir shoppen gehen?«

Meo schüttelte seine Wirbelsäule zurecht. Terry hatte diese weibliche Schwulenart, samt der aufgesetzten hohen Stimme, die ihm eine Art Aggressionsschauer über den Rücken laufenließ. Dieser Schauer endete dann meist in seiner rechten Faust.

Er senkte den Kopf und bemühte sich um Beherrschung. Er wusste, waren Männer einmal so veranlagt, gab es kein Zurück für sie. Er würde Terry so hinnehmen müssen, solange er in London war.

Glücklicherweise bewegten und sprachen Patallia und Tervenarius, trotz ihrer Veranlagung, nicht so enervierend wie dieser Engländer. Meo hätte es sonst nicht die ewig lange Zeit mit den beiden auf einem engen Raumschiff ausgehalten. Durch Terv war er damals auch einmal auf dem westlichen Mond gelandet. Er hatte dort einen ausgesprochen hübschen Jungen getroffen, der ihn bedient hatte, aber das war nichts, was er unbedingt wiederholen musste.

Er fühlte, wie sich sein Glied brav in dem Käfig verkroch. Nun hatte er die Lösung gefunden! Außer mit einem Kühlakku zu hantieren, brauchte er nur einfach an Sex mit Männern denken, um sein Leid zu mildern.

Terry führte ihn in ein elegantes Herrengeschäft, in dem sie von einem attraktiven Verkäufer begrüßt wurden, der sofort eilte, um seine Wünsche zu erfüllen.

Meo grinste und zog den schwarzen Anzug an, den der Angestellte ihm reichte. Und dann noch den steifen Kragen. Herrlich! Er betrachtete sich im Spiegel und setzte den Bowler auf. Terry neben ihm stöhnte tuntenhaft. Scheiß auf all das Leder! Das neue Outfit war richtig geil!

Smu klopfte an Trianoras Labortür. »Nein, Ulquiorra«, antwortete Trianora im Labor mit brüchiger Stimme.

»Ich bin es, Smu. Bitte mach auf!«

Trianora öffnete ihm, Tränenspuren auf den Wangen. Smu musterte sie. Er würde sich davon nicht beeindrucken lassen. Ihm war sogar ziemlich recht, dass sie einen Schock bekommen hatte. Dadurch würde sie ihm eher die Wahrheit sagen.

»Ich möchte nicht mit dir über Ulquiorra reden, Trianora – keine Angst.« Er machte eine Pause. »Ich will mir dir über Meodern sprechen und über das, was du ihm angetan hast.«

Das hatte er jetzt ins Blaue hinein gesagt. Und? Hatte er ins Schwarze getroffen?

Trianora erbleichte, wurde weiß wie das Silentium. Ja, er hatte getroffen!

»Woher weißt du …?«, flüsterte sie. Tränen liefen ihr über die Wangen. »Ich wusste mir keinen anderen Rat. Meo hatte das gesehen. Mein Ruf wäre ruiniert gewesen!«

Smu kniff die Augen zusammen. Wollte er sie quälen? Ja, sie hatte Meo in Gefahr gebracht. Sie hatte ihn in der Menschenwelt umherirren lassen!

»Was hat Meo gesehen, Trianora?« Sie sollte es gefälligst sagen! Sollte ihre ganze duonalische Zurückhaltungs-Scheiße seinlassen und endlich zu ihren Fehlern stehen.

Trianora wurde immer leiser. »Er hat mich mit Xanmeran gesehen, wie er – wie er – mit mir intim geworden ist.« Sie hauchte es nur noch.

Wollte er sich damit zufriedengeben? Ja, das war okay. Dieser Satz war für eine Duonalierin wahrscheinlich schon ungeheuerlich. Er würde sie nicht zwingen das Wort »lecken« auszusprechen. Ja, er war ein Schwein, aber ihr Übergriff machte ihn einfach wütend. Jetzt musste er nur noch etwas wissen.

»Wie hast du das gemacht, Trianora?«

»Es ist meine zweite Gabe«, flüsterte sie erstickt. »Ich kann Leute vergessen lassen.«

»Tja, Tri, das Problem ist nur, dass der liebe Meo **alles** vergessen hatte, einschließlich seiner Identität, Wohnort und so weiter.«

Trianora schlug entsetzt die Hände vor den Mund.

»Das habe ich nicht gewollt, Smu!«

Er zuckte die Achseln. »Ich werde es ihm sagen.«

»Was?«

»Was denkst du, in wessen Auftrag ich hier bin, Trianora?«

Die blonde Duonalierin sank in sich zusammen. Jetzt tat sie ihm doch ein wenig leid.

»Du kannst ja bei Gelegenheit noch mal selbst mit ihm sprechen. Er scheint mir im Moment ausgesprochen glücklich. Also mach dir keine Sorgen.« Trianora nickte unter Tränen.

»Ich bin wieder weg. Ich wünsche dir alles Gute, Tri.« Er ging. Für ihn war der Fall erledigt.

Nun gut, er würde in diesem Nachthemd auf das Fest gehen. Smu hatte kurz bei dem immer noch verliebt vor sich hinlächelnden Ulquiorra hereingeschaut. Er hatte sich diese Zeitmessung mit den Monddrehungen erklären lassen, aber die komplizierte Konstellation nicht ganz verstanden. Er wusste nur, dass er sich beeilen musste, um nicht zu spät zum Treffen mit Arinon zu kommen.

Der lehnte bereits grinsend an der Kaimauer des westlichen Hafens, als Smu vom Windschiff sprang. Seine Blutzeichnungen waren wieder komplett. Wie zuvor trug er die graue Lederhose. Das weiße, lange Haar hatte er in vielen kleinen Zöpfen nach hinten gedreht.

Kurz sah Smu sich noch mit ihm im Silentium knien und einen Schneekristall mit dessen Blut auf den hellen Stein zeichnen. Ihm wurde warm in dem Gewand. Wortlos liefen sie eine Weile bis zu einem roten Wäldchen. Die Dunkelheit senkte sich langsam über den Mond, die blutroten Blätter des Waldes klapperten geheimnisvoll, als sie einen schmalen Pfad entlang schritten. Die Insekten begannen ihr nächtliches Konzert mit einer Mischung aus Pfeifen, Schnarren und Knistern. Diese Geräuschkulisse gab der Situation etwas Fremdartiges. Am Tag vergaß er gelegentlich, dass er auf einem fremden Planeten war, jedoch die Nacht erinnerte ihn mit einer intensiven Dringlichkeit daran. Er war froh, dass Arinon bei ihm war. Aber war nicht auch er ein Wesen einer anderen Welt? Ihre Schultern berührten sich beim Gehen auf dem schmalen Pfad.

Der Wald öffnete sich zu einer Lichtung, an deren Rand ein kunstvoll verschnörkelter Torbogen prangte – rechts und links mit flackernden Fackeln bestückt. Zwei hübsche, blondgelockte Jünglinge, die am Tor warteten, küssten sie auf die Wangen und drückten ihnen Blumenkränze ins Haar. Jünglinge? Blumenkränze? Überall auf der Lichtung brannten kleine Feuer, ertönte leise Musik. Die Männer an den Feuern bewegten sich langsam. Wie in Trance. Die Männer? Dort waren nur Männer!

»Hier sind nur Männer«, stellte Smu gedämpft fest. Arinon neben ihm nickte.

»Ein Problem?«, fragte er. »Ich dachte, dass du ...«

Arinon wartete keine Antwort ab, sondern zog ihn in den Schatten eines Baumes und küsste ihn. Er tat es ganz vorsichtig, legte seine muskulösen Arme um Smu. Seine Zunge wurde drängender, der Druck seiner Hände auf Smus Lenden stärker.

»Warte, Arinon, ich habe nicht mit dieser Art Fest gerechnet. Ich wusste nicht, dass du ...«

»Dass ich Männer bevorzuge?«, lächelte Arinon. Seine gelben Augen leuchteten in der Dunkelheit. Sein Atem war verführerisch.

Smu fuhr ein Schauer den Rücken hinab. Was sollte er tun? War er treu? Verdammt, er wusste es nicht! Er hatte sich noch keine Gedanken darüber gemacht, seit er mit Patallia zusammen war. Er liebte Pat und es hatte keinen Grund gegeben. Aber nun lag er bei Arinon quasi im Arm, der eine derartig urwüchsige, maskuline Erotik ausstrahlte, dass ihm schon fast schlecht davon wurde.

Smu, sagte er zu sich selbst, wenn du das jetzt nicht machst, wirst du es dein Leben lang bereuen!

Er blickte Arinon tief in die Augen. »Zieh dich aus«, flüsterte er.

Der moosbedeckte Boden war weich, als er mit Arinon dort versank, der sich sofort zwischen seine Beine beugte und sein Glied küsste. Als er es in den Mund nahm, erinnerte sich Smu an dessen blitzende Reißzähne und war ihm dankbar für seine Vorsicht. Er war quasi im Schlund der Gefahr gefangen. Ein Biss von Arinon und mit seiner Männlichkeit wäre es vorüber. Seltsamerweise erregte ihn dieser Gedanke zusätzlich. Er fühlte Arinons Klauen über seinen Leib kratzen. Es war schmerzhaft, aber unglaublich stimulierend.

Smu zog Arinon zu sich hoch, drehte ihm den Rücken zu und presste seinen Po gegen dessen mächtiges Glied. Eine eindeutige Aufforderung. Arinon ließ sich Zeit, hielt seine Lenden umfasst, ging wieder tiefer. Während er seine Zunge zwischen Smus straffe Pobacken zwang, krallten sich seine Klauen in seine Haut. Smu entwich ein durchdringendes Stöhnen. War er das gewesen? Er horchte. Der ganze Wald war erfüllt von lustvollen Lauten und Seufzen. Smu musste kurz lächeln.

Das Lächeln verblasste, seine Wahrnehmung vernebelte sich. Da war nur noch Arinon. Sein glutheißer, muskelbepackter Körper, der ihn ins weiche Moos drückte, aus dem ein betäubender Duft entwich. Arinon nahm ihn hart und wollüstig. Ekstatisch verbiss sein Quinari-Liebhaber sich in seinen Hals. Smu spürte seinen saugenden Mund und hob endgültig ab, zog Arinon mit sich. Gemeinsam explodierten sie über den stöhnenden roten Zweigen.

Er war verwirrt, kniete nackt im Moos, aber glücklicherweise war Arinon da und gab ihm Halt. Der Quinari presste ihn an seine harte Brust und streichelte ihm sanft das Haar.

»Ich habe keine Ahnung, wo mein Gewand ist, Arinon«, flüsterte Smu. Sie waren in einen derartigen Rauschzustand geraten – er hatte den Überblick über seine Kleidung verloren.

»Du kannst dich jetzt noch nicht anziehen, Smu«, erwiderte Arinon leise. »Ich muss mich erst um deine Wunden kümmern.«

»Welche Wunden?« Er spürte keinen Schmerz.

Ohne zu antworten, legte Arinon ihn auf den Rücken ins Moos und begann, ihm den Hals abzulecken, glitt mit der Zunge über seinen Leib, drehte ihn um und leckte über die Pobacken. Das war sehr angenehm. Smu wand sich. »So ist es besser. Tut mir leid, wenn ich dich verletzt habe, aber ich konnte nicht anders.« Arinon fand sein Gewand und half ihm es überzustreifen.

»Ich fühle mich phantastisch.« Satt und zufrieden im duftenden Moos liegend, sah er im rötlichen Schein des Feuers zu, wie Arinon seine Lederhose anzog und vorne verschnürte.

Arinon übertrieb. – Er fühlte sich so wohl wie schon lange nicht mehr. Hand in Hand verließen sie den Wald. Die Jünglinge am Tor küssten sie wieder auf die Wangen. Dieses Mal länger. Sie inhalierten wollüstig ihren Duft von Moos und Sex.

Sie gingen ein Stück den weißen Waldpfad entlang, blieben stehen. Smu sah Arinon in der Dunkelheit lächeln und suchte seinen Mund, wohl wissend, dass es der letzte Kuss sein würde. Wenig später standen sie schweigend da und bewunderten das Windschiff, das mit energetischem Licht zartgelb beleuchtet durch die Schleier schnitt. Ihre Hände glitten auseinander.

Der Fotograf der „Mens Journal" war begeistert, ihn in dem typisch britischen Outfit zu sehen.

»Leute!« Er klatschte in die Hände, um sich Aufmerksamkeit zu verschaffen. »Adam kann bleiben wie er ist, nur die Maske soll sich seiner annehmen.«

Wie aus dem Boden gewachsen stand eine ältere Frau neben ihm, nahm ihn an die Hand und führte ihn zu einem bequemen Stuhl an einem reichhaltig sortierten Schminktisch. Schon wieder Schminke!

Die Frau blickte ihn etwas ratlos an und kniff die Lippen zusammen. »Sorry, aber Make-up in deiner Hautfarbe habe ich überhaupt keins da.«

»Das soll mir recht sein«, freute sich Meo. »Nimm einfach ein bisschen Puder und dann ist es gut.«

Als er ins Studio zurückkam, stand auf einem Podest eine nackte Frau! Meo schluckte trocken.

»Keine Sorge, Süßer«, flötete Terry, der es sich nicht hatte nehmen lassen, ihn zu begleiten. »Diese Dame ist nur zur Deko.« Meodern dachte an Terzia und was sie zu dieser Art „Dekoration" sagen würde.

Es wurde ein langes Shooting, bei dem sich die „Dekoration" zwischen seine Schenkel setzte, die Arme von hinten um seinen Hals schlang oder einen ihrer nackten Beine in High Heels auf seinen Schoß stellte. Meos Glied in seinem Käfig tobte.

»Bitte schau doch nicht so gequält! Stell dir vor, du hättest Lust auf die Dame«, grinste der Fotograf. Meo dachte an den Rückflug nach Vancouver. Den musste er auch noch hinter sich bringen, bevor Terzia ihn wieder befreite. Aber er hatte sich das so ausgesucht und lächelte tapfer in die Kamera, als die „Dekoration" ihm einen Kuss auf die Wange hauchte.

Smu war erst in der späten Nacht in die Karateschule zurückgekehrt. Nur Slarus schlurfte noch in den Ställen umher und winkte ihm kurz zu.

Er fühlte sich so zufrieden und ermattet wie schon lange nicht mehr. Sein Auftrag war erledigt und er würde am Morgen wieder zur Erde reisen. Er freute sich auf Pat.

Smu entzündete ein kleines Energiefeuer im Kamin seines Gästezimmers und zog sich aus. Er sah an sich hinunter und erstarrte. »Oh Gott!« Jetzt verstand er, was Arinon mit Verwundungen gemeint hatte. Krallenspuren bedeckten seinen gesamten Leib. Am Hals ertastete er einen heftigen Biss. Er drehte sich, um seinen Po zu betrachten. Hier war es das Gleiche. Harte Kratzspuren zogen sich über die Pobacken.

Smu setzte sich schockiert aufs Bett. Jetzt hatte er auch noch Andenken an sein Fremdgehen mit Arinon. Diese Spuren wurde er nicht so schnell los. Selbst wenn er bisher nicht vorgehabt hatte Pat zu beichten – nun musste er es. Alternativ konnte er auf Duonalia bleiben, bis die Verletzungen verheilt waren. Doch das war feige. Er war kein Feigling. Einen Moment hatte er die Idee, trotzdem zu schwindeln und Pat zu erzählen, ein Quinari hätte sich mit ihm geprügelt. Aber Pat war nicht dumm. Er konnte an der Art der Spuren erkennen, was es damit auf sich hatte, und wäre dann wegen seiner Lüge noch mehr gekränkt. Smu ließ sich ganz auf das schmale Bett sinken. Ob Patallia ihn wohl wegen eines kleinen Ausrutschers verstoßen würde? Er mochte überhaupt nicht daran denken. Er schloss die Lider und träumte von flackernden Feuern und einem Paar gelber Augen.

Ulquiorra war pünktlich. Nach Smus Ansicht **zu** pünktlich. Er hatte es nicht eilig, nach Vancouver zu kommen. Aber die Anomalie packte sie unerbittlich und flugs standen sie im Wohnzimmer in Seafair. Es schneite. Wahrscheinlich schon länger, denn auf der Fensterbank der großen Schiebefenster lag bereits drei Handbreit der Schnee.

»Schade, dass ich Maureen nicht ein bisschen Schnee mitbringen kann«, überlegte Ulquiorra verträumt.

»Ja«, sagte Smu, »und Ari ... «, er brach ab.

»Vielen Dank, Ulquiorra«, bedankte er sich hastig. Der lächelte nur glücklich und schritt in seinen goldenen Ring.

Smu setzte sich aufs Sofa und schaute auf sein Handy, das er auf dem Wohnzimmertisch liegengelassen hatte. In Vancouver war früher Nachmittag. Eventuell war Patallia ja nicht zu Hause, sondern bei Chrom. Er fühlte sich entsetzlich elend. Ob Alkohol helfen würde? Eigentlich trank er nie, aber er wusste, dass Aiden im Wohnzimmerschrank einige Getränke aufbewahrt hatte.

Er musste nicht lange suchen. Whiskey, Cognac, eine Flasche Wein. Smu holte sich ein Glas und schüttete sich einen großen Cognac ein. Er ließ die goldene Flüssigkeit im Schwenker langsam rotieren, trank einen Schluck. Der Hennessy floss sanft seine Kehle hinab, landete leicht brennend in seinem Magen. Sofort breitete sich eine angenehme Wärme in ihm aus.

»Du trinkst?« Patallia stand in der Tür in Bluejeans und einem blauen Parka, dessen Fell an der Kapuze von geschmolzenen Schneeflocken glitzerte. »Ist etwas geschehen?« Sein Gesicht war besorgt.

Smu senkte den Kopf und schluckte. »Nein, Pat, alles Okay. Ich konnte die Angelegenheit klären.«

Patallia zog den Parka aus und setzte sich neben ihn. »Ich habe Mist gebaut, Patallia.« Er spürte Pats Hand auf seinem Haar. Er hatte nicht verdient gestreichelt zu werden. »Nein«, er hielt Pats Hand fest, die sich sofort mit der seinen verwob.

Patallia schwieg und wartete. Smu stellte das Glas beiseite und raufte sich mit der freien Hand durch das Haar. »Ich habe einen anderen Mann getroffen, Pat.« Das Geständnis fiel ihm so entsetzlich schwer. Am liebsten wäre er auf und davon gerannt! – Aber er war kein Feigling!

»Du willst mich verlassen?«, fragte Patallia tonlos.

»Nein! Um Gottes Willen! Nein, Pat! Es war nur etwas Körperliches! Ich liebe dich! Es war ein Ausrutscher!« Er fühlte, wie Pat sich entspannte.

»Warum erzählst du mir das?« Patallias Stimme war ein knisternder Hauch.

»Weil du es selbst gesehen hättest.« Smu stand auf und zog sein Hemd aus.

Pat hielt den Atem an. »Das sind Spuren vom Sex? Ihr Götter! Mit wem warst du zusammen? Mit einem der Trenarden?«

Smu schluckte. »Einem Quinari.«

»Zieh dich ganz aus, Smu.«

Smu stand nackt und verschämt vor Patallia, der seine heilenden Hände langsam über die Verletzungen gleiten ließ.

Smu hob den Kopf. Patallia hatte kristallklare Tränen in den Augen. Er hatte Patallia noch nie weinen sehen.

Smu schlug die Hand vor den Mund und schluckte hart.

»Oh Gott, Pat, es tut mir so leid! Ich werde das nie wieder tun! Ich war oberflächlich und dumm! Verzeih mir!« Er zog Patallia in seine Arme. Küsste ihm die Tränen fort. Sein Herz in der Brust war aus Blei, sein Hals fühlte sich an wie zusammengeschnürt.

»Ich liebe nur dich, bitte glaube mir das!« Was sollte er noch sagen, um Patallia zurückzugewinnen? »Oder – bestrafe mich«, bat er.

Patallia lächelte unter Tränen. »Indem ich jetzt Salz in deine Verletzungen streue, statt sie zu heilen?«

Smu spürte ein scharfes Brennen in den Wunden seiner Pobacken, an denen Pats Hände vorbei glitten.

»Fast glaube ich, an den Stellen werden Narben bleiben«, sagte Patallia gepresst.

»Ich habe sie verdient, Pat.« Er war mit seiner Bestrafung mehr als einverstanden. Smu nahm seine Hand und küsste dankbar den Handrücken.

Nackt wie er war führte er Patallia die Treppen hinauf in den ersten Stock. Im Flur kam ihnen Tervenarius entgegen, der entgeistert den Mund öffnete. Smu legte mit verschwö-

rerischem Blick den Finger auf den Mund. Terv blieb völlig
verdutzt stehen.

Smu stellte den erstarrten Pat vor ihr Bett und begann
ihn zu entkleiden. Nein, er wollte nun nicht mit Patallia
schlafen, aber er würde ihm zeigen, wie sehr er ihn liebte,
ihn mit Zärtlichkeit und Wärme überschütten, bis dieser
ihm verzieh.

Meo riskierte einen Strafzettel wegen überhöhter Geschwindigkeit. Er gab Gas, was der Porsche mit einem zu-
friedenen Brummen quittierte. Er wollte Terzia bitten, ihn
so schnell wie möglich von seiner Qual zu erlösen.

Während er an einer Ampel wartete, überlegte er, wendete dann den Wagen und fuhr Richtung City zu dem Erotik-
Shop, in dem er den Keuschheitsgürtel gekauft hatte. Der
dunkelhaarige Verkäufer grinste, als er ihn sah, und schob
wortlos eine kleine Plastiktüte über den Tresen. Die beiden
Männer lächelten sich an, während Meodern den Zweit-
schlüssel nahm und eine großzügige Summe auf die Theke
legte. Er hatte sich entschieden. Sollte Terzia kein Einsehen
haben, würde er der Qual selbst ein Ende bereiten.

Bevor Meo losfuhr, hörte er seine Mailbox ab. Smu! Gebannt
lauschte er dessen Bericht und legte auf. Er stierte vor sich
hin. Trianora war wirklich für seinen Gedächtnisverlust
verantwortlich. Nur wegen der Sache mit Xan! Als ob er
durch das Silentium gelaufen wäre und jedem erzählt hätte,
was er gesehen hatte! Na ja, er war abgehauen, ohne ihre
Erklärungen anzuhören. Jedoch sofort zu solchen Maßnah-
men zu greifen war absurd. Er würde sie selbst zur Rede
stellen! Aber zuerst wollte er zu Terzia. Vielleicht verstand
sie ja seine Qual und befreite ihn für immer.

Er fuhr in die Tiefgarage des Bürokomplexes neben ihren roten Porsche, als Terzia mit einem Stapel Kataloge aus dem Lift trat. Sie musterte seinen Wagen, dann glitt ihr Blick an ihm hinauf und hinunter und sie lächelte lüstern. Beim Vraan, er hätte ihr sofort die Kleider vom Leib reißen wollen! Warum tat er das nicht?

»Wo ist der Schlüssel?«, keuchte er.

Terzia legte betont langsam die Broschüren auf die Kühlerhaube ihres Wagens und zog eine lange Silberkette mit dem Schlüssel zwischen ihren Brüsten hervor. Meo riss ihn ihr fast aus der Hand, ließ die Hose herunter und befreite sein Glied. Terzia hatte einige Kataloge auf den Boden fallenlassen. Sie kniete sich darauf, nahm seinen Schwanz mit lüsternem Blick.

»Terzia, es war die Hölle!«, knurrte er. »Es muss einen anderen Weg geben, deine Eifersucht zu kontrollieren!«

Die dunkelhaarige Frau antwortete nicht, denn sie hatte seinen Schwanz bereits im Mund. Meo lehnte sich gegen die warme Kühlerhaube seines Wagens und schloss die Augen. Das hatte er wirklich verdient! Ihre zupfenden und saugenden Lippen umfassten sein Glied. Sie verschlang ihn regelrecht. Ein paar Autos fuhren in einiger Entfernung durch die Garage und Meodern schlug seinen Mantel um Terzia, um sie vor eventuellen Blicken zu schützen. Er würde nicht mehr lange durchhalten. Sein Leib bebte, als Terzia das Tempo beschleunigte, seine Hände tasteten über den glatten Lack der Kühlerhaube, fanden keinen Halt. Fast kippte er nach hinten, als sein Orgasmus ihn erschütterte und er sich ergoss. Wohin wusste er nicht. Doch, als Terzia seinen Mantel mit den Ellenbogen von sich fort streifte und ihn von unten anschaute, wusste er es. Sie hatte seinen Saft in die Hände genommen, blickte ihn mit flackernden, braunen Augen an und leckte über ihre Handflächen wie eine kleine, geile Katze an einer Schüssel voller Milch.

Arinon winkte ihn zu sich. Der Arbeitstag war gut bewältigt worden und es war noch recht früh. Der Quinari reichte ihm eine Lederhose, die Solutosan sofort anzog. Ebenso ein paar graue Stiefel und Armschützer aus Leder. Arinon legte ihm einen ledernen, steifen Waffenrock um, band diesen mit dem roten Kampftuch der Quinari um seine Hüfte. Ein leichter Schulterschutz aus versteiften Lederplatten, um den Brustkorb geschnallt, komplettierte seine Rüstung.

Zum Schluss reichte er ihm das Schwert in der Scheide und nickte. »Denk an alles, was du gelernt hast. Arishar ist links stärker.«

»Danke, Arinon.« Er hatte keine Angst. Jetzt kam seine letzte Prüfung und er würde sie bestehen!

Arishar stapfte ihm mit ausdruckslosem Gesicht entgegen. Er hatte auf seine Streitaxt verzichtet, trug jedoch sein zweischneidiges Schwert auf dem Rücken.

Solutosan hatte den König ja bereits gerüstet gesehen, mit dem massiven Schulterpanzer und dem Waffenrock. Er war ein beeindruckender Gegner – stark, mächtig, tödlich. Aber nicht tödlich für ihn und auch nicht stärker als er. Die Zeit bei den Quinari hatte ihn gestählt. Ruhig positionierte er sich Arishar gegenüber. Das war der Moment, auf den er hingearbeitet hatte.

Arishar zog das Schwert, grinste und ging in den Angriff über. Ihre Schwerter krachten aufeinander, die Klingen glitten scharrend aneinander vorbei. Arishar trat einen Schritt zurück und schlug wieder zu. Solutosan konterte, tauschte blitzschnell die Schwerthand und hieb Arishar eine Kerbe in den Schulterpanzer. Dessen Augen blitzten kurz beeindruckt auf.

Sie spielten sich aufeinander ein, wechselten beide ständig die Schwerthand, um den Gegenspieler möglichst zu verwirren. Keiner von ihnen war darauf aus, dem Gegner den Kopf abzutrennen oder Tiefschläge zu verpassen. Also gingen die meisten Hiebe auf die Schulterpanzer, die bei beiden Männern bereits etliche Kerben aufwiesen, denn sie schenkten sich nichts.

Solutosan schaffte es, Arishars rechten Arm kurz mit der Spitze seines Schwerts zu ritzen. Das Blut quoll aus der tiefen Schnittwunde seines grauen Bizeps.

Arishar kniff die Augen zusammen. Das hatte ihn erbost. Er machte einen Ausfallschritt nach rechts, Schwert rechts, Solutosan versuchte ihn abzuwehren, aber Arishar trat einen Schritt auf ihn zu und knallte ihm die harte Stirn gegen den Schädel. Das hatte gesessen. Solutosan war einen Moment blind und orientierungslos. Arishar hieb ihm mit der Schwertspitze über die Brust und riss sie auf. Der scharfe Schmerz brachte Solutosan sofort zur Besinnung.

Blitzschnell wechselte er die Schwerthand und schlug Arishar die Schulterrüstung auf der linken Seite in Stücke.

Die Quinari-Krieger, die den Zweikampf verfolgt hatten, murmelten kurz. Solutosan hatte schmerzhaft gelernt, wie er Arishars Kopfschlägen aus dem Weg zu gehen hatte.

Der Kampf tobte mit unverminderter Härte weiter, bis sie sich gegenseitig die Schulterrüstungen in Stücke geschlagen hatten.

Arishar blutete aus mehreren Wunden. Wann würde er aufhören anzugreifen? Solutosan klammerte sich an den Griff seines Schwertes. Er würde kämpfen, solange noch ein Funken Kraft in ihm steckte. Arishar neigte weiterhin angriffslustig den Kopf und wollte erneut losstürzen, als Arinon ein zischendes Wort auf occabellar ausstieß. Der große Krieger hielt inne. Er senkte die Waffe und nickte Solutosan zu. Es war ein glattes Unentschieden.

Er hatte es geschafft! Er konnte nicht verhindern, dass sich trotz seiner Verletzung und Erschöpfung ein glückliches Lachen auf sein Gesicht stahl. Er hatte die Prüfung bestanden. In seinem Oberkörper klafften einige Wunden. Er ließ erleichtert das Schwert sinken. Arishar grinste. »Guter Kampf, Solutosan«, grunzte er.

Meo blickte auf Terzia hinab. Die Menschenfrauen waren wirklich umwerfend. Er bedeckte sich, zog Terzia hoch und hob ihre Kataloge auf. Sie schmiegte sich an ihn wie ein Kätzchen. Aber er ließ sich nicht täuschen. Dieses Kätzchen hatte ein Raubtier in sich mit sehr scharfen Zähnen. Wenn er sie ließe, würde sie ihn mit Haut und Haar verschlingen. Und genau das war, was ihn reizte.

»Du willst dieses Plastikding nicht mehr tragen?«

Er schüttelte den Kopf. »Sobald ich an dich denke, tut es weh und du weißt ich bin kein Maso.« Um seinen Mund zuckte es bei dieser kleinen Lüge, sie sah jedoch nicht hoch. »Du wirst mir wohl vertrauen müssen – so wie ich dir vertraue, wenn du unterwegs bist.« Natürlich sagte er nicht, dass er nicht eifersüchtig war. Das gehörte schlichtweg nicht zu seinen Wesenszügen.

Terzia nickte leicht unwillig. »Fährst du mit nach Hause?«

»Nein, ich komme später nach. Habe eben einen Anruf bekommen und muss noch etwas mit meinen Freunden klären.«

Terzia runzelte die Brauen. »Ah ja, die geheimnisvollen Freunde.«

Er lachte. »Ich werde dich demnächst gerne einmal mitnehmen. Sie wohnen in Seafair. Du wirst enttäuscht sein, denn es sind zwei Gay-Pärchen.«

Terzia strahlte. »Gays?« Dann wechselte der strahlende Gesichtsausdruck zu Besorgnis. »Aber du bist doch nicht so, oder?«

»Nein!« Er lachte wieder. »Oder hattest du den Eindruck?«

Er ließ seine Hand unter ihren Rock gleiten und streichelte ihr Spitzenhöschen unter der Strumpfhose. Er gab eine zarte Vibration auf seine Hand, um sie die Zärtlichkeit ein wenig stärker spüren zu lassen.

Terzia wand sich. »Du willst mich nur wieder einwickeln! Ich fahre jetzt nach Hause! Habe noch zu ar ... hhh!«

Meo grinste. Sie hatte nicht die Kraft sich von ihm zu lösen. Er drehte sich und lehnte sie gegen den Porsche. Der Pelzmantel ist doch nicht so übel, dachte er, denn er konnte sein Tun wieder mit ihm bedecken. Ein Auto fuhr an ihnen vorbei, während Terzia von einem Orgasmus geschüttelt seine Hand befeuchtete.

Arishar schüttelte unwillig die Hörner, als er zurück zum Haus seiner Familie stapfte. Der Kampf wurde abgebrochen. Ein Gefühl, das er hasste. Auf der anderen Seite hatte Arinon recht – Solutosan hatte sich tapfer geschlagen und war ihm ebenbürtig. Arinon hatte gute Arbeit geleistet. Er war quitt mit Solutosan.

Sein Sohn kam ihm entgegen gelaufen und klammerte sich an ein Bein. Er nahm ihn hoch und setzte den Jungen auf seine Schulter, was diesen in Begeisterung versetzte. Er strampelte mit den Beinchen, trat gegen die offene Schulterwunde, die Arishar erst jetzt wieder registrierte. Mit weicher Zunge leckte er dem Kleinen das Blut von dem Füßchen. Arison zappelte und lachte.

Nala, die das duonalische weiße Gewand dunkelrot gefärbt hatte, was ihr zu dem nachtschwarzen Haar wunderbar stand, trat zu ihnen und nahm ihm lächelnd das Kind aus den Händen. Sie drückte dem Jungen ein Stückchen getrocknetes Fleisch in die Faust. Arison trollte sich, denn er hatte seinen zahmen Warrantz entdeckt, der unter dem Tisch herumschnüffelte.

Stirnrunzelnd musterte Nala die Reste seiner Schulterpanzerung. »Ich bin mir nicht sicher, ob ich so eine erneut anfertigen kann, Arishar«, meinte sie auf duonalisch. »Warrantzhaut ist nicht so stabil.« Sie hatten beschlossen occabellar und duonalisch abwechselnd zu sprechen, um den Kindern beide Sprachen zu vermitteln.

»Das macht nichts, Nala. Auf dem Schiff müsste noch eine Rüstung sein. – Ich werde versuchen den Kreuzer flugtüchtig zu erhalten und Treibstoff dafür zu besorgen. Eventuell muss er auf die duonalische Sternenbasis.«

Nala blickte ihn erstaunt an. »Willst du wieder fort von Duonalia?«

Er schüttelte langsam den Kopf. »Nein, aber der Kreuzer liegt da und muss gewartet und betankt werden. In diesem Zustand hilft er niemandem. Erinnere dich, dass meine Vorsorge das Schiff betreffend, uns das Leben gerettet hat.«

Nala schlang die Arme um ihn. »Das stimmt.« Sie knüpfte ihm das Waffentuch ab und ließ den schweren Waffenrock zu Boden gleiten, half ihm aus den dicken Armschützern.

Arishar wusste, was nun kam und schloss in Erwartung die Augen. Nala leckte seine Wunden aus, verteilte ihren mild heilenden Speichel genussvoll auf dem getrockneten Blut rund um die Verletzungen und in die Tiefe der Schnitte.

»Ich habe Ulquiorra gebeten uns zu besuchen, um das Problem mit dem Schiff zu besprechen.«

Er fühlte, wie sein Glied sich regte, und fasste vorsichtig nach ihr, um ihr Gewand nicht mit den Krallen zu zerreißen.

»Nein, Arishar. Erst die Wunden«, lächelte Nala.

Er brummte. Wie immer hatte sie ihn in Griff.

Ulquiorra lag glücklich in Maureens Bett und streichelte sie. »Ich wollte ja eigentlich zu Arishar, Maureen. Wieso bin ich denn jetzt bei dir gelandet?«

Maureen kuschelte sich an seinen nackten, weißen Leib. »Weil du lieber bei mir im Bett bist, als mit einem kriegerischen Quinari zu diskutieren?«

Er streichelte ihre bloße Schulter. »Ich war beim Prothesenmacher.«

Maureen hob den Kopf. »Wirklich? Sind die gut auf Duonalia?«

»Ja, Maureen, sehr gut. Man wird zumindest nicht sehen, dass die linke Hand künstlich ist. Natürlich habe ich darin nicht mehr so viel Gefühl. Das können auch die Prothesenmacher nicht ganz wiederherstellen.«

»Du hast dann Gefühl in der neuen Hand? Wenig? Das heißt, sie verbinden die Nerven ebenfalls mit der Prothese?«

»Ja, Nerven, Sehnen, Knochen – was noch möglich ist. Die Hand wird aus meiner DNA gezüchtet. Die Gelehrten im Silentium sind mit ihrer Forschung recht weit gekommen. Ich hoffe ja, sogar Energie durch sie leiten zu können.«

Maureen nahm seine Hand und küsste sie. »Sag mir, wenn ich etwas tun kann, Ulquiorra.«

»Du tust schon mehr als genug.« Er spürte, wie sein Glied sich wieder aufrichtete, und drückte es an die glatte Haut ihres Schenkels.

All der Druck und Stress der letzten Jahre war ihm durch Maureen genommen worden. Niemals hatte er gedacht, dass er sich so wohl und entspannt fühlen konnte. Der einzige Nachteil, den sein momentaner Zustand mit sich brachte, war, dass er sich stark kontrollieren musste, um seine Verpflichtungen zu erfüllen. Er ertappte sich oft träumend in seinem Labor. Nach wie vor gab es Dinge zu regeln. Die Wahl des Marschalls stand an. Wenn er gewählt werden würde, kam zusätzliche Arbeit auf ihn zu. Zusammen mit seiner Funktion als Torwächter würde das sehr zeitaufwendig und anstrengend werden. Er war sich nicht sicher, ob ihm das so recht war. Auf der anderen Seite kam das Wohl seines Planeten vor seinem persönlichen Glück. Kurz überlegte er, ob er sich nicht auf die Suche nach einem weiteren Energetiker begeben sollte, um ihm seine Verpflichtungen zu erleichtern.

Er genoss ihre streichelnde Hand auf seinem Glied.

»Sag mal, was hältst du davon, wenn wir uns nach der Duonats-Wahl einen Urlaub auf der Erde gönnen? Irgendwo auf einer Insel.«

»Auf den Bahamas?«, fragte Maureen erfreut.

»Wenn du mir sagst, wie man da hinkommt«, lächelte er. »Wir können auch nach Sublimar reisen. Dort gibt es wunderschönes Meer und einsame Buchten.«

Maureen überlegte. »Jetzt wird mir langsam klar, was du durch das Tor für Möglichkeiten hast. Das ist Wahnsinn und fast unvorstellbar.« Sie rutschte tiefer und legte ihren Kopf in seinen Schoß, schmiegte ihre Wange an sein Glied.

»Ja, Wahnsinn«, seufzte Ulquiorra. Er fühlte einen ziehenden Ruf in seiner Brust. »Tervenarius ruft mich. Ich muss kurz fort.«

»Kannst du mir dieses Stück von dir nicht hier lassen?« Maureen blinzelte spitzbübisch zu ihm empor.

Ulquiorra lachte glücklich. »Dann bräuchte ich ja noch eine Prothese.« Er zog sie hoch und küsste sie. »Einen Moment nur.« Er glitt aus dem Bett, streifte sein Gewand über, erschuf seinen Energie-Ring und war im Tor verschwunden.

Meodern freute sich, mit Patallia, Smu, Tervenarius und Mercuran in der Küche in Seafair zu sitzen, dem rieselnden Schnee vor dem Küchenfenster zuzuschauen und frischen Kefir zu trinken. Er genoss die vertraute Anwesenheit seiner Freunde.

Er hatte viel von seinem Model-Job erzählt, was besonders Smu phasenweise erheiterte. Er und Patallia hielten sich die ganze Zeit an den Händen, als hätten sie Angst, jemand wolle sie trennen.

Meo grinste. Insbesondere seine Schilderung des Shootings mit der „Dekoration" erregte Heiterkeit. Smu lief los und holte einen Ordner mit Fotos. Er hatte alles, was er in den Zeitschriften über „Adams" Karriere gefunden hatte, dort abgeheftet – stolz so ein berühmtes Model persönlich zu kennen.

»Nur schade, dass ich diesen Job in zehn oder zwanzig Jahren nicht mehr machen kann«, meinte Meo. »Denn irgendwann wird auffallen, dass ich mich nicht verändere.« Er blickte in die Runde. Eines Tages würde Smu fehlen. Terzia wäre alt und würde sterben.

Den anderen Männern war sein Blick nicht entgangen. Mercuran suchte verstohlen Tervs Hand.

»Nun ja«, Tervenarius durchbrach das Schweigen. »Ich rufe Ulquiorra. Oder willst du nicht mehr nach Duonalia, Meo?« Er legte die freie Hand auf seine Brust.

Der große Duonalier durchschritt lächelnd das Tor. Meo musterte ihn. Ulquiorra hatte sich verändert. Die Härte war aus seinem Gesicht gewichen, was ihn schön und edel erscheinen ließ.

Sie machten sich auf den Weg. Die Hände auf Ulquiorra gelegt zog die Anomalie sie ins Silentium.

»*Entschuldige mich, ich habe noch zu tun*«, lächelte der Torwächter. »*Mir wäre lieb, du kämst in die Karateschule. Ich bringe dich dann von dort zurück.*«

»*Kein Problem. Ach so, hast du etwas Passendes zum Anziehen?*« Meo blickte an seiner Designerkleidung hinab.

»*Ja sicher.*« Ulquiorra durchquerte sein Labor, nahm ein weißes Gewand vom Haken an der Wand und drückte es ihm in die Hand. Sein Tor verschluckte ihn und Meo blieb allein im Raum zurück.

So, liebe Trianora, nun erwarte ich eine Entschuldigung, dachte Meodern grimmig, während er sich entkleidete und das Gewand überstreifte.

Er klopfte an die Tür von Trianoras Labor. Niemand antwortete. Meo öffnete vorsichtig die Tür und spähte hinein. Trianora war über ihrer Arbeit eingeschlafen, den Kopf mit dem langen, blonden Zopf auf der Tischplatte. Der Ärmel ihres Gewandes hing in einer Petrischale mit einer orangefarbenen Flüssigkeit. Leise trat Meodern näher und hob vorsichtig den Zipfel des Stoffes aus dem Glas-Tellerchen. Er wollte sich lautlos entfernen, als Trianora den Kopf hob.

»*Jemand da?*«, fragte sie telepathisch. Sie blickte orientierungslos hoch.

»*Ja, ich*«, antwortete Meo leise, um sie nicht zu erschrecken.

Trotzdem fuhr Trianora herum und erbleichte.

»*Meo!*« Sie schob fahrig ihre Petrischalen und Unterlagen auf dem Tisch zurecht. »*Du kommst sicher um mich zur Rede zu stellen*«, sagte sie tonlos. »*Smu hat mich bereits ziemlich unter Druck gesetzt.*« Sie machte eine Pause. »*Ich weiß, ich habe es verdient, Meodern. Ich wusste wirklich nicht, dass meine Gabe stark genug wäre, dein ganzes Gedächtnis zu löschen. Es tut mir sehr leid.*«

Meodern betrachtete sie. Seit er sie mit Xan so gesehen hatte, wusste er nicht mehr so recht, was er von ihr zu halten hatte. Er hatte das Bild noch vor Augen. Ihren sinnlichen Gesichtsausdruck, ihren verschwommenen, silbernen Blick. Die Szene hatte nicht zu einer zugeknöpften und zurückhaltenden Duonalierin gepasst.

»*Mir gegenüber warst du immer so kühl. Warum bei Xan nicht?*«

Trianora errötete bis an den blonden Haaransatz. Das stand ihr gut. Ihre Augen glänzten. »*Meo, das hatte sich so ergeben.*«

Meodern legte den Kopf schief. »*Ergeben? Bei einer Duonalierin? Wo war denn deine Selbstbeherrschung?*«

Ihre Miene verschloss sich. »*Ich wüsste nicht, was dich das angeht, Meodern!*«, fauchte Trianora. Sie erhob sich, warf ihren langen Zopf auf den Rücken und strich ihr Gewand glatt, um sich zu sammeln.

»*Es war eine Ausnahmesituation. Ich wollte Xanmeran trösten und er hat das wohl etwas anders verstanden. Danach hatte ich Angst um meinen Ruf. Was soll ich denn tun, um das wieder gut zu machen, Meo? Mich vor dir auf die Knie werfen?*« Sie kam auf ihn zu und kniete sich vor ihn. Blickte mit ihren silbernen Augen zu ihm hoch.

Meodern schluckte trocken. Sie war die zweite Frau, die innerhalb kurzer Zeit vor ihm kniete – wenn auch Terzia es aus anderen Gründen getan hatte. Er spürte, wie sein Glied sich straffte. Ihr Götter! Er sah seine Hände auf Trianora zukommen, ihren blonden Zopf nehmen und langsam aufknüpfen. Er verteilte das aufgelöste Haar auf ihren Schultern, strich ihr über den Kopf. Was tat er da? Trianora schaute nach wie vor zu ihm auf, atemlos, die Lippen halb geöffnet, die Augen vor Erstaunen aufgerissen.

»Ich habe dir schon längst verziehen, Trianora. Steh auf«, sagte er sanft.

Trianora erhob sich, blieb ganz nah bei ihm stehen, rührte sich nicht vom Fleck. Beim Vraan, was sollte er tun? Er spürte ihre Wärme. Ihr Blick flackerte. Gleich handle ich mir ein echtes Problem ein, dachte er, beugte sich zu ihr hinab und berührte sanft ihre zitternden Lippen mit seinen. Ihr Mund gab augenblicklich nach. Sie schmeckte süß, weich, verführerisch. Er legte einen Arm um ihre schlanke Taille und zog sie ganz zu sich heran. Sie bog sich sofort durch. Sie war das genaue Gegenteil von Terzia. Sein Glied pochte. Zart streichelte er mit der Zunge ihre Lippen. Trianora keuchte.

Er musste dringend aufhören. Er war sowieso schon zu weit gegangen. Sie war überhaupt nicht spröde, nicht zugeknöpft. Er hatte sie völlig falsch eingeschätzt. Aber jetzt hatte er es begonnen, nun würde er zumindest diesen einzigen Kuss ausdehnen und genießen. Seine Zunge drang in ihren Mund ein, streichelte zärtlich ihre Lippen von innen, wand sich um ihre Zungenspitze. Trianora stöhnte erstaunt auf.

Ihr Götter, das wird ihr erster Kuss sein, durchfuhr es Meodern und sein Glied knallte schlagartig in die Höhe. Ich muss mich lösen! Er fasste sie fester und erkundete ihren Mund. Sie sollte sich wehren, dachte er. Das wäre seine Rettung. Aber sie tat es nicht. Trianora verschmolz regelrecht mit ihm. Er sog ihren Speichel ein. Sein Gehirn stellte langsam seine Funktionen ein. Er würde sie jetzt sogar auf den Labortisch setzen können und ihre Beine spreizen und ...

Terzia!, dachte er. Terzia wird mich töten! Oder kastrieren! Oder Schlimmeres. Aber er war auf Duonalia. Millionen Lichtjahre von Terzia entfernt. Ohne ihren Mund zu verlassen, umfasste er Trianoras schlanke Taille und hob sie auf den Labortisch, drückte die wenigen Gegenstände zur Seite. Er wusste, zwischen ihnen waren gleich nur noch die Stoffe ihrer Gewänder, denn er öffnete ihre Schenkel und schob sich dazwischen. Warum ließ sie das zu? Warum stieß sie ihn nicht weg? Im Gegenteil, Trianoras Leib wurde immer nachgiebiger. Sie schmolz regelrecht unter seinen Berührungen und Küssen, drängte ihre vollen Brüste gegen ihn. Dieser Körperkontakt durch den dünnen Stoff schwemmte seine letzte Hemmung hinweg.

Er stellte sie auf die Füße und zog ihr langsam das Gewand über den Kopf. Er genoss ihren Anblick: Zuerst die schlanken Beine, den leicht gerundeten Bauch, die schönen Brüste, die weichen, weißen Arme. Das Haar fiel ihr bis zum Po auf den Rücken hinunter. Eine weiße Venus. Meo keuchte.

Er hob sie wieder auf den Tisch, vergrub kniend seinen Kopf in ihrem Schoß, fühlte ihre Hand in seinem Nacken, die ihn fester in ihr Geschlecht drückte. Eine reife Frucht, die ihm von einem Baum einfach in den Mund fiel. Er kostete sie ausgiebig. Ihr Saft benetzte seine Lippen. Ihr Aroma und Geruch fegten seinen allerletzten Rest an Verstand hinweg. Er kehrte zu ihrem Mund zurück, gab ihr den eigenen wollüstigen Geschmack. Trianora zitterte vor Gier, hob sein Gewand und entblößte sein Glied.

»Bist du sicher?«, fragte er atemlos. Es war die letzte Sekunde, um einen Rückzieher zu machen. Statt einer Antwort legte sie seine Hände auf ihre Brüste, presste sie mit ihren eigenen Händen in das nachgiebige Fleisch. Er versenkte sein Glied langsam in ihr, küsste sie heftig und fordernd, beseitigte einen anfänglichen, kleinen Widerstand in ihrer saftigen Tiefe einfach mit einer kurzen Vibration. Trianora lag seufzend und biegsam in seinem Arm, sie gab sich hin, verschlang ihn in ihrer heißen Enge. Genussvoll erkundete er ihren Schoß, behielt eine zarte Vibration bei. Bevor sie laut schreien konnte, verschloss er ihren Mund mit einem Kuss. Sie umkrampfte sein Glied, hielt es fest und überbrühte es kochend heiß, riss ihn mit dieser Woge aus seinem Körper. Er durchstieß mit ihr verwoben das Dach des Silentiums, tauchte in die zartbunten Energieschleier ein und verströmte sich dort machtvoll.

Keuchend kamen sie zu sich. Sie hatte Meodern im Arm, den provokativen Krieger. Den sie bisher immer als zu frech empfunden hatte, um ihn ernsthaft zu beachten. Ihr Götter, er war ernst zu nehmen!

Sein sonst blitzender, grüner Blick hatte sich getrübt, nahm erst langsam wieder seine klare Farbe an. Sein schönes Gesicht mit der goldenen Haut wirkte wie aus Stein gemeißelt, belebte sich allmählich. Staunend bemerkte sie diese Veränderungen. Das hatte sie verursacht. Sie sah an sich hinunter. Noch waren sie verbunden. Sie wollte ihn ungern aus sich lassen. Er war so angenehm. Aber er löste sich ganz langsam, sein Gewand fiel auf seine Füße zurück. Er nahm ihr Gesicht in beide Hände und blickte sie aufmerksam an, sah tief in ihre Augen, betrachtete ihren vom Küssen geschwollenen Mund, als würde er sie zum ersten Mal sehen.

»Wir waren in den Schleiern«, stieß er hervor. Wie alle Duonalier wusste er offensichtlich von der Sage, dass sich in den Energieschleiern die Toten aufhielten. Er legte die Hand auf ihren Bauch. *»Ist es normal, dass Duonalier bei der Vereinigung in die Schleier gehen? Haben wir dort jemanden geholt, Trianora?«*

Sie schüttelte versonnen den Kopf. *»Ich weiß es nicht.«* Allmählich verstand sie, was er mit dieser Frage sagen wollte. Er befürchtete, sie geschwängert zu haben. Sie horchte kurz in sich. *»Mach dir keine Sorgen, Meo«*, lächelte sie und küsste ihn.

Erst Xanmeran, jetzt Meodern. Sie kannte die Duocarns gut genug, um vor keinem von ihnen Angst zu haben. Seit dem Erlebnis mit Xanmeran war ihre Sexualität erwacht und sie hatte sich nach einem vollzogenen Akt gesehnt. Ohne Ritual und völlig gegen ihre Erziehung. Sie war unmoralisch. Aber zum ersten Mal in ihrem Leben fühlte sie sich unbeschwert und frei.

Meodern wollte sich endgültig von ihr lösen, sie schlang ihm jedoch noch einmal die Arme um den Hals. Er hielt inne, umarmte sie, und atmete den Duft ihres Haares ein. Sie war einfach den Bedürfnissen ihres Körpers gefolgt und das war gut so. Aber sie musste ihn nun gehenlassen, das merkte sie. Sie nahm nicht an, dass er die Vereinigung mit ihr geplant hatte. Also gab es auch für ihn allerhand zu überdenken und dabei musste sie ihn in Ruhe lassen. Sie strich ihm noch kurz über das stachelige Haar und gab ihn frei.

Meo schritt nachdenklich durch das Silentium. Jetzt hatte er sich wirklich in Teufels Küche gebracht! Die beiden Frauen durften natürlich nie voneinander erfahren. Trianora war nicht wieder auf der Erde gewesen und Terzia hatte er nicht über seine wahre Herkunft aufgeklärt. **Er** musste mit dem klarkommen, was er da angestellt hatte! Er fühlte sich bereits hin und her gerissen. Er würde die Entscheidung zwischen den beiden so gegensätzlichen Frauen aufschieben, wusste aber, dass sie irgendwann fällig werden würde.

Sein „Ausflug" in die Energieschleier hatte ihn verunsichert. Das war ein elementares Erlebnis, besonders für einen Hybriden wie ihn, der ständig mit Energien zu tun hatte. Die Schleier, so zart sie auch aussahen, waren Urgewalten. Diesen kurzen Moment ein Teil von ihnen zu sein, war unbeschreiblich gewesen.

Trianora und er waren von der gleichen Art. Ob es bei einer neuerlichen Vereinigung wiederum geschehen würde? Ihr Götter, er dachte schon an das nächste Mal mit Trianora. Und war auf dem Weg zu Terzia, die ihn sofort mit Haut und Haar verschlingen würde! Er sollte erst einmal einplanen wieder in Seafair zu trainieren, um seine gute Kondition zu erhalten. Jetzt musste er doch grinsen.

Ulquiorra saß mit dem kleinen Quinari auf dem Schoß in Arishars Haus, der ihm die Problematik seines Raumschiffs erklärte. Arison kuschelte sich an ihn, was Nala mit erstaunten Blicken zur Kenntnis nahm. Er hatte offensichtlich auf seine ruhige Art das Herz des Kindes erobert.

»Völlig klar, Arishar, es muss in die Raumbasis. Denkst du, es hat genügend Energie, um es dorthin zu fliegen?«

Arishar sah Nala an, die nickte.

»Gut, ich spreche dann mit Rarak, wenn ich ihn morgen auf der Duonatsversammlung sehe, denn er ist nun Leiter der Basis. Was den Ersatzstoff für das Occtan angeht, kenne ich eigentlich nur Patallia, der sich damit auskennen könnte. Unsere duonalischen Wissenschaftler haben wohl ebenfalls viele Möglichkeiten, aber weniger Rohstoffe als auf der Erde.« Er schaute Arishar an, der nur mit Lendenschurz bekleidet im Raum auf und ab lief. »Soll ich dich zu ihm bringen?«

Ulquiorra schob einige von Arisons Bauklötzchen so auf dem Tisch umher, dass ein lustiges Gesicht entstand. Arison quietschte begeistert.

Einen kurzen Moment dachte er an Maureen. Mit ihr konnte er sich Kinder vorstellen. Solutosan hatte mit einer Erdlingsfrau Halia gezeugt, was bewies, dass auch Maureen mit ihm kompatibel sein konnte. Er mochte Kinder, hatte aber nie eigene in Erwägung gezogen. Plötzlich war alles anders.

Arishar nickte. »Ich nehme dein Angebot an.«

Ulquiorra lächelte. »Du wirst dir nur etwas anziehen müssen. Dort, wo wir auf der Erde hingehen, ist es im Moment sehr kalt.«

Der Quinari-König nahm seine graue Lederhose vom Haken, zog sie an und blickte ihn auffordernd an.

Ulquiorra lachte. Nun, Arishar würde bald merken, dass eine Hose allein auf der Erde nicht ausreichend war.

Er erhob sich und setzte Arison mit beiden Händen auf die Bank. Er hatte sich endlich die Hand transplantieren lassen. Sie war wohl noch nicht ganz angewachsen, funktionierte jedoch schon recht gut.

Ulquiorra plante, mit Patallia zu sprechen, denn Maureen machte ihm Sorgen. Trotz der Zusatzstoffe schien ihr Verdauungssystem gestört zu sein. Er öffnete das Tor und unter Nalas staunendem Blick schritt er mit Arishar auf die Erde.

Offenbar hatte ihn keiner der Bewohner erwartet. Arishar fand Tervenarius, Mercuran und Smu, alle recht spärlich bekleidet, in dem großen Raum vor, in dem Ulquiorra das Tor öffnete. Warum hatte dieser ihm gesagt, dass er sich warm anziehen sollte? Er sah sich erstaunt um. Die drei Männer starrten ihn mit offenen Mündern an.

»Arishar!« Tervenarius fand als Erster die Sprache wieder. »Was verschafft uns das Vergnügen?«

Smu kicherte und suchte sich aus den vielen Schüsseln auf dem Tisch ein seltsam geformtes Stück Fleisch aus und schob es in den Mund.

»Tut mir leid, wenn ich euch so überfalle«, knurrte er. »Ich wollte eigentlich zu Patallia.«

»Der ist im Moment nicht da. Der ist bei unserem Navigator Chrom«, antwortete Tervenarius.

»Dem Bacani?«

Tervenarius nickte.

Von dem hatte Arishar gehört. Er schien ein tapferer und tüchtiger Mann zu sein. »Darf ich hier auf Patallia warten?«

Ulquiorra war etwas ratlos. »Ich wollte auch zu Pat. Ich komme dann später wieder.« Kurzerhand ließ er den Ring rotieren und war verschwunden.

»Setz dich doch, Arishar! Wir schauen im Moment eine Zaubershow mit Siegfried und Roy«, erklärte Smu grinsend und deutete auf einen Sessel. Mercuran hatte sich ebenfalls von seinem Schreck erholt und lächelte ihn an. Er lag bei Tervenarius im Arm.

Arishar räusperte sich. Er war nicht dumm und wusste, dass von den Duocarns einige Männer verbunden waren. Auch unter seinen Kriegern gab es diese Vorlieben. Er setzte sich.

»Was geschieht da?« Er deutete auf die sich ständig verändernden Bilder.

»Das sind die Bilder von zwei Illusionisten, Arishar«, erklärte Tervenarius. »Es ist eine Art holographische Projektion. Es passiert nicht wirklich in diesem Moment. Die Show ist in Las Vegas auf der Erde aufgenommen. Die Männer heißen Siegfried und Roy. Sie geben den Menschen die Illusion, dass sie Dinge verschwinden lassen können.«

Arishar blickte interessiert auf einen Käfig mit einem gefährlich wirkenden weißen Tier. Die Aufnahmen hielten ihn gefangen. Bilder aus der Menschenwelt.

Smu bot ihm von den Lebensmitteln auf dem Tisch etwas an und erklärte ihm, was es war. Er konnte sich unter Maisflips, Kartoffelchips und Taccos wenig vorstellen, verstand aber, dass die Sachen pflanzlich waren, und probierte alles. Was für ein Geschmackserlebnis! Besonders die Taccos mit der scharfen Sauce!

Smu grinste. »Ich glaube, da entwickelt sich gerade ein Junkfood essender Quinari-Couchpotatoe.«

»Ich hoffe, das ist etwas Gutes«, knurrte Arishar und aß noch einen Erdnussflip. Die Erde war ganz anders, als er es sich vorgestellt hatte. Die Las Vegas-Show war zu Ende. Smu erklärte ihm geduldig was Commercials waren und schaltete mit einem kleinen Gerät auf eine weitere Sendung. Raumschiffe kämpften und beschossen sich. Er war fasziniert und regelrecht enttäuscht, als Patallia schon in der Tür stand.

»Wenn du möchtest, kannst du nach deinem Gespräch gerne weiter fernsehen, Arishar«, meinte Tervenarius. »Wir gehen jetzt schlafen«. Er deutete auf Mercuran, der müde in seinem Arm hing. Arishar nickte.

Patallia zeigte wenig Erstaunen ihn zu sehen. Er führte Arishar einige Treppenstufen tiefer in seinen Raum, der mit vielen Regalen und Tischen vollgestellt war. Was sich da in den Gestellen stapelte, und sogar teilweise bewegte, verstand er nicht ganz. Das Zimmer erinnerte ihn an die medizinische Abteilung seines Raumkreuzers. Patallia bot ihm einen Stuhl an.

»Ich komme wegen dem Treibstoff meines Raumschiffs, Patallia. Du hattest erwähnt, dass dir der Begriff Occtan nicht fremd ist.«

Patallia setzte sich. »Ich denke, wir sprechen hier von einem Energieträger, der auf der Erde eher Alkane genannt wird. Diese Stoffe werden hier aus Erdölen gewonnen. Ich gehe aber davon aus, dass das von euch verwendete Occtan wesentlich dichter und hochgradiger ist, denn dein Raumkreuzer hat was für einen Antrieb?«

»Sol-Antrieb«, bestätigte Arishar.

»Arishar, ich sehe keine Möglichkeit, auf der Erde einen solchen Treibstoff zu produzieren. Die menschliche Wissenschaft ist nicht auf dem gleichen Stand wie die duonalische. Die einzige Option, die für dein Schiff bleibt, ist, es auf duonalische Energietechnik umzustellen. Die Frage ist, ob sich dieser Aufwand lohnt. Das können nur die Techniker der Raumbasis entscheiden.« Das hörte sich logisch an.

Arishar stützte den schweren Schädel in seine Hände. »Nala wird das Schiff in die Basis fliegen. Dafür reicht der Treibstoff wohl noch aus. – Ich danke dir.«

Patallia schüttelte den Kopf. »Ich sage nur meine Meinung. Ich bin Mediziner und verstehe letztendlich nur wenig von Raumfahrt.«

Arishar nickte versonnen. »Ich habe eine weitere Frage, Patallia. Ulquiorra sagte auf der Erde wäre es kalt und ich solle mich anziehen. Aber hier ist es warm und die Männer sind kaum bekleidet.«

Patallia lachte. »Na dann komm, Arishar, ich zeige dir, wo die Kälte ist.«

Er erhob sich und zusammen gingen sie zwei Treppen hinauf. »Wir schauen nach, was Xanmeran an Kleidung hat. Das dürfte dir passen. Außerdem ist es dunkel draußen und dich wird niemand sehen. Die Menschen würde dein Anblick erschrecken.«

Er reichte Arishar Kleidungsstücke, die er nicht kannte, nahm ihm aber einige wieder kopfschüttelnd und mit Blick auf seine gewaltigen Hörner ab. Zurück blieb ein großer Mantel aus unbekanntem, weichem Fell, den Arishar anlegte. Patallia gab ihm auch noch ein paar dicke, feste Stiefel.

Er folgte ihm an einigen metallisch glänzenden Fahrzeugen vorbei durch ein sich lautlos öffnendes Tor. Ein leises Rauschen empfing sie und klirrende Kälte. Auf dem Boden lag eine weiße Masse. Arishar bückte sich und berührte sie mit der Hand. Sie war sehr kalt und biss regelrecht in seine Finger.

»Schnee, Arishar.«

Arishar hob den Kopf. Ein gelber, strahlender Mond stand am dunklen Himmel und er konnte etliche Sterne sehen.

»Komm!« Patallia winkte ihm und gemeinsam stapften sie durch den Schnee zu der riesigen Wasserfläche, die sich endlos vor ihnen ausbreitete. Wellen schäumten an den sandigen Strand. »Das ist ein Teilstück des nördlichen Pazifiks. Ich kann dir gern eine Karte auf dem Computer zeigen, wo Vancouver genau liegt.« Sie liefen eine Weile am Meer entlang.

Er hatte noch nie etwas Ähnliches gesehen. Der Wind war stürmisch und schmeckte salzig. Immer wieder fuhr er mit den Klauen durch den Schnee. »Sieht die Erde überall so aus, Patallia?«

»Nein, an anderen Orten ist jetzt heiß und Sommer, abhängig von ihrer Lage. Auch die Zeit verschiebt sich auf der Erde von Ort zu Ort.«

»Faszinierend!« Gemächlich gingen sie den leeren Strand entlang zurück zum Haus. »Du sagst, die Menschen würden sich vor mir erschrecken? Die Duocarns haben Glück ihnen etwas ähnlicher zu sehen.«

»In der Tat. Es wäre sonst nach unserer Landung hier zu einer Katastrophe gekommen. Selbst die Bacanis konnten sich in ihrer zweibeinigen Form mit wenigen Veränderungen ungehindert bewegen.«

Patallia erzählte ihm von den Machenschaften der Bacanis, während sie ins warme Haus zurückgingen. Arishar senkte nachdenklich den Kopf. In seinem bisherigen Leben hatten seine Hörner nie einen Nachteil bedeutet. Außer vielleicht im Raumschiff. Nun entdeckte er eine echte Schattenseite.

»Ulquiorra wollte auch noch mit dir sprechen, Patallia. Ich nehme an, er kommt jeden Moment zurück. Ich würde gerne auf ihn warten und weiter dieses Television ansehen, wenn es dir recht ist.«

»Natürlich – fühle dich wie zu Hause.«

Arishar setzte sich auf das Ledersofa und zog die Beine unter sich. Er betrachtete seine Blutzeichnungen. Die Quinari kamen wahrlich aus einer anderen Welt. Er nahm die kleine Fernbedienung und testete deren Funktion, wechselte die Programme und versank in den Bildern der Erde.

Ulquiorra staunte nicht schlecht, als er Arishar mit großen Augen auf dem Sofa vor dem Fernseher fand. Der Quinari winkte ihm zu, richtete dann den gelben Blick wieder auf die Bilder. »Ich bin kurz bei Pat, Arishar.«

»Du siehst müde aus, Pat«, begann Ulquiorra telepathisch. »Hast du auf mich gewartet?«

Patallia nickte. »Ja, das habe ich. Ich wollte allerdings auch Arishar ein wenig im Auge behalten. Bei den Quinari ist man sich nie ganz sicher, was sie als Nächstes tun.«

»Ja, das stimmt, Pat.« Ulquiorra setzte sich. »Ich komme wegen Maureen. Ich mache mir Sorgen. Sie nimmt wohl diese Enzyme und Ballaststoffe, die du ihr gegeben hast, aber ich sehe, wie sie immer weiter abbaut. Ich befürchte Duonalia sowie die einseitige Dona-Ernährung bekommen ihr auf Dauer nicht.«

»Bring sie her, Ulquiorra. Ich werde sie gründlich untersuchen. Und tu das bitte möglichst bald.«

Er nickte. »Ich muss gleich im Duonat sein wegen der Wahl des Marshalls, komme aber sofort danach wieder.«

Pat lächelte. »Wie stehen deine Chancen?«

»Marschall zu werden? Ich denke ganz gut. Ich weiß nur nicht, ob mir das alles nicht irgendwann einmal zu viel werden wird. Ich werde einen Energetiker suchen, um die Aufgabe des Torwächters eventuell abzugeben.«

Pat horchte auf. »Einen Energetiker? Ich weiß von keinem außer dir.«

Ulquiorra wiegte den Kopf hin und her. »Ich denke schon, dass da noch jemand ist, der fähig wäre.«

Patallia runzelte die Stirn. »Solutosan.«

»Ja, aber ich möchte ihn im Moment nicht fragen. Ich vermute bei ihm ein ungeheures Potential. Er hat jedoch im Moment andere Probleme. Ich warte erst einmal ab. Es eilt mir nicht.« Er trat zu Patallia und drückte ihm kurz die Hand. »Danke für deine ganzen Bemühungen. Was täte ich und was täten die Duocarns nur ohne dich. Ich schnappe mir jetzt mal Arishar und bringe ihn nach Hause.«

Sie lächelten sich an.

Solutosan war dankbar, dass Arinon bei ihm war. Besonders der erste Hieb Arishars in die Brust war tief gewesen und hatte um Haaresbreite eines seiner Herzen verletzt. Aber dank Arinons Pflege und der grauenvoll stinkenden Salbe ging es ihm bereits besser. Er wusste, dass seine Tage in dem Quinaridorf gezählt waren. Er und Arishar waren quitt. Er hatte alles bekommen, was Arishar zu geben hatte. Im Gegenzug blickten die Quinari auf eine ganz ansehnliche Zucht an Warrantz. Gelegentlich tauschten sie mit Luzifer die Männchen, um eine gute Genetik zu erhalten. Sie konnten zufrieden sein.

Es war Zeit kurz nach Halia zu schauen und dann nach Sublimar zu gehen. Er war Auraner und Sublimar war sein Heimatplanet. Er wusste noch zu wenig über ihn. Außerdem wollte er seinem Vater nochmals auf den Zahn fühlen. Er überlegte, ob er Angst vor Pallasidus hatte. Nein. Dessen Zauberkunststücke beeindruckten ihn nicht. Er war mächtig, aber was nützte ihm seine ganze Macht? Er saß grollend und traurig auf seinem Planeten. Der Sternengott konnte jeden, der ihm nicht gefiel, mit einem Blick töten. Und weiter?

Arinon trat an sein Lager und legte ihm ein Brusthalfter mit zwei Dolchen in die Hand. Er schien verlegen. »Ich möchte sie dir schenken«, brachte er nur hervor, stand sofort auf und verließ das Haus. Solutosan kam nicht dazu sich zu bedanken. Er sah Arinon auch nicht mehr als er aufbrach.

Solutosan verabschiedete sich von Arifan, Aritax, Aribar und Aricon, der ihm besonders ans Herz gewachsen war. Er lief zu Arishars Haus, aber nur Nala öffnete ihm in einem dunkelroten Gewand. Mit ihren hellbraunen Augen und dem nachtschwarzen Haar war sie wunderschön. Arishar hatte Glück. Er traute sich nicht, sie zum Abschied zu umarmen. Er wusste, wie eifersüchtig Arishar war. Also lächelte er Nala an und wandte sich der Steppe zu.

Wie viel Zeit war vergangen? Er wusste es nicht. In der Menschenzeit waren es garantiert ein paar Jahre. Er bewegte seine Muskeln, lief zügig. Sein Körper hatte noch nie so gut funktioniert, auch wenn die Wunden bei der Bewegung spannten. Das würde schnell vergehen. Er hatte das ganze Training bei Arinon verinnerlicht und wollte damit nie mehr aufhören. In einem faulen Leib steckte ein träger Geist.

Er rannte los Richtung Hafen. Sich seiner Freiheit und seiner Gesundheit intensiv bewusst, von einem Glücksgefühl beseelt. Er lachte, lief und sprang wie ein übermütiges Pferd. Er lachte noch, als er an der Anlegestelle ankam.

Solutosan drückte das große Tor zum Innenhof der Karateschule auf. Kein Laut war zu hören, bis auf das leise Grunzen der Warrantz in den Ställen. Er lief ins Haus, blickte in Halias Zimmer. Es war aufgeräumt – aber – er blieb erstarrt stehen. Ihr Bett war bedeckt mit einer feuerfesten, metallischen Decke und daneben lag eine Steinkuhle aus weißen Steinen, in der Mitte geschwärzt. Das war eine Schlafstelle. Die Lagerstatt eines schwarzen Wesens!

Er blickte auf seine Hände. Es hatte sich automatisch etwas Sternenstaub aus ihnen gelöst. Das, was er sah, konnte nur eines bedeuten. Halia war mit einem der Trenarden zusammen. Solutosan, sagte er zu sich selbst, bleibe ruhig. Du hast kein Recht dich aufzuregen. Sie ist inzwischen eine Frau und du hast sie jahrelang allein gelassen.

Er ließ sich auf den Stuhl an Halias Schreibtisch fallen. Wahnsinn! Sie hatte sich einen der primitiven Feuerspucker zum Partner gewählt! Er fühlte erneut, wie die Wut in ihm hochkroch. Was wäre, wenn er Luzifer – Slarus war garantiert nicht derjenige – einfach umbringen würde? Er war nun in der Lage auch ohne Sternenstaub einen Kampf mit Luzifer bestreiten zu können und rechnete sich sogar ganz gute Chancen aus.

Aber was brächte es, den Trenarden zu töten? Halia würde es ihm niemals verzeihen. Dazu kam, dass es höchstwahrscheinlich nur noch zwei Trenarden im Universum gab. Er musste sich dringend beruhigen.

Er erinnerte sich, dass Luzifer schon bei ihrer ersten Begegnung gefragt hatte, ob er Halia heiraten könne. Er hatte es damals für einen gelungenen Witz gehalten. Er war nicht da gewesen und sie hatte sich einfach den stärksten Mann ausgesucht. Konnte er es ihr verübeln?

Er erhob sich und stapfte in die Küche. Im Kühlraum war noch Dona-Milch. Er schenkte sich einen Becher voll ein. Er wollte Luzifer nichts tun. Vielleicht nur eine kleine Prügelei ohne Waffen. Er betastete seine Verletzungen. Bei einem Unsterblichen wie ihm verheilten sie schnell. Aber ob es im Moment klug war, sich zu schlagen? Die Wunden konnten wieder aufreißen. Wo Maureen wohl war? Bestimmt bei Ulquiorra. Sie wusste garantiert von Halias Verhältnis. Alle würden es wissen! Nur ihm hatte niemand etwas gesagt – höchstwahrscheinlich, weil alle seine Reaktion vorausgeahnt hatten. Solutosan grinste grimmig. Er würde sie überraschen.

»Ich gratuliere, Marschall Ulquiorra!« Dana strahlte ihn an und drückte ihm einen dicken Strauß Ismeranien in die Hand. Aus Rücksicht auf die anwesenden Bacanis sprach sie laut.

Selbst die bacanischen Duonats-Mitglieder verneigten sich höflich lächelnd, obwohl sie eine Niederlage erlitten hatten. Natürlich hatten sie gehofft, einen der Ihren auf den Marschalls-Sitz heben zu können, zumal der Marschall bei der Rechtsprechung das letzte Wort besaß.

Von diesem Tag an hatte Ulquiorra den Gerichtsverhandlungen vorzusitzen, die glücklicherweise recht selten waren. Maureen würde vermutlich sehr stolz auf ihn sein. Oberhaupt von Duonalia – an den Gedanken musste er sich erst gewöhnen.

Ulquiorra trat in die Aula des Silentiums, in der sich alle Wissenschaftler und Kollegen bei seinem Eintritt erhoben. Dana legte ihm strahlend das violette Übergewand an. Beifall erklang, wurde lauter. Er hob lächelnd die Hände. Natürlich erwartete man nun eine kleine Rede von ihm.

»Ich danke allen, die die Weisheit hatten mich zu wählen.« Er lächelte und seine Kollegen quittierten seinen Scherz mit Gelächter. »Aber Spaß beiseite. Ich werde mich bemühen, weiterhin mein Wissen und meine Gaben zum Wohle unseres Planeten einzusetzen. Wir sind, wie ich meine, auf einem guten Weg, Frieden und Zufriedenheit für alle zu erhalten und zu bewahren. Lasst uns bitte offen füreinander sein. Wir sind nicht allein im Universum. Lasst uns von den anderen Völkern, die wir ja nun auch beherbergen, lernen. Was es für Folgen hat, nur für die eigene Spezies zu denken, haben wir schmerzlich erfahren. Tod und Kampf waren das Resultat. Lasst uns bitte offen sein für Neues und nicht ängstlich versuchen, alte, und manchmal überholte, Denkweisen zu hüten. Ich danke euch!«

Alle wollten ihm nun die Hände schütteln. Auch Trianora stand plötzlich vor ihm. Sie neigte den Kopf und errötete.

»*Ich wünsche dir alles Glück der Welt, Ulquiorra. Mögest du lange dein Amt erfolgreich und zufrieden erfüllen – und*«, sie sah ihm offen ins Gesicht, »*mögest du mit Maureen glücklich werden.*«

»*Danke, Triasan.*« Er blickte ihr in die silbernen Augen. Sie meinte es ernst und – sie hatte sich verändert. Sie hatte so ein sanftes Strahlen ... Leider zog sie sich zu schnell aus der Gruppe der Gratulanten zurück, so dass er es nicht weiter erforschen konnte. Stattdessen überschüttete Tadorus ihn mit Glückwünschen.

Langsam löste sich die Menge in der Aula auf. Er war froh darüber, denn Maureen wartete im Wohnflügel auf ihn. Sie fiel ihm in die Arme. Wie dünn sie geworden war!

Er machte sich große Sorgen. »Maureen, wir gehen zu Patallia.«

»Auf die Erde?«, fragte sie mit leichter Fassungslosigkeit und Wehmut in der Stimme.

»Ja, Maureen. Und sollte es nötig sein, wirst du dort bleiben. Ich werde nicht mehr mit ansehen, wie du immer weiter abmagerst.«

»Aber Halia?«

»Halia kann sehr gut auf sich selbst aufpassen – außerdem hat sie Luzifer. Komm, lass uns zur Schule gehen. Dann packst du erst einmal ein paar Sachen und verabschiedest dich.«

Maureen klammerte sich an ihn. »Und du? Hast du die Wahl gewonnen?«

»Ja, habe ich.«

»Hast du denn jetzt überhaupt noch Zeit für mich?«

»Natürlich, Maureen.« Er hob sie hoch, bis ihr Gesicht vor seinem war, und küsste sie zärtlich. »Komm, wir gehen!«

Solutosan saß im Innenhof der Schule auf einem Korbsessel, die Beine vor sich gestreckt, als Halia, mit Luzifer an der Hand, die Flügeltür zum Hof öffnete und lachend mit ihm eintrat. Ihr Lachen erstarb, als sie ihn dort sitzen sahen.

Blitzschnell schob Luzifer sie hinter sich und ging in Angriffsstellung. Solutosan musterte ihn und nickte. Das war genau das Verhalten, das er sich von seinem Schwiegersohn wünschte. Er beschützte Halia.

Die schnaufte hinter Luzifer und schubste ihn zur Seite, stürzte mit wehenden Locken auf Solutosan zu und fiel ihm um den Hals. »Daddy!« Sie schob sich auf seinen Schoß.

Solutosan streichelte ihr weiches Haar und drückte sie fest an sich. Aber da war noch Luzifer. Das musste er klären. Entschlossen stand er auf und stellte Halia auf den Boden. Luzifer hatte seine Abwehrhaltung immer noch nicht aufgegeben, sondern musterte ihn finster. Besonders lang klebte sein Blick an Arinons Dolchen.

Solutosan streckte ihm die Hand entgegen.

»Luzifer!« Halias Stimme schallte mahnend. Endlich ließ die Spannung in seinem schwarzen Körper nach und er stapfte auf Solutosan zu.

Die beiden Männer schüttelten sich die Hände und Halia strahlte. »Ich hatte schon Angst dass, ähm, dass ...«

»Dass wir uns prügeln würden?«, grinste Solutosan. »Das werden wir garantiert auch noch tun. Nicht wahr Luzifer? – Trainingshalber!«

Luzifer nickte und bleckte die Zähne. »Jederzeit«, stieß er hervor.

»Ach, Männer!« Halia lachte. »Bitte benehmt euch einfach in meinem Beisein!« Sie verschwand im Haus.

Solutosan grinste. Sie war wie ihre Mutter. Aiden hatte auch innerhalb kürzester Zeit schwierige Situationen unter Kontrolle gebracht.

Luzifer setzte sich neben seinen Stuhl auf den Boden.

»Studiert sie überhaupt noch?«, fragte Solutosan.

Luzifer nickte. »Aber sie hilft mir auch viel bei den Warrantz. Sie hat den Verkauf der zahmen Tiere auf dem Markt übernommen und ist sehr erfolgreich. Plötzlich kaufen sogar Männer Streicheltiere«, fügte er grimmig hinzu.

Solutosan lachte. »Ich habe festgestellt, dass die Leute denken, man wäre selbst ein nettes Haustier, wenn man damit handelt.« Luzifer grunzte.

»Wie kommt ihr beide überhaupt mit deiner Feuerspuckerei klar, Luzifer?«

»Prima«, antwortete Halia, die mit drei Bechern Dona aus der Tür trat. Solutosan nahm einen der Becher. Er war eiskalt.

Er hob erstaunt den Kopf. »Wie hast du das gemacht?«

»Ich habe meine Gabe entdeckt, Daddy!« Sie legte ihm die Hand auf den Arm, der sich sofort abkühlte.

»Feuer und Eis«, grinste Luzifer. »Ich wusste von Anfang an, dass sie zu mir passt«.

»Da muss ich mich wohl geschlagen geben«, seufzte Solutosan grinsend. Die beiden nickten.

Der goldene Ring erschien in der Mitte des Hofs, rotierte kurz. Ulquiorra trat mit Maureen heraus. Solutosan schluckte und stellte schnell den Becher weg. War das wirklich Maureen? Sie war nur noch Haut und Knochen. Aber sie strahlte, als sie ihn sah. Solutosan sprang auf und nahm sie vorsichtig in die Arme.

»Hallo, sexy Chef«, begrüßte sie ihn liebevoll.

»Geht es dir nicht gut, Maureen? Du bist viel zu dünn!«

Ulquiorra war neben sie getreten. »Ich bringe sie zu Patallia. Und zwar gleich. Wir sind nur hier um ein bisschen zu packen.«

»Ich helfe dir!« Halia nahm Maureen an die Hand und zog sie ins Haus.

Solutosan wiegte bedenklich den Kopf. »Sie sieht aus als wäre sie sehr krank, Ulquiorra.«

»Ja.« Ulquiorras Gesicht verzog sich sorgenvoll. »Es ist schlimmer geworden in der letzten Zeit. Es geht nicht, dass sie sich nur von Dona ernährt. Ihr Metabolismus ist ganz einfach nicht darauf eingestellt. Ich befürchte, sie wird nicht mehr nach Duonalia zurückkehren können. Sie braucht andere Nahrung.« Er schluckte wieder und senkte den Kopf.

»Wie ich sehe, bist du Marschall geworden.« Solutosan deutete auf sein violettes Übergewand. »Ich gratuliere dir! Du bist der Beste für dieses Amt.«

Solutosan bemerkte, dass bei Ulquiorra die Sorge um Maureen überwog und ihm Glückwünsche in diesem Augenblick eher lästig waren.

Der Torwächter wechselte sofort das Thema. »Was hast du nun vor, Solutosan?«

Luzifer verfolgte ihr Gespräch mit und blickte mit seinen feurigen Augen von einem zum anderen.

»Ich wollte dich bitten, mich nach Sublimar zu bringen. Ich muss da noch einiges klären. Könntest du mir von der Erde einen Kefirpilz mitbringen? Ich muss sonst auf Sublimar wieder hungern.«

Ulquiorra nickte. »Ich hole ihn, solange Maureen am Packen ist. Wie lange wirst du fort sein?«

»Länger. Ich habe dort einiges zu klären.« Er wandte sich an Luzifer. »Luzifer, ich zähle auf dich. Pass auf Halia auf!«

Luzifer spuckte ein wenig Lava auf den Boden und züngelte. »Ich verspreche es! Ich werde sie mit meinem Leben schützen!«

Solutosan lachte. »Ich hoffe, das wird nicht nötig sein. Es sind ruhige Zeiten auf Duonalia angebrochen. Dafür wird Marschall Ulquiorra sorgen.« Er wandte sich um, aber der Torwächter war bereits verschwunden, um ihm den Pilz zu holen.

Meodern lag in Terzias breitem Bett und streichelte ihr Haar. Seine dunkelhaarige Frau schlief tief und fest. Und was machte er? Er dachte an seine blonde Geliebte. Er seufzte. Am folgenden Tag musste er nach Paris fliegen für ein Hugo Boss-Shooting. Das war ihm ganz lieb. Erst einmal fort von allem. Da er in Paris kaum Möglichkeit zu trainieren hatte, würde er für zwei Stunden nach Seafair in den Trainingsraum fahren. Er schlüpfte aus dem Bett und suchte seine Kleider.

Er hatte am Tag zuvor schon den kommenden Frühling in der kalten Luft geschnuppert. Trotzdem musste er sich noch dick anziehen. An den Nerzmantel hatte er sich inzwischen gewöhnt und wusste ihn zu schätzen. Nicht nur als Tarnung bei Blowjobs. Er musste grinsen. Nein, der Mantel war wirklich gut – seidig und warm.

Er suchte leise seine Sportkleidung aus dem riesigen Kleiderschrank. Terzia murmelte und drehte sich im Schlaf, entblößte eine ihrer schönen, festen Brüste. Er blieb wie angewurzelt stehen, versucht ins Bett zurückzukehren, um sich weiter mit dieser weiblichen Verlockung zu beschäftigen, entschied sich jedoch dagegen. Er musste fit bleiben, denn seine Damen waren doch recht anstrengend.

Terzia lächelte im Schlaf. Sie würde mich umbringen, dachte er. Immer diese Eifersucht! Einen Moment lang sah er sich in einem riesigen Bett mit beiden Frauen. Yin und Yang und er in der Mitte. Das wäre perfekt. – Aber kaum machbar.

Er verließ leise den Raum und zog den Mantel über. Da Solutosan immer noch nicht aufgetaucht war, benutzte er weiterhin den Porsche. Er schaltete die Scheibenwischer ein, um den Schneeregen von der Frontscheibe zu wischen, der flockig glitzernd im Licht der Scheinwerfer trieb.

Er fuhr den Wagen in die Garage in Seafair. Meodern spürte eine ungute Atmosphäre im Haus. Als er im Kellergeschoss am Labor vorbei ging, hörte er Ulquiorras und Patallias Stimme – zwischendurch ein leises Weinen.

»*Ich bin zu Hause*«, verkündete er, ohne die Labortür zu öffnen. »*Braucht ihr Hilfe?*«

»*Vielen Dank, Meo*«, antwortete Patallia. »*Wir kommen zurecht.*«

»*Okay!*« Er zuckte die Achseln und schlenderte in den Trainingsraum.

Solutosan atmete tief durch. Ulquiorra hatte ihn auf dem Riff abgesetzt in dem Maurus und seine Leute nun wohnten. Solutosan hatte das blaue Serica-Gewand getragen, das er nun ablegte. Er ließ es, zusammen mit den Dolchen und dem Kefirpilz in einer Dose, auf den Klippen liegen. Er würde alles später holen. Ob man ihn schon bemerkt hatte? Erleichtert glitt er in das seichte, warme Salzwasser. Ja, die Aquarianer waren aufmerksam. Ein sanftes Gluckern neben ihm kündigte die Ankunft des Aquarianers an.

Maurus hatte sich nicht verändert. Er war wässrig-schön wie eh und je. Seine blaue Haut glänzte in allen Facetten und sein glatter Leib schimmerte. Er war nackt.

»Ich bin glücklich dich zu sehen, Solutosan. Hat Sublimar dir gefehlt?«

Ja, nun spürte Solutosan, dass er sein Element vermisst hatte. Er tauchte das Haar bis an die Stirn in die Flut und nickte mit geschlossenen Augen. Etwas stupste leicht gegen seinen Fuß.

»Ach ja, sie wollte uns nicht mehr verlassen. Ich glaube sie hat auf dich gewartet.«

Solutosan öffnete träge die Augen und blickte in das liebe, vertraute Gesicht seines Squali-Weibchens.

»Marana hat ihr einen Namen gegeben. Sie heißt nun Sana.«

Sana. Das war ein guter Name für das anhängliche Tier.

»Sie hat jetzt übrigens auch Milch.« Maurus streichelte Sanas glatten Kopf.

»Ein schöner Name. Sag ihr vielen Dank.«

Maurus lächelte. *»Sag es ihr selbst. Komm!«*

Solutosan tauchte ab und atmete das salzige Wasser ein. Dann folgte er Maurus mit Sana in die Tiefen des Riffs.

Maurus' Harem und die verbliebenden Krieger lagerten in einer mit weichen, grünen Wasserpflanzen bewachsenen Mulde im Riff. Die Nymphen schwammen auf ihn zu und umringten ihn. Sie strichen ihm sanft mit ihren weißen Händen über Arme, Stirn und Wangen. *»Wir begrüßen dich, Solutosan. Wir sind glücklich dich zu sehen. Hast du das Meer vermisst?«* Ihre grünen Haare wehten in der Strömung. Die kristallinen Augen blickten ihn aufmerksam an.

»Ich habe nun lange Zeit bei Arishar in der duonalischen Steppe gelebt und bin von ihm hart geschult worden. Die Sehnsucht nach

dem Wasser Sublimars war immer in mir«, antwortete Solutosan.

»*Wir sind dir sehr dankbar, dass du uns hierher geführt hast*«,
lächelte Maurus. »*Hier können wir in Frieden in unserem Element
leben, ohne dass ich ununterbrochen kämpfen muss. Ich möchte dir
deshalb etwas schenken. Ich brauche es nicht mehr.*«

Maurus nahm einer seiner Frauen den wertvollen Kristallquarz-Wurfring aus der Hand und reichte ihn Solutosan.
Da dieser nackt war, kam eine der Nymphen und band ihm
ein Stück gleißendes Serica um die Hüfte, an dem er den
Ring befestigen konnte.

»*Ich werde nicht mehr kämpfen. Nimm ihn als Geschenk.*«

»*Ich danke dir.*« Solutosan war gerührt.

Er lagerte eine Weile mit Maurus' Familie in der weichen
Mulde und bekam eine neue Tochter vorgestellt, die ihm
eine Muschelkette überreichte. Sie bestand darauf, dass er
sie um seinen Hals legte.

Solutosan ließ sich von den Wasserpflanzen streicheln
und tätschelte sein Squali-Weibchen. Eine der Wasserfrauen
sang. Ihre hohe, feine Stimme wurde durch das Wasser auf
wundersame Art verstreut. Entspannt schwebte Solutosan
im warmen Ozean und begann zu träumen. Er verlor jegli-
ches Zeitgefühl. Der hypnotische Gesang verstummte. Sana
schmiegte ihre glatte Haut an ihn. Solutosan wusste nicht,
wie lange er dem Lied gelauscht hatte. Sanas Berührung ließ
seine dämmrige Behaglichkeit weichen und seine Sinne
schärften sich wieder. Er war Sana dankbar für ihre liebevol-
le Störung, denn er hatte etwas Wichtiges vor. Er wollte zu
Vena.

Ob die Auranerin wohl noch in ihrem Mangrovenhäus-
chen wohnte? Er richtete sich langsam auf und lächelte
Maurus zu, dessen langes Haar von einer seiner Frauen mit
einem Korallenkamm gekämmt wurde. »*Ich werde euch nun
verlassen. Ich danke euch für eure Gastfreundschaft. Ich werde
eine Weile hier sein und gewiss sehen wir uns bald wieder.*«

Er glitt zu Maurus, erfasste dessen glatte Hand kurz zum
Abschied. Dann lächelte er den Nymphen zu und packte
Sana an der Flosse.

»Lass uns meine Sachen von der Klippe holen und dann los. Du weißt, wo ich hin möchte?« Sana blinzelte mit ihren klugen Augen und preschte los.

Er hatte es vermisst – das Gleiten durch die glitzernden Wogen. Sie schwammen an die Oberfläche und Solutosan stieß das Wasser aus. Auch die Squali holte wieder Luft. Er steckte die Dose mit dem Kefirpilz und das Gewand unter das Serica-Band an seiner Hüfte, umklammerte das glatte Tier und schon setzten sie ihre Reise fort.

Vena schien noch in der Hütte zu wohnen. Er zog sich durch die Tür auf den geflochtenen Fußboden und sah sich in ihrer Küchenecke um. Die Fische, die dort zum Trocknen hingen, waren frisch. Ob sie wohl weiterhin allein wohnte? Vielleicht hatte sie zwischenzeitlich doch einen Partner gefunden. Er wusste nicht, wie viel Zeit seit seinem Fortgang auf Sublimar vergangen war.

Solutosan nutzte die Wartezeit um Sana zu melken, die bereitwillig ihren Bauch nach oben drehte. Er hob vorsichtig die Milch in der Holzschüssel auf Venas kleines Regal und versenkte seinen Kefirpilz darin, deckte das Ganze mit einem großen Mangrovenblatt ab. Er würde auf Sublimar nicht mehr hungern müssen.

Er ging zurück und bedankte sich bei Sana, die erfreut nickte und ihn auf ein kleines Squali aufmerksam machte, das ihnen in einigem Abstand gefolgt war. *»Ist das dein Kind?«* Sanas blanke Augen glitzerten.

Das Junge bewegte sich langsam und abschätzend auf ihn zu. Er betrachtete es und ließ seine Hand ins Wasser hängen. Das kleine Squali näherte sich ihr vorsichtig, stupste dann dagegen. Solutosan fuhr ihm leicht über die glatte Schnauze. Es drehte genussvoll den schlanken Leib. Ein Männchen. Nun waren Mutter und Sohn bei ihm.

Ein Glücksgefühl durchströmte ihn. Er war Auraner und die Squali gehörten zu ihm. Mit einem Mal fühlte er sich vollendet und zufrieden. Glücklich legte Solutosan sich an das Squaliloch und ließ die Hände im Wasser schweben, mit denen die beiden Tiere spielten. Er glitt entspannt in seinen Ruhemodus.

Er wachte auf, denn das an seinen Händen waren nicht seine Squali. Es war ein großes Tier. Tan! Der Squali-Mann reckte den Kopf durch die Öffnung und sprühte ihm eine Fontäne Wasser ins Gesicht.

Solutosan wehrte ihn ab und lachte. »*Wo ist sie denn?*«, fragte er Tan.

»*Hier*«, antwortete Vena leise. Die Verlegenheit färbte die Schuppen an ihrem Hals zartrosa. Die riesigen Augen starrten ihn ungläubig an. »*Du bist wieder da! Ich habe schon nicht mehr daran geglaubt. Ich habe von dir getr...*« Sie sprach nicht weiter.

Solutosan rutschte nah an sie heran, nahm ihre Hand. »*Was hast du denn geträumt?*«, fragte er zärtlich.

Ihre Schuppen färbten sich violett. »*Ich, ich - möchte nicht darüber sprechen.*«

»*Gut*«, lächelte Solutosan. »*Dann werde ich dir eben erzählen, was ich von dir geträumt habe, oder - noch besser - ich zeige es dir. In Ordnung?*« Wie es schien, hatten sie die erotischen Träume geteilt. Solutosan fand es an der Zeit, die Träumerei zu beenden.

Wortlos nahm er ihren biegsamen Körper in seine Arme und berührte ihre kühlen Lippen mit seinem warmen Mund. Vena holte erschrocken Luft. Er schüttelte leicht den Kopf und wiederholte seine Berührung, fühlte, wie sie sich hingab und ihre Finger seine Schultern vorsichtig betasteten.

»*Du hast dich verändert.*« Vena rutschte ein Stückchen von ihm fort, um ihn zu betrachten. »*Dein Körper scheint stärker, dein Haar ist kürzer.*«

Ein Lächeln spielte um seine Lippen. »*Und gefalle ich dir so besser?*« Vena nickte und wieder kehrte die rosafarbene Verlegenheit in ihre Schuppen zurück. Solutosan streichelte die Farbe einfach weg.

Kurz entschlossen nahm Solutosan sie und legte sie sanft auf den Rücken, verteilte ihr zu vielen kleinen Zöpfchen geflochtenes Haar gleichmäßig auf dem Fußboden. Er gab Tan einen Stups auf seine neugierige Nase, der sich verzog.

»*In meinem Traum hast du mich wahnsinnig gemacht*«, flüsterte er. »*Ich bin manchmal schreiend vor Lust erwacht!*«

»*Bist du sicher, dass ich es war?*«

Er nickte. »*Du bist die einzige auranische Frau, die ich kenne. Du warst unverkennbar.*« Er streichelte langsam und konzentriert ihren Körper, begann am Hals. »*Ich will das noch einmal erleben, Vena - möchte dich wieder so haben.*«

Vena keuchte leise. »*Ich kenne dich so nicht. So bist du also, wenn du mal nicht am Verhungern bist?*«

Er legte sich neben sie und verschloss ihr den Mund mit seinen Lippen. Er biss sie zärtlich, bedeckte ihr liebes Gesicht mit Küssen. Erstaunt beobachtete er, wie silberne Schauer über ihre Schuppen liefen. Davon wollte er mehr. Solutosan übersäte ihren ganzen Körper mit kleinen Bissen, zog ihr mit den Zähnen den winzigen Lendenschurz aus Federn über ihre schlanken Beine nach unten. Wie zierlich und zart ihr Geschlecht aussah. Er würde vorsichtig sein müssen. Aber er spürte ihre Unruhe, da er zu lange dort verweilte, und begann mit seinen Zärtlichkeiten erneut auf ihrem Mund.

Nach der vierten Runde öffnete sie die Schenkel für ihn. Die silbernen Schauer liefen nun schneller über ihren Körper. Ohne nachzudenken, nahm er ihre Hände in seine und beugte sich über ihren Schoß. Als er ihre zierliche Öffnung mit der Zunge berührte, hielt sie die Luft an. Die silbernen Wellen blieben auf ihrer Haut stehen. Sanft drang er mit der Zunge in sie ein, öffnete sie. Fasziniert beobachtete er, wie sich die silbernen Streifen der Wellen verbreiterten. Es war abzusehen, dass sie bei vollständiger Erregung völlig silbern sein würde.

Aber er ließ sich Zeit, atmete noch einmal tief ihren Duft ein und legte sich neben sie auf den Rücken. Er wollte ihr Gelegenheit geben, ihn ebenfalls zu erkunden.

Vena stürzte sich auf ihn. Seine Zärtlichkeiten hatten ihre anfänglichen Hemmungen einfach hinweg gespült. Er musste lächeln. Auch sie wollte ihre Träume erfüllt wissen. Sie war entfesselt. Sie nahm ihre grazilen Finger, benutzte ihren Mund, um ihn zu erkunden, spreizte sogar die Schuppen an den Armen ab, um ihn mit den Spitzen zu reizen. Ihr Leib schimmerte silbern in der dämmrigen Hütte. Sie erinnerte ihn an sein Squali-Weibchen, wie sie um ihn glitt, ihm kaum Gelegenheit gab zu atmen. Sie gab erst Ruhe, als sie sein hartes Glied in sich aufgenommen hatte.

Stille umfing ihn. Er war gefangen. Keuchte erstaunt. Ihre Muskeln bewegten sich in Wellen um sein Glied, ein Reiz, der ihm im ersten Moment den Atem nahm. Das würde er nach seiner Askese bei den Quinari nicht lange aushalten!

Die glatte, silbrige Vena auf seinem Leib schrie. So einen Schrei hatte er noch nie gehört. Sie zitterte, die Wellen packten ihn schneller. Er war mit seiner Beherrschung am Ende, ergriff ihre Hände und verströmte sich in ihr, verlor seinen Verstand – zuckte und bebte.

Ein strahlender Schein tauchte die Hütte in ein goldenes Licht, eine gewaltige Woge strömte in seine Brust, schmerzhaft und schön. Sie pulsierte in seine Hände.

Die Wucht war so groß, dass er mit Vena auf sich kurz vom Fußboden abhob. Seinem Körper entströmte eine Flut von Sternenstaub. Halb benommen nahm er wahr, dass es erotischer Sternenstaub war, der die immer noch von Schauern geschüttelte Vena umgab. Sie schrie wieder, wollüstig und laut. Der Staub senkte sich – hüllte beide Körper ein.

Vena brach über ihm zusammen. Er legte die goldenen Arme tröstend und beschützend um sie. Er wusste nicht genau, was geschehen war. Was er aber mit Gewissheit wusste, war, dass er bei diesem Akt mit Vena ein Kind gezeugt, und seinen Sternenstaub wiederbekommen hatte!

Er blickte zu Sanas glattem Kopf, die wohl schon eine ganze Weile in Tans Loch im Boden gelegen und ihre lustvolle Vereinigung mit großen Sternenaugen betrachtet hatte.

Ja, Solutosan war gekommen, um sein Versprechen einzulösen. Mit dem nun entstehenden Wesen, geboren von einer Auranerin, würde er für immer an Sublimar gebunden sein – an seinen Heimat-Planeten.

Schock und Trauer ließen Ulquiorras Gefühle zu einem harten, eiskalten Stein in seiner Brust werden, während er auf die schluchzende Maureen in seinen Armen blickte. Sein Blick irrte hilfesuchend zu Patallia. Der völlig durchsichtige Arzt schüttelte den Kopf. Selbst er, der beste aller Mediziner, konnte nicht mehr helfen. Er hatte Maureens Todesurteil festgestellt. Darmkrebs im Endstadium. Eine menschliche, tödliche Krankheit. Patallia hatte ihn telepathisch über den etwaigen Verlauf aufgeklärt.

Ulquiorra streichelte zart Maureens blondes Haar. Er hatte noch ein paar Monate mit ihr. Tränen strömten aus seinen Augen. Er wollte stark sein für sie, konnte es jedoch nicht verhindern. Endlich glücklich, sollte ihm sein Glück wieder genommen werden! Wer hatte das bestimmt? Die Verzweiflung nahm ihm fast den Atem, während er sie an seiner steinharten, erkalteten Brust wiegte.

»Tervenarius und ich haben erst vor einigen Tagen mit der Krebs-Bekämpfung auf Basis von Tervs Pilzforschung begonnen. Wir wissen noch nichts, nur dass es vielleicht einmal ein Mittel dagegen geben könnte. Es tut mir so leid, Ulquiorra. Ich lasse euch jetzt allein.« Patallia erhob sich und schlich gebeugt aus dem Labor. Mit einem Mal wirkte er sehr, sehr alt.

Die Granate pfiff über seinen Schädel hinweg und schlug nah ein. »Unten bleiben!«, brüllte er, aber sein bester Freund Jim benahm sich wie ein Wahnsinniger, hob den Kopf aus dem Graben und kippte zurück. Xanmeran starrte ihn an. Sein Gesicht war verschwunden. Stattdessen klaffte dort eine blutige Masse. Jims Körper klappte in sich zusammen.

Wo war dieser verdammte Granatwerfer? Er konnte nicht riskieren, den Kopf aus der Vertiefung zu recken! Er hatte seine enorm schnelle Heilfähigkeit, aber was, wenn es ihm den Schädel herunterriss? Ein unsterblicher Torso? Den brauchte er nicht unbedingt.

Xan kroch die Rinne entlang. Irgendwo musste das Scheißteil ja enden. Er zählte die zerfetzten Leichen nicht mehr, die in Afghanistan und auf den anderen Schlachtfeldern lagen. Jim war tot, Frank, Dave, Michel, Paul, Jim und Martin ebenfalls. Er hatte sie alle sterben sehen – selbst blutbespritzt, oftmals halb verhungert, da es in Afghanistan kaum Milch für seinen Kefirpilz gab. Einige Male wäre ihm der Pilz deswegen fast verreckt und er hatte Wochen gebraucht, um das winzige Stückchen wieder hochzupäppeln.

Xan blieb einen Moment erschöpft liegen. Er hatte sich das so ausgesucht. Was für ein Irrsinn! Welcher Hochmut! Seit viereinhalb Jahren war er nun ständig am Rand des Wahnsinns, weil um ihn herum ununterbrochen Männer starben, die er kannte. Blut! Er hatte einige Einsätze erlebt, aber der in Afghanistan war der blutigste. Wieder eine Granate, die in der Nähe einschlug. Ihr Götter! Das musste aufhören!

Er robbte zum Ende des Grabens und hangelte sich langsam in die Höhe. Gut, dort war Vegetation – dürres Gras, das verhinderte, dass er sofort entdeckt wurde. Nun konnte er auch den Granatwerfer sehen, der gerade dabei war nachzuladen. Jetzt oder nie! Er entsicherte gleichzeitig vier Handgranaten und warf sie sehr zielsicher. Xan schmiss sich blitzschnell wieder auf den Boden und schützte seinen Kopf mit den Armen vor der Detonation. Der Granatwerfer samt der drei Taliban, die ihn gefüttert hatten, war verschwunden. Nur ein paar Fleischfetzen lagen im Gras. Xan schnaufte und blieb liegen. Seine Kameraden fanden ihn und schleiften ihn mit zurück in das Feldlager der französischen Fremdenlegion.

Meodern kam nackt aus der Dusche des Sportraums. Er schwitzte zwar nicht, aber nach dem Training fühlte er sich meist schmutzig. Er wollte sich saubere Sachen aus seinem Zimmer holen, als Patallia wie ein Geist an ihm vorbei schlich.

»*Pat? Was ist los?*« Patallia schleppte sich weiter. Meo ging ihm nach und hielt ihn an den Schultern fest.

»*Maureen stirbt, und ich kann ihr nicht helfen*«, flüsterte Patallia.

»*Ihr Götter!*« Instinktiv nahm Meodern den Mediziner in die Arme und drückte ihn an sich. Patallia lehnte den Kopf an seine Schulter und weinte haltlos. Die Tränen benetzten Meoderns nackte Haut.

Jetzt erst wurde Meo klar, was sie für einen Anblick bieten mussten. Wie der Teufel es wollte, kam genau in diesem Moment Smu aus seinem Zimmer. Er blieb wie angewurzelt stehen.

»Was zum Henker!« Misstrauen schob sich ins Smus Gesicht.

Meo schüttelte verzweifelt den Kopf. »Nein«, sagte er lautlos zu Smu. Verdammt, Smu wusste doch, dass er ein eingefleischter Hetero war!

»Patallia. Smu ist da.« Er winkte Smu hinter Pats Rücken, zu ihnen zu kommen.

Jetzt erst realisierte Smu, dass etwas nicht stimmte – dass Pat weinte. Er nahm ihn Meodern sofort aus dem Arm, nicht ohne Meos nackten Körper ausgiebig zu mustern, und führte Patallia in ihr Zimmer. Die Tür schloss sich lautlos.

»Verdammt!«, fluchte Meo. Maureen sterben zu sehen, würde eine harte Sache werden. Alle Männer mochten sie. Sie war Smus beste Freundin. Smu würde in Kürze ebenfalls zusammenbrechen. Sollte er im Haus bleiben, um seine Freunde zu unterstützen? Beim Vraan, er musste am nächsten Morgen nach Paris und Terzia erwartete, dass er die Nacht über bei ihr blieb.

Er würde bei Tervenarius Rat suchen. Er klopfte an seine Zimmertür, aber der Raum war leer. Er zog sich rasch eine Bluejeans, Pulli und eine Jeansjacke an, schlüpfte in ein paar Cowboystiefel. Er angelte nach seinem Handy und wählte Tervs Kurzwahl, der sofort abnahm. Tervenarius saß mit Mercuran in einer Milchbar in der Nähe.

Meo benutzte kein Auto. Die kurze Strecke zu dem Laden hatte er innerhalb Sekunden zurückgelegt. Da hielt das Frieren sich in Grenzen. Er ordnete seine Kleidung und betrat die kleine Bar. Terv und Mercuran hatten einige volle und leere Gläser mit Milchgetränken vor sich stehen.

»Eine Orgie?« Meo grinste schwach.

»Was ist los, Meo?« Tervenarius musterte ihn forschend.

Meo zog sich einen Stuhl heran. »Maureen wird sterben.«

Mercuran verschluckte sich an seinem Milchshake. »Warum denn, um Himmels willen?«

»Patallia hat eine unheilbare Krankheit festgestellt. Ich vermute Krebs. Er kann ihr nicht mehr helfen.« Die beiden Männer sahen sich bestürzt an.

»Und nun?«, fragte Mercuran.

»Ich weiß es nicht. Ich selbst muss morgen für einige Tage nach Paris. Ich wollte eigentlich fragen, ob ihr mich braucht.«

Tervenarius schüttelte langsam den Kopf. »Nein, Meo, fahr nur. Ich melde mich, sollte irgendetwas sein.« Meodern spürte seine Erschütterung.

Mercuran legte seinem Geliebten die Hand auf den Arm. »Komm, Terv, lass uns nach Hause fahren – und danke, Meo.«

Vena stieß einen Schrei aus. Dieses Mal war es kein Laut der Lust. Sie starrte ihn an. Solutosan lag immer noch auf dem Boden ihrer Hütte, etwas betäubt und angeschlagen.

»Vena?« Sie rührte sich nicht. »Beim Vraan, was ist denn los?«

»Deine Haut! Dein Haar!«

Er hob den Arm und betrachtete ihn. »Ach, ein wenig Sternenstaub.« Er wollte den Staub in sich zurückziehen, aber da war keiner. Sein Arm war goldfarben. Er richtete sich auf und sah an sich hinab. Sein Körper war golden. Nicht Zartgold wie Meoderns Haut, sondern eher wie die vergoldeten Buddhas in den asiatischen Tempeln der Menschenwelt. Er bewegte die Muskeln – sie waren unverändert. Er fühlte sich wie immer.

»Was ist mit meinem Haar?«

»Es ist weiß und lang!«

Er packte ein Bündel Haarsträhnen und hielt es sich vor die Augen. Vena hatte recht. Er sah aus wie eine zweite Ausgabe von Pallasidus! »Verdammt! Er hätte mich ja wenigstens vorher fragen können, bevor er seine Gaben so großzügig verteilt!« Wut stieg in ihm hoch, bündelte sich in seiner Brust, die anfing zu leuchten.

»Nicht!«, flüsterte Vena. »Bitte nicht!«

Vena hatte Angst vor ihm. Zu Recht. Da war eine neue Energie in ihm. Er schloss die Augen und konzentrierte sich, zog die Kraft zusammen und platzierte sie an die richtige Stelle in seiner Brust. Ich bin Energetiker, dachte er. War ich das früher auch schon?

»Ich muss kurz fort, Vena, muss herausfinden, was geschehen ist.«

Vena nickte. »Ich komme mit!«

»Nein, ich brauche jetzt Freiraum. Ich weiß damit noch nicht umzugehen. Das verstehst du doch? Ich nehme die Squali mit.«

Er streichelte sanft ihre Wange. Sie hatte ihre normale grüne Farbe wieder angenommen. Vena schloss genussvoll bei seiner Berührung die schimmernden Augen.

Er küsste sie zärtlich. Sie würde die Mutter seines Kindes sein. Des Kindes, das vielleicht das Schicksal ihres Planeten änderte. Irgendwann musste er es Vena sagen. Aber nicht jetzt!

Abenteuerlustig sprang Solutosan auf die Füße. Die neue Energie fühlte sich phantastisch an. Er stieß die Tür der Hütte auf und machte einen langen Sprung ins Wasser, spürte sofort Sana neben sich. *»Komm, Mädchen!«* Er wollte losschwimmen, aber da war etwas mit seinen Beinen. Ein Ziehen. Er erfasste Sana, konzentrierte sich und schloss die Beine. Sie verschmolzen – seine Füße streckten und verbreiterten sich zu einer Flosse. Ihr Götter! Er leitete nochmals Kraft in seine Beine und spannte die Muskeln an, um sie voneinander zu trennen. Sie ließen sich lösen. Er atmete auf, wackelte mit den Füßen und Zehen. Schob sie wieder zusammen und verschmolz sie. Wahnsinn! Er hatte sich doch nicht getäuscht, als er dieses Phänomen bei Vena unter Wasser gesehen hatte! Wie schwamm es sich mit dieser großen Flosse? Die Verschmelzung war so großartig, dass er den Zorn auf seinen Vater einen Moment vergaß.

Er schwamm, klammerte sich weiterhin an Sanas Seitenflosse. Wurde schneller, noch schneller – und ließ Sana los. Seite an Seite glitten sie durch das warme Wasser. Sana drehte den Kopf zu ihm und blinzelte. Ein Wettschwimmen! Er legte die Arme an, peitschte hart mit der großen Flosse, schoss los, Sana neben sich. Sie rasten durch das türkisblaue Meer. Die Squali war schneller. *»Du hast mehr Übung!«* Solutosan lachte glücklich. Was für ein Geschenk!

Er umarmte das sanftmütige Tier, das zu ihm zurückgekommen war. *»Nun gut, komm wir schauen, was mein Vater sich sonst noch hat einfallen lassen.«*

In einer ruhigen, sandigen Bucht ging er an Land. Seine Beine funktionierten wie immer. Keine Unsicherheit! Er spannte die Muskeln nochmals an und rannte ein Stück. Perfekt!

Die Mangrove, die er ausgesucht hatte, schnitt er innerhalb von einem Sekundenbruchteil mit seinem kristallinen Sternenstaub in winzige Stückchen. Stamm, Äste und Blätter rieselten zu Boden. Ja, es war eindeutig, sein tödlicher Sternenstaub war wieder da.

Nun zu der Kraft in der Brust. Er zog einen schmalen Strang Energie, bündelte sie fester und ließ sie durch seine Hand auf den Baumstamm knallen. Der Baum zerplatzte regelrecht, stürzte gefällt und zerstört ins Wasser.

Was für eine immense Kraft! Nun war er endgültig unbesiegbar! Er ließ sich auf den Sand fallen. Angst kroch langsam in ihm hoch. Damit konnte er nicht umgehen. Was, wenn er zu viel Energie freisetzen würde? Er mochte es sich überhaupt nicht ausmalen. Er war eine gefährliche Bombe! Er musste auf seine Selbstkontrolle bauen, wie auch schon bei seinem Sternenstaub. Er brauchte Hilfe. Ulquiorra! Der Energetiker war der Einzige, der ihm den Umgang mit dieser Kraft lehren konnte. Nein, aber nicht jetzt. Seine neue Familie hatte Priorität.

Ohne Probleme nahm Solutosan den goldenen Energie-Reif aus seiner Brust, ließ ihn rotieren und öffnete das Tor in einer kleinen Ausgabe. Jedoch auch hier fehlte ihm das Wissen damit umzugehen, deshalb hielt er den Ring sofort an. Er würde das Sternentor ebenfalls öffnen können, brauchte aber Schulung.

Solutosan ließ sich ins seichte Wasser zu Sana gleiten.

»Hast du das gesehen? Ich bin reich beschenkt worden.« Die Squali schmiegte sich an ihn und begann an seiner Haut zu kauen. Kleine goldene Schuppen lösten sich, die ihr zu schmecken schienen.

Noch ein Geschenk, dachte Solutosan. Er hat mir meine auranische Genetik gegeben und bindet mich an meine Squali. Das war klug von seinem Vater.

Ungeachtet dessen ärgerte es ihn nach wie vor, Pallasidus Spielball zu sein. Aber dagegen war er wohl im Moment, trotz all der neu gewonnenen Kraft, machtlos.

Terzia saß in einem Hauch von Unterkleid aus schwarzer Spitze vor dem Fernseher, als Meo ihr Haus betrat. Sie lächelte ihn an, aber ihr Lächeln verblasste, als sie seinen Gesichtsausdruck wahrnahm. »Ist etwas geschehen?«

Meodern sah sie an und sein Entschluss reifte in Sekundenschnelle. »Ich werde ausziehen, Terzia. Meine Freunde brauchen mich. Wir haben jemanden im Haus der todkrank ist.«

Terzia erbleichte. »Und ich? Brauche ich dich nicht?«

Er setzte sich zu ihr auf die Couch und nahm ihre Hand. »Das ist eine andere Art von Brauchen, Terzia. Ich habe Verpflichtungen meiner Kaste gegenüber. Natürlich werde ich noch bis zum Ende des Vertrags für dich arbeiten.«

Terzia schluckte. »Ich dachte, ähm, ich dachte wir wären ein, ähm, Paar. Und was war das mit deinem Heiratsantrag?«

»Soweit ich mich erinnere, hast du nicht Ja gesagt«, bemerkte Meo sanft. Er wünschte, sie käme auf den Boden der Tatsachen zurück. »Es muss sich doch nichts ändern, Terzia. Ich werde lediglich nicht mehr hier wohnen.«

»Du sagst das, als wäre es schon beschlossene Sache, Meo.«

Er nickte. »So ist es wohl.«

Terzia sprang auf. Der zarte Unterrock ging bis zur Mitte ihrer Schenkel und ließ den Rest ihres Körpers erahnen. »Du willst wirklich in diese Gay-Wohngemeinschaft einziehen?«

Meo lächelte. »Ich wohne bereits da – hatte es nur ebenfalls vergessen.«

Terzia stampfte wütend mit dem Fuß auf den Boden. Er sah ihr an, dass sie verzweifelt Argumente suchte, um ihn aufzuhalten. »Du findest das auch noch lustig!«, stieß sie endlich hervor.

Meo stand blitzschnell vor ihr und nahm sie in die Arme. »Wir werden uns doch jeden Tag sehen, Terzia. Sieh mal, wenn ich nicht ununterbrochen hier für dich zur Verfügung im Bett liege, wird unsere Beziehung sicherlich noch reizvoller.« Das war ein Argument, dem sie wohl nachgeben musste.

Sie verzog den Mund, lehnte dann aber doch den Kopf an seine Brust. »Ich finde alleine schlafen grauenvoll«, flüsterte sie.

Meo verdrehte kurz die Augen zum Himmel, wohl wissend, dass sie es nicht sah. »Wenn ich die nächsten Tage in Paris bin, musst du auch alleine schlafen. Seit wann benimmt sich die taffe Terzia Tudosis wie ein Kind?«

Sie knirschte an seiner Brust mit den Zähnen und stieß ihn weg. »Diskussion beendet, Meodern. Hau ab!«

Er grinste, beachtete ihre leichte Gegenwehr nicht, zog sie zu sich und küsste sie. Dann suchte er das Weite.

Er schwang sich in der Tiefgarage in den Porsche und raufte sich das Haar. »Weiber«, grunzte er auf duonalisch.

Arinon ruhte auf seiner dünnen Decke und blickte auf die leere Schlafstelle. Solutosan war fort. Er drehte sich auf den Rücken und legte den Kopf auf die gekreuzten Unterarme. Er hatte gerne mit dem Duocarn gelebt und gearbeitet. Solutosan war ein vertrauter Freund geworden. Er mochte die Zähigkeit, mit der dieser sein Ziel verfolgt hatte.

Er erinnerte sich an den ersten Tag, an dem Solutosan etwas eingeschüchtert und auch erschöpft wirkend in der Ecke des Hauses gehockt hatte. Keinem der Quinari war er damals wie ein unsterblicher, unbesiegbarer Sternenkrieger erschienen, trotz seines Sternenstaubs und seines kräftigen Körpers.

Es hatte sich herausgestellt, dass er so weit am Ende war, dass er einen Neuanfang bei ihnen gesucht hatte. Der Mann hatte sich nach und nach seine Achtung verdient. Deshalb hatte er, Arinon, mit ihm diesen neuen Beginn mit viel Schweiß erarbeitet. Und nun war Solutosan fort – er wusste nicht wohin.

Durch ihn war Smu ins Quinaridorf gekommen, der Mensch von der Erde. Arinon biss die Zähne zusammen und fühlte, wie die Haut sich straff über seine Wangenknochen spannte. Er hatte etliche Partner in seinem Leben gehabt. Normalerweise kannte er nicht einmal die Namen der Männer, mit denen er kopulierte. Gewöhnlich küsste er seine

Sexpartner nicht. Bei Smu war das anders gewesen. Vieles war anders. Er hatte noch nie einen Mann beim Sex derartig verletzt. Und er hatte niemals an seine kurzen Erlebnisse nachhaltige Gedanken verschwendet. Auch war diese Art körperliche Liebe nicht mit Gefühlen gepaart gewesen. Er hatte noch vor Augen, wie Smu nackt vor ihm im Moos gelegen hatte, mit vertrauensvollem Blick und den tiefen Wunden, die er ihm zugefügt hatte. Arinon hatte ihm über den geschundenen Leib geleckt, seinen heilenden Speichel auf dessen zarter, weißer Haut verteilt. Er erinnerte sich an die bunte, weiche Haarmähne des Mannes, an dessen grüne Augen und an die bewegliche, gespaltene Zunge in seinem Mund, die vorsichtig seine Reißzähne erkundet hatte.

Er drehte sich auf die Seite, um die anderen Quinari keinesfalls etwas von seinem Gesicht sehen zu lassen, denn Aricon hatte das Energiefeuer des Hauses entzündet. Er versuchte, nicht an Smu zu denken. Aber da war er wieder, der Geschmack seines süßen Blutes, das er während ihrer Ekstase gekostet hatte. Er fühlte, wie sein Glied sich gegen seinen Willen aufrichtete. Er hatte weiterhin Smus ureigenen, männlichen Duft in der Nase – wusste nur zu gut, wie sein Haar, seine Haut und sein Sperma geduftet hatten. Er spürte noch dessen Finger in der offenen Wunde seines Handgelenks, der dort immer wieder hineingedrückt hatte, um Blut für seine Zeichnung auf dem glänzenden Steinboden zu nehmen. Schnee. Er hatte ihm von dem gefrorenen Regen erzählt, er, der eine weiße Haut hatte, so hell wie dieser Schnee auf seiner fernen Welt.

Warum ging Smu ihm nicht mehr aus dem Kopf? Er gehörte zu einem anderen Mann – zu diesem Mediziner, der bei ihrer ersten Begegnung als Übersetzer fungiert hatte. Was fand er an diesem durchscheinenden Wesen?

Arinon bemerkte, dass seine Hand nach unten gerutscht war und sein Glied umschlossen hielt. Er ließ es sofort los.

Smu war nun Lichtjahre von ihm entfernt auf einem anderen Planeten. Er war auf der Welt, auf die er gehörte. Sicherlich hatte er seinem Partner gebeichtet, berichten **müssen**, aufgrund der Verletzungen, die er ihm in seinem wollüstigen Rausch zugefügt hatte. Ob der Mediziner Smu verziehen hatte? Vielleicht hatte Patallia ihn verstoßen.

Arinon biss die Zähne erneut zusammen. Er war schuld, er und seine Unbeherrschtheit, wenn Smu nun auf der Erde allein wäre, ohne Patallia. Aber dann wäre der Mann frei. Was dachte er da? Er sah Smu noch neben sich stehen, die Hand in seiner, Staunen und Bewunderung auf seinem Gesicht, als das Windschiff beleuchtet durch die Schleier gesegelt kam. Arinon schluckte.

Dieser Mann hatte sein Leben, nein nicht sein Leben, aber seine Gefühle aufgewühlt, was noch schlimmer war. Er musste sich eingestehen, dass ihn die Sehnsucht nach Smu quälte. Er wollte ihn wieder haben. Keine Hörner zu besitzen war nun vielleicht ein Glück für ihn. Eventuell konnte er versuchen, auf irgendeine Art auf die Erde zu gelangen, um zumindest nach Smu zu schauen – zu sehen, ob es ihm gutging. Nein, das würde er nicht tun! Quinari-Krieger ließen sich nicht derartig von ihren Gefühlen leiten!

Arinon schloss die Augen, zwang sich zu schlafen, aber der Schlaf wollte sich nicht erzwingen lassen. Er drehte sich auf den Bauch, um sein Glied nicht wieder berühren zu können. So hatte er auf dem ungewöhnlichen Mann gelegen. Er fühlte noch Smus Muskulatur an den Schultern und Armen, dessen schmale Lenden, krampfte seine Klauen in die dünne Unterlage und schlief endlich ein.

Nun war Smu wieder bei ihm. Arinon spürte seinen Atem, als sein Geliebter den Kopf wandte und ihn küsste, während er in ihm versank. Er berührte im Traum seinen Körper – stark, männlich und doch so weich und verletzlich. Arinon bemerkte kaum die Tränen, die ihm im Schlaf aus den Augen drangen.

Im Haus in Seafair war es ruhig, als Meo den Porsche in die Garage fuhr und langsam in die Küche schlenderte, um seinen abendlichen Kefir zu holen. Smu stand an der Spüle und reinigte einige Gläser, was verwunderlich war, da sie ja eine Spülmaschine besaßen. Mit Bestürzung sah Meo, dass die Hände des Freundes zitterten. Das war nicht der Smu, den er kannte. Er legte sanft die Hand auf Smus Rücken, der sich sofort straffte.

»Meo.« Smus Stimme klang erstickt. Er versuchte, sich mit dem Ärmel über das Gesicht zu wischen.

Meodern griff eins der Handtücher, drehte Smu zu sich und trocknete ihm das tränenüberströmte Gesicht. Das war schwer, denn Smus Tränen flossen immer wieder nach.

Wortlos nahm Meo ihn in den Arm und legte Smus Kopf an seine Schulter. Was sollte er sagen? Er war nach Hause gekommen, um zu helfen. Er konnte Maureen nicht heilen, aber seine Freunde unterstützen. Er hatte Unzählige sterben sehen in den Äonen, die er bereits lebte. Viele duonalische Freunde waren gegangen. Auch Frauen, die er geliebt hatte.

Beruhigend drückte Meo seine Hand in Smus Rücken – dachte an Trianora. Wenn er ganz ehrlich zu sich selbst war, hatte er seine Entscheidung eigentlich schon getroffen.

Das Glitzerleben als Model war oberflächlich. Es war für eine Weile amüsant, jedoch auf Dauer besaßen die Menschen, die nur auf Äußerlichkeiten achteten und sich durch ihre Kleidung definierten, keinen Tiefgang. Terzia war eine attraktive Frau mit Talent und Temperament, ohne Zweifel, aber sie lebte in dieser Glitzerwelt, bediente diese mit Vergnügen. Trianora dagegen war ebenfalls wunderschön, jedoch tiefgründig. Sie gehörte zur gleichen Spezies wie er, deshalb konnte er sie gut fühlen und verstehen. Sie war die Frau seiner Wahl.

Smu beruhigte sich langsam. Was hatte Aiden immer gemacht, wenn es ihr schlechtging? Sie hatte entweder Alkohol getrunken oder Schokoladeneis gegessen.

Er entschied sich für Letzteres. »Setz dich hin, Smu, ich habe eine Idee.« Er suchte in dem gigantischen Kühlfach nach Eis, packte Smu eine Monsterportion in eine Schüssel und drückte ihm einen Löffel in die Hand. »Los, iss! Das hilft, hat Aiden immer gesagt.«

Smu hob den Kopf. »Danke, Meo, aber ich kann nicht.«

»Unsinn! Beim Vraan, soll ich dich jetzt auch noch füttern? Du wirst sehen, dass du dich danach besser fühlst.«

Er nahm seinen Kefir und setzte sich zu Smu an den Tisch, der brav anfing das Eis zu essen. »Ich fliege wohl morgen für einige Tage nach Paris, komme dann sofort wieder nach Hause. Ich bin bei Terzia ausgezogen.«

Smu schaute den Löffel an, als wüsste er nicht, was er da in der Hand hielt. »Ist was passiert?«

»Mit Terzia? Nein. Aber,« – Meo nahm einen Schluck Kefir, »ich habe im Moment zwei Frauen, was etwas an den Nerven zerrt.«

Normalerweise hätte er das nicht erzählt. Aber seine eigenen Probleme waren gut, um Smu von seinem tiefen Kummer wegen Maureen abzulenken.

Der grinste schief. »Ich wusste schon immer, dass ein Playboy in dir steckt, Meo.« Er löffelte weiter. »Wer ist denn die andere Glückliche?«, fragte er mit vollem Mund.

»Trianora.«

Smu verschluckte sich und hustete kurz. »Was? Du meinst **diese** Trianora, die dich immer abgewiesen hat, und die sich dann mit Xan ver... «, Meodern stoppte seinen Redefluss, indem er die Hand hob.

Smu legte den Kopf schief. »Irgendwie passt ihr zusammen. Ihr werdet einen Stall voll kleiner, blonder Duonalier hervorbringen.« Sein Humor schien zurückgekehrt zu sein. Meodern knallte ihm die flache Hand gegen die Stirn.

»Aua! Wofür war das denn?« Smu grinste.

»Du bist schon wieder dreist! Das Eis scheint zu helfen, Smu!«

»Dann gebt mir auch welches«, erklang Patallias leise Stimme von der Küchentür.

Sie hatten lange diskutiert, denn die gemächlichen Tage gaben ihnen die Zeit dazu. Vena war der Meinung, dass Solutosans Männchen Ted heißen sollte, aber Solutosan fand Marlon schöner.

Er hatte an Venas Häuschen eine kleine Terrasse aus geflochtenen Mangrovenzweigen angefügt, auf der sie nun allabendlich saßen und die Beine ins Wasser baumeln ließen. Vena erklärte nun zum x-ten Mal den Vorzug eines kurzen Namens. Solutosan betrachtete sie, während Sana genussvoll an seinem herabhängenden Arm nuckelte. Venas kleines Bäuchlein wölbte sich über ihrem Lendenschurz. Sein Kind.

Er blinzelte ins abendliche Sonnenlicht, das glänzende, reflektierende Lichter auf die Wasseroberfläche zauberte. Sein Blick schweifte zu Vena zurück, die im Schneidersitz kleine rote Federchen aneinander knüpfte. Die Daunen streiften ihren runden, geschuppten Bauch.

Wie natürlich und schön sie war. Mit Vena waren alle Dinge viel einfacher, auch schien das Kind in ihr völlig anders zu sein als Halia damals. Es kommunizierte nicht. Solutosan sprach trotzdem jeden Abend mit ihm, wenn sie sich in die Hütte zurückgezogen hatten und eng aneinander geschmiegt lagen.

Nach der harten Zeit bei den Quinari genoss er Sublimar und das Leben mit Vena in vollen Zügen. Nicht, dass er faul geworden wäre – er trainierte nach wie vor, schwamm sehr viel und lernte von Vena mit der Armbrust zu schießen. Allmählich hatte sich die Menge an erbeuteten Fischen und Vögelchen verdoppelt und sie konnten einige Dinge eintauschen.

Obwohl er nackt hätte bleiben können, bevorzugte er doch einen Lendenschurz aus blauem Serica. Vena war der Ansicht, dass ihm diese Farbe zu der goldenen Haut besonders gut stand. Also lag er geruhsam im Lendenschurz goldglänzend auf der Terrasse und lauschte dem leisen Gluckern der Wellen.

Er dachte daran, wie er das erste Mal seit seiner Rückkehr nach Sublimar mit den Squali in die Stadt gefahren war. Sein Aussehen hatte sich schnell als Problem herausgestellt. Durch seine Ähnlichkeit mit seinem Vater hatten sich etliche Auraner vor ihm auf die Knie geworfen um ihn zu anzubeten, was ihm äußerst unangenehm gewesen war. Er hatte versucht Klarheit zu schaffen, aber man hatte ihm nicht zugehört. Die Verehrung und Anbetung des Sternengottes war eine der angestammten Religionen auf Sublimar. Er als Sohn wurde kurzerhand mit in den Ritus einbezogen. Solutosan hatte bemerkt, dass Vena fast vor Stolz geplatzt war, was er noch peinlicher fand. Er wollte in Zukunft so wenig Zeit wie möglich in Sublimar-Stadt verbringen.

Er hatte beschlossen, Venas Haus zu vergrößern und abzudichten, damit sie während der nächsten Regenzeit nicht in der kleinen Stadtwohnung wohnen mussten. Die Feuchtigkeit, die die beiden Sonnen übermäßig aus dem Planeten pressten, kam in regelmäßigen Zyklen geballt vom Himmel. Aber bis zur Regenphase war noch Zeit und er konnte weiterhin träge im gleißenden Sonnenlicht liegen.

Solutosan ließ den anderen Arm ins Wasser baumeln und überlegte, wann es ihm schon mal so gut gegangen war, wie in diesen Tagen. Er warf Marlon den goldenen Ring über die spiegelnde Wasseroberfläche, der hinterher preschte, ihn mit der Schnauze fing und zu ihm zurückbrachte. Solang er keine Energie in ihn schickte, gab er ein wundervolles Spielzeug für die Squali ab.

Er hob den Arm um den Ring noch weiter zu werfen, als Ulquiorras Tor über dem Wasserspiegel flimmerte.

Solutosan öffnete den Mund, um ihm eine Warnung zuzurufen, aber es war schon zu spät. Ulquiorra stürzte aus der Anomalie direkten Weges ins Wasser. Solutosan sprang auf, machte einen Hechtsprung von der Terrasse und zog den völlig überraschten Energetiker auf die geflochtene Plattform.

»Das ist mir noch nie passiert«, keuchte Ulquiorra zur Begrüßung. Sein Dona-Gewand klebte an seinem Leib. Solutosan grinste.

Ulquiorra schaute ihn an und erstarrte. »Du bist verändert!« Er wandte sich an Vena. »Entschuldige, ich habe dich nicht begrüßt, Vena.« Er verbeugte sich, musterte dann Venas Bäuchlein. Vena lächelte, nickte wortlos und knüpfte weiterhin die Federchen aneinander.

»*Du solltest das nasse Gewand ausziehen.*« Solutosan verschwand kurz in die Hütte, holte einen Serica-Lendenschurz und reichte ihn dem Duonalier, half ihm aus dem triefenden Gewand und hängte es zum Trocknen in die Mangroven. Ulquiorra knüpfte das Serica um seine Lenden und setzte sich.

»*Deine Hand sieht gut aus.*« Solutosan musterte ihn. »*Was führt dich hierher?*«

Ulquiorras heitere Miene fiel innerhalb eines Sekundenbruchteils in sich zusammen. »*Ich wollte dich fragen, ob du zu Maureens Bestattung kommen willst. Sie ist morgen.*«

»*Was?*« Solutosan richtete sich auf. »*Sie ist tot? Wieso?*«

Ulquiorra nickte betrübt. »*Sie war krank, Solutosan. Die Zeit auf Duonalia und die einseitige Ernährung haben wahrscheinlich ihre Krankheit verursacht. Dona ist auf Dauer nichts für Menschen.*«

Solutosan rutschte näher zu ihm, nahm seine weißen Hände, umschloss sie, ließ Energie in sie strömen.

Ulquiorra hob erstaunt den Kopf. »*Ich wusste es*«, stieß er hervor. »*Du bist Energetiker! Und zwar ein sehr starker!*«

»*Mein Vater hat mir diese Kraft gegeben – und leider auch mein Äußeres verändert, Ulquiorra.*«

Der sah ihn nachdenklich an. »*Nein, Solutosan. Diese Kraft war schon in dir. Er wird sie nur geweckt haben. Ich habe es damals gesehen, als ich dir den Ring gab. Wo ist der geblieben?*« Ulquiorra musterte seine nackte Brust.

Diese Frage war ihm ein wenig unangenehm. »*Mit dem Reif spielen die Squali jetzt immer*«, gestand er.

Ulquiorras Miene erhellte sich, dann lachte er laut.

»*Köstlich!*« Er wurde wieder ernst. »*Ich hätte nicht gedacht, dass ich noch einmal lachen könnte. Danke, Solutosan!*« Nachdenklich betrachtete er ihn, sein Blick wanderte zu Vena. »*Du wirst Vater?*«

Solutosan nickte. »*Ja, wir freuen uns.*«

»*Das ist schön. Ich wünsche euch ein starkes und gesundes Kind.*«

Solutosan fand Ulquiorras Haltung bewunderungswürdig. Der Mann hatte großes Leid erlitten. Maureens Tod musste erst vor kurzem gewesen sein. Natürlich würde er mit nach Vancouver kommen. Er betrachtete seine Hände. Mit ein wenig Schminke konnte er sich weiterhin in der Menschenwelt frei bewegen. Aber er würde dort nicht verweilen. Sein Kind war nun wichtiger. Er wollte Vena nicht lange allein lassen.

»Möchtest du, dass ich dich ausbilde, Solutosan? Du weißt, dass der Umgang mit derartig starken Energien gelernt werden muss.«

Solutosan nickte versonnen. Das wusste er. *»Ich werde dein Angebot später gern annehmen - das Kind hat Vorrang, Ulquiorra«.* Er erhob sich und setzte sich zu Vena, die noch kein Wort gesagt hatte. Er blickte sie fragend an.

Sie lächelte, ihre riesigen, grünen Augen schimmerten. *»Ja«,* sagte sie einfach.

Ulquiorra fror, obwohl die Luft frühsommerlich warm geworden war. Meodern hatte ihm menschliche Kleidung gegeben - die schwarze Trauerkleidung der Erdlinge. Er verstand den Ritus, nach dem Maureen bestattet wurde nicht ganz, empfand ihn jedoch als feierlich.

Ulquiorra betrachtete auf die Blumenkränze, die jeder der Duocarns am Kopf des Grabes abgelegt hatte. Jeder? Nein, Xanmeran war nicht da.

Ein Geistlicher in einem Gewand sprach über Maureen. Woher wusste der, wie sie gewesen war? Wie stark und zärtlich. Er blickte zu den Männern, die seine Freunde geworden waren. Still und dunkel gekleidet säumten sie Maureens Grab. Jeder hielt eine Blume in der Hand.

Solutosan schien den gleichen Gedanken gehabt zu haben wie er. Er beugte sich zu dem Geistlichen und flüsterte ihm etwas zu. Dem Mann entgleisten kurz ärgerlich die Gesichtszüge, aber er fasste sich sofort und verließ die Grabstätte.

Solutosan trat als Erster vor und warf seine Blüte auf Maureens Sarg. Das ernste Gesicht unauffällig getönt, das weiße, lange Haar zurückgebunden, begann er in Englisch zu sprechen: »Wir stehen hier als deine Freunde, um dich zu verabschieden, Maureen. Wir haben eine kleine Weile den Lebensweg geteilt, eine Zeit, die ich nicht missen möchte. Du hast immer an uns Duocarns, unsere Sache und unsere Ziele geglaubt und mit uns gekämpft, obwohl es um unsere Spezies ging und nicht um die Menschen. Dafür will ich dir nochmals danken. Sicherlich werden wir uns in einer anderen Zeit wiedersehen.« Er streute als Abschiedsgruß etwas Sternenstaub auf Maureens Sarg und schritt zurück.

Tervenarius und Mercuran traten zusammen an Maureens Grab. Sie ließen jeder eine weiße Lilie auf den schwarzen Sargdeckel fallen. Mercuran suchte Tervenarius' Hand und nickte ihm zu. »Auch wir wollen dir einen Gruß zum Abschied schicken, wohl wissend, dass wir uns wieder begegnen werden. Aber dann wirst du einen jungen und frischen Körper haben, während wir so vor dir stehen werden wie jetzt. Wir freuen uns auf ein Wiedersehen mit dir, Maureen!« Tervenarius hob die flache Hand und blies einige nach Rosen duftende Sporen über den schwarzen Lack des Sarges.

Gemeinsam traten sie zurück, um Patallia und Smu Platz zu machen. Patallias Haut emotional durchscheinend, Smus Gesicht voller Gram näherten sie sich Hand in Hand. Smus blondes Haar unterstrich sein weißes Antlitz. Er wirkte wesentlich älter und ernster als gewöhnlich. Seine Hände zitterten, als er seine schneeweiße Rose in Maureens letzte Ruhestatt fallenließ. »Du warst meine beste Freundin, Maureen. Von Anfang an im Kinderheim bis zum Schluss. Du hast immer zu mir gestanden – gleichgültig, was ich für einen Mist gebaut hatte – hast du mich wieder aufgebaut, mir geholfen und mich getröstet. Dafür möchte ich dir danken.« Tränen strömten über sein Gesicht. »Ich weiß nicht, ob wir uns wiedersehen werden. Aber ich wünsche dir eine gute Reise, wo auch immer du jetzt sein magst.«

Meodern war allein. Seine großen Hände umklammerten einen winzigen Veilchenstrauß. Woher wusste er, dass Maureen Veilchen gemocht hatte? Er ließ die kleinen Blumen in die Grube fallen. »Auf Wiedersehn, Maureen«, sagte er leise. Ulquiorra wartete, bis die Männer sich wieder gefasst hatten. Er strahlte goldene Energie als letzten Gruß, hüllte Maureens Sarg in ein warmes Licht. Er konnte nicht sprechen.

Er drehte sich um und ging, blind von Tränen. Es war genug. Er war seines Glücks beraubt. Sie war dank Patallia friedlich gestorben. Maureen hatte ihm noch am letzten Tag Mut gemacht, er solle weiter als Marschall seinem Planeten dienen und seine Ziele nie aus den Augen verlieren. Sie war stark gewesen bis zum letzten Atemzug.

Er ging langsam und gebeugt durch die Grabreihen des Vancouver Friedhofs. Nahm seine Umgebung nicht mehr wahr, sondern fühlte nur den unglaublichen Schmerz und die Trauer in seiner Brust. Er vermisste sie so sehr!

Unübersehbar stand er vor ihm mitten auf dem Weg. Blickte ihn mit seinen schwarzen Augen durchdringend an.

»Vorbei!«, stieß Xanmeran hervor. »Kein Kampf mehr, kein Krieg mehr, kein Tod mehr!«

Ulquiorra antwortete nicht. Xanmeran nahm ihn sanft in die Arme. Tröstete ihn, wie ein Vater sein Kind tröstet. Sagte ihm auf duonalisch leise, beschwichtigende Worte, die Ulquiorra bis ins Herz drangen. Entschuldigte sich für die vielen vertanen Jahre. Ulquiorras Arme hingen hinab. Er war unfähig etwas zu erwidern. Lange standen sie allein auf dem Friedhofsweg.

Xanmeran hielt ihn in Armeslänge von sich. »Lass uns neu beginnen, ja?«

Er nickte.

Vena hatte die Felle der vielen kleinen Wasserratten aneinander genäht, so dass eine weiche Pelzdecke entstanden war. Unter diese federleichte Zudecke gekuschelt, lauschte er, eng an sie gedrückt, dem Regen, der auf das neue Blätterdach der Hütte strömte. Solutosan streichelte Venas glatten, runden Bauch und fühlte das Kind, das sich darin bewegte. Das eintönige Tropfen schläferte ihn ein, zog ihn in seinen Ruhemodus.

Vena rührte sich. »*Ich muss ins Wasser*«, flüsterte sie.

»*Jetzt?*« Er öffnete unwillig die Augen.

»*Ja, jetzt!*« Durch ihren Leib fuhr eine Welle.

Sofort war Solutosan hellwach. »*Kommt das Kind? Hast du Schmerzen, Vena?*«

»*Es geht so.*« Vena schloss gequält die großen Augen, als eine neue Wehe sie durchfuhr. »*Ich weiß nur, dass ich ins Wasser muss, Solutosan.*«

Er ließ sie sofort los und half ihr aus der Hütte, denn durch Tans Loch passte sie schon eine ganze Weile nicht mehr. Er glitt ins Wasser, in das die Regentropfen schwer prasselten, und zog sie sanft in seine Arme hinunter.

»*Komm, entspann dich!*« Er drehte sie auf den Rücken und griff von hinten unter ihre Achseln. Der Regen schlug ihm hart ins Gesicht, doch das spürte er kaum. Die Squali umringten sie neugierig. Er fühlte Tan stützend in seinem Rücken. So trieben sie dahin. Die Schauer rasten schneller durch Venas Körper, aber sie gab keinen Laut von sich. Solutosan streichelte ihr Gesicht, setzte ein wenig Energie frei und hüllte sie ein, um ihr Kraft zu geben.

Vena versteifte sich in dem Moment, als der Regen schlagartig aufhörte und die Sonnen hervorbrachen. Solutosan schaute verdutzt auf das Kind, das vor ihnen im Wasser trieb.

»*Vena! Das Kind!*« Sie griff nach dem Baby und hob es wie eine Puppe aus dem Wasser.

»*Schau nur!*« Vena lachte und weinte gleichzeitig. Das Kind hatte die großen, grünen Sternenaugen weit aufgerissen und verzog den Mund zu einem unwilligen Schrei. Seine grüne Haut mit den weichen, winzigen Schuppen schillerte zartgolden. Es war noch über die Nabelschnur mit Vena verbunden. Tan tauchte auf und biss sie vorsichtig durch.

»*Ihr Götter!*« Die Squali fungierten als Geburtshelfer. Solutosan war fasziniert. Tans größtes Weibchen drehte seinen Bauch zur Wasseroberfläche und Vena legte ihr das Kind an die Milchdrüsen. Gierig begann es, die Nahrung zu saugen.

»*Ich würde es nicht glauben, sähe ich es nicht selbst*«, staunte er. Die Symbiose zwischen Auraner und Squali funktionierte einfach so. Er kitzelte das Kleine ein wenig an seinem hellgrünen Füßchen, das unwillig strampelte. Er musste dringend mit Vena sprechen – konnte es nicht mehr verschieben. Wie würde sie reagieren? Er betrachtete sie von der Seite, wie sie auf Tan gestützt, glücklich lächelnd dem Kind beim Trinken zusah.

»*Vena?*«

»*Ja?*« Sie ließ Tan los und glitt im Wasser zu ihm, schmiegte sich, schlank und beweglich wie vor der Schwangerschaft, an seinen Leib.

»*Ich wollte dir schon seit geraumer Zeit etwas sagen, habe es aber immer wieder verschoben.*«

Vena blickte zu ihm auf, legte sich auf den Rücken. »*Warum? Worum geht es?*«

»*Es betrifft das Kind. Da ist jemand, der es unbedingt sehen will!*«

Venas Schuppen liefen am Hals gelb an. »*Dein Vater*«, flüsterte sie tonlos.

»*Ja, Vena. – Er hat versprochen, dem Kleinen nichts zu tun. Er hat mich als Neugeborenen verloren und möchte einen Enkel.*«

Vena klammerte sich ängstlich an ihn. »*Du glaubst an die alte Sage? Du glaubst ... *«, sie war fassungslos. »*Du denkst, dass er... *« Sie sprach es nicht aus.

»*Ich weiß nicht, was passieren wird, Vena, aber ich bin stark genug um euch zu schützen. – Vertraust du mir?*« Vena umfasste seinen Arm. »*Sag, vertraust du mir?*« Er blickte sie durchdringend an. Sie nickte. »*Gut!*« Das Kind war auf dem Bauch des Squaliweibchens eingeschlafen.

Solutosan nahm es vorsichtig herunter und legte es Vena in die Arme. »*Sana, Tan! Bringt uns zu den Klippen!*« Er wollte es hinter sich bringen. Würde sein Planet hiernach wieder ins Gleichgewicht kommen?

Die Squali schwammen mit kräftigen Schlägen ihrer Schwanzflossen los. An deren Seitenflossen geklammert glitten sie pfeilschnell durch das türkisfarbene Wasser. Solutosan tauchte mit dem Kopf unter. Er hatte keine Angst. Pallasidus war unberechenbar, aber würde seinen Nachkommen nicht schaden. Und er? Er konnte endlich sein Versprechen vollends einlösen.

Die weißen Klippen lagen still und verlassen da. Solutosan ließ sich mit Vena in eine flache Bucht ziehen und musste dann lächeln. Sein Vater wurde der Zauberkunststückchen nicht müde.

Die kleine, achtbeinige Schildkröte kam aus dem Wasser gekrochen, wurde langsam größer. Vena stieß einen erschrockenen Schrei aus. Die große Schildkröte verwandelte sich, richtete sich auf und stand vor ihnen.

Sein zeitloses, goldenes Gesicht strahlte von innen. Das weiße, lange Haar wehte, wie auch sein zart gesponnenes Gewand, das sich gegen seinen starken Körper drückte.

»*Er sieht aus wie du*«, flüsterte Vena.

Pallasidus blickte auf sie hinab. »*Nein, Frau*«, tönte seine voluminöse Stimme. »*Mein Sohn sieht aus wie ich! – Und nun zeige mir meinen Enkelsohn, Solutosan!*«

»*Das geht leider nicht, Vater.*« Er erhob sich aus der Bucht, verdeckte mit seinem Rücken Vena und das Baby, unbeeindruckt von Venas erstauntem Aufschrei.

»*Warum? Du hast es versprochen!*«, donnerte der Sternengott.

Solutosan beugte sich zu dem Kleinen hinab, nickte Vena beruhigend zu und nahm es in die Arme. Er entfesselte eine große Menge Sternenstaub, legte das Kind auf die goldene Wolke und sandte sie zu Pallasidus. »*Weil ich dir eine Enkel-*

tochter geben werde, Vater«, sagte er mit fester Stimme. Seine Mundwinkel zuckten.

Pallasidus stand vor dem schlafenden Kind auf seiner Wolke und blickte es an – lange Zeit. Dann fing er an zu lachen! Es war ein glückliches Lachen, das weit schallte. Es breitete sich aus. Vena drückte die Hände an ihre Ohren. Solutosan holte in Ruhe, ohne es zu wecken, die Sternenstaub-Wolke mit dem Kind wieder zu sich und hielt es in den Armen. Er stand gefasst da und betrachtete seinen Vater.

Pallasidus lachte mit zurückgelegtem Kopf. Das Geräusch wurde zu einem Donnern. Begann mit unerträglicher Lautstärke in der Atmosphäre zu brüllen. Das Meer schäumte und bäumte sich auf. Solutosan sah hohe Wellen steigen, die sich der Bucht mit Vena und den Squali näherten. Mit einem riesigen Satz war er bei ihnen, ging in Deckung und beschirmte sie mit einem Sternenstaubschild – legte zusätzlich seine Energie in den Schutz, drückte das Kind eng an sich. Die goldene Glocke wölbte sich über seine kleine Familie. Er hatte keine Angst. Er war stark, und das, was nun geschah, hatte er erwartet und so gewollt.

Das Lachen erschütterte den Planeten, fuhr krachend hoch in das Himmelsgewölbe und knallte brüllend gegen die Sonne. Die Atmosphäre des Planeten bebte mit scharf zischenden Blitzen übersät. Sublimar wankte, in blendend, grelles Licht getaucht, als wolle die verblassende Sonne, mit brachialer Wucht, all ihre verbliebene Kraft auf die Welt brennen, die ihrer längst überdrüssig war. Zitternd blieb einen Wimpernschlag lang das mächtige Universum um den Planeten stehen. Zeit und Raum hielten den Atem an. Sublimar verharrte erstarrt in einer glühenden, göttlichen Umarmung. Erst allmählich erlosch das grelle, blendende Licht und hinterließ ein strahlend blaues Himmelszelt. Der Schall des Lachens war verebbt und hatte einer dröhnenden Ruhe Platz gemacht. Nach und nach legte sich erholsamer Frieden über Sublimar.

Solutosan hob vorsichtig den Kopf. Das Wasser um ihn herum schäumte noch, die Gischt platschte auf das Riff. Pallasidus war verschwunden. Er blickte neugierig um sich, hob das Gesicht zum Himmel. Erkaltet stand die zweite Sonne am blauen Firmament, in einen grauen Mond verwandelt. Die kleine, achtbeinige Schildkröte kletterte langsam ins Wasser zurück. Einen Moment lang war es Solutosan, als würde sie lachen.

Personenliste:

Die Duocarns:

Solutosan – der Sternenkrieger (verbittet sich Abkürzungen und Nicknames) ehemaliger Chef der Duocarns, goldhäutig, hüftlanges, weißes Haar, sternenäugig, bisexuell, dominant, humorvoll, sensibel, Waffe aber auch Aphrodisiakum: Sternenstaub. Kanadischer Name: Bruce Farner

Xanmeran – der Ätzende (Spitzname Xan)
Krieger, heterosexuell, zwei Meter groß, Bodybuilder, schwarzäugig, wild, Glatze, rote Hautstreifen (Dermastrien), die er als Waffe und beim Liebesspiel benutzt. Experte für Sprengungen. Kanadischer Name: Bill Angels

Meodern – der Schnelle (Spitzname Meo)
Krieger, heterosexuell, blonde, stachelige Haare, grünäugig, goldhäutig, Frauenheld, kann seinen Körper zum Vibrieren bringen, Schnelligkeit bis Lichtgeschwindigkeit. Meoderns zweite Gabe ist seine tiefe Verbindung zu Pflanzen. Kanadischer Name: Pierre Malcolm

Tervenarius – der Giftige (Spitzname: Terv)
Krieger, Wissenschaftler, Chef der Duocarns, homosexuell, goldene Augen, silbern-weiße Mähne, fungider Hybride. Er simuliert fast alle Pilzarten. Kanadischer Name: Philipp McNamarra

Patallia – der Heiler (Spitzname Pat)
Mediziner, homosexuell, grau/violette Augen, Glatze, weißhäutig bis durchsichtig je nach Emotion. Er kann sämtliche Medikamente in seinem Körper herstellen und per Hand verabreichen und hat ein Sprachtalent. Kanadischer Name: Patrick Mulhern

Die Erdlinge:

David Martinal/Mercuran – schlanker, dunkelhaariger Häusermakler mit Hang zu exotischen Fischen und Pflanzen, stahlblaue Augen, hartnäckig, sensibel, homosexuell.

Maureen Silverman - klein, blonde Haare, Karatetrainerin, mutig, selbstbewusst, zielstrebig.

Samuel Goldstein – (Spitzname Smu), Jude, Privatdetektiv, blond (wenn nicht gerade verrückt gefärbt), grüne Augen, gepierct, frech und unkonventionell.

Daisy Madison - Prostituierte und Partnerin von Bar. Dunkelhaarig, attraktiv, vollbusig, clever, zielstrebig

Terzia Tudosis – Modeschöpferin, klein, dunkelhaarig, drahtig, kreativ, dickköpfig

Die Bacanis:

Bar – Chef einer Unternehmensgruppe und Kopf der Bacanis auf der Erde, intelligent, brutal, korrupt, nervenstark, nach Verwandlung graublaues, dickes Fell, mit spitzer Schnauze und langem Schwanz. Alias Brad Butler.

Krran – Bars rechte Hand, verschlagen, obrigkeitshörig, gierig, nach Verwandlung rotbraunes hartes Fell, kurze, kraftvolle Schnauze, langer Spiralschwanz. alias Wesley Trum.

Psal – Frau von Chrom, schlank, beweglich, intelligent, humorvoll, violette Augen (Telepathin), sehr schnell, nach Verwandlung grau-violett meliert, spitze Schnauze.

Chrom – Bacani, violette Augen, Telepath, Pelz gelb-grau gestromt, arbeitet auf Seiten der Duocarns, blitzschnell, intelligent, warmherzig, Computerfreak, Navigator.

Die Duonalier:

Ulquiorra – Sohn von Xanmeran, Atomphysiker am Silentium, groß, schlank, dunkles Haar, schwarze Augen, Energetiker, ruhig, ausgeglichen, zielstrebig, stark.

Trianora – Genetikerin am Silentium, zierlich, blond, zurückhaltend, silberne Augen, kameradschaftlich, selbstbewusst, Assistentin von Ulquiorra, beherrscht „Das Vergessen"

Halia – Tochter von Solutosan und Aiden, grüne Sternenaugen, rot-goldene Locken, temperamentvoll, intelligent, studiert Medizin und Philosophie, beherrscht Sternenstaub, kann Dinge vereisen.

Die Auraner

Vena – Jägerin, grüne, schuppige Haut, riesige grüne Augen, goldenes Haar, meist zu Zöpfchen geflochten. Freiheitsliebend, stolze aber gutherzige Bewohnerin Sublimars

Die Occabellarner

Arishar - König der Quinaris, grauhäutig, stark gehörnt, ungeheuer stark, Schwertkämpfer, Erdwesen, gerecht, trotzig, feinfühlig, Waffe: zweischneidiges Schwert und Kampfaxt

Arinon – Kampftrainer der Quinaris und Heiler, keine Hörner, intelligent, stark, ruhig, ausgeglichen, sensibel, homosexuell

Maurus – König der Aquarianer, durchscheinende Alginat-Haut, Wasserwesen, langes, blaues Haar, guter und starker Kämpfer, familiär, aristokratisch und edel, Waffen: Achatschwert und Kristallquarz-Wurfring

Luzifer – König der Trenarden, schwarzhäutig, rote Mähne, kurze Hörner, glühende Augen, flammende Zunge, Feuerwesen, wild, ungebändigt, dauergeil, lieb, Waffen: Flammenschwert und flammender Wurfring

Leseprobe Duocarns – Liebe hat Klauen

Jake drehte den Wasserhahn in der Gemeinschaftsdusche zu. Er grinste Michael und Harry an, die immer noch seifenverschmiert unter den heißen Brausen standen. Was gab es Besseres, als sich nach einem harten Training den Schweiß abzuduschen? Nur hätte er an ein Handtuch denken sollen. Jake tappte tropfnass und leise fluchend zu seinem Spind, um es herauszusuchen. Er hatte die Jungs wieder ganz schön rangenommen, aber sie wussten das zu schätzen. Ihm war sogar schon die Bemerkung zu Ohren gekommen, dass man ihn für den besten Fitness-Trainer hielt, den die Polizeischule je gehabt hätte – ein Lob, das natürlich runter ging wie Öl.

Er frottierte sich das kurze, blonde Haar und grinste grimmig. Ob sie das wohl noch sagen würden, wenn er sich geoutet hätte? Garantiert nicht. Keiner seiner Kollegen würde mehr unbeschwert neben ihm in der Dusche stehen. Eventuell würde er sogar den uralten Seifenwitz ertragen müssen. Jake schnitt eine Grimasse zu dem Bild der spärlich bekleideten Marilyn Monroe in der Tür seines Spinds. Nein, er hütete sich, über seine Vorlieben zu sprechen. Alle Welt redete von Toleranz gegenüber Gays. Aber nur, solange sie keinen kannten. Er würde seine gut laufende Karriere bei der Vancouver Polizei sicher nicht auf so eine idiotische Art aufs Spiel setzen.

Sein Handy klingelte im Wirrwarr seiner Klamotten. Eigentlich hatte er ja Feierabend. »Hey Jake! Willst du nicht rangehen?« Harry lief an ihm vorbei, ein gelbes Handtuch um die Hüften. Shit!

Er angelte nach dem Telefon in seiner Jeans. »Hallo! Michaels hier!«

Der Stockfisch der Einsatzleitung knarrte: »Verkehrsunfall mit wahrscheinlicher Todesfolge Cornwall Avenue/Point Grey Road!«

»Wieso meldest du mir einen Verkehrsunfall?«, schnauzte Jake. »Hast dich wohl verwählt!«

»Nee«, näselte der Stockfisch, »könnte auch Mord sein. Mach dich auf die Socken, Großer!«

Verflucht! Jake drückte den Stockfisch einfach weg. Cornwall Avenue lag auf seinem Heimweg – also würde er sich die Sache anschauen. Er zog sich rasch an, schnallte seine Dienstwaffe um und zog den grünen Parka über. Nachlässig stopfte er die verschwitzen Sportsachen und das nasse Handtuch in die Umhängetasche und lief zügig zum Ausgang.

Der blaue Porsche war ein Schrotthaufen. Es war völlig klar, dass die Luxuskarosse explodiert war, denn der gesamte Motorblock und das Dach waren abgerissen. Vom Armaturenbrett war nur noch ein kleines Bruchstück übrig. Seltsamerweise steckte in diesem Teil noch der Zündschlüssel. Wollte jemand mit dem Wagen gerade losfahren, als dieser explodierte? Wo war in diesem Fall der Fahrer geblieben? Jake reckte den Kopf in den demolierten Innenraum – keine Blutspuren. Sehr merkwürdig! Ein Fall für die Spurensicherung. Nachdenklich schlenderte er zu seinem Audi zurück und stieg ein. Welcher Idiot würde so ein teures Auto in die Luft jagen? Okay, es war ein älteres Carrera-Modell – aber trotzdem. Er nahm sein Handy und gab der Spurensicherung einige Details durch. Er fragte nach dem Fahrzeughalter und notierte ihn auf einem der vielen Zettel, die überall in seinem Wagen klebten. David Martinal, Seafair. Dem würde er am nächsten Tag einen Besuch abstatten und ihm ein paar Fragen stellen. Irgendwie kam Jake dieser Name bekannt vor. Er konnte sich nur nicht erinnern, wo er ihn schon einmal gehört hatte.

Aktuelle Infos über die Duocarns, Interviews mit den Kriegern, Porträts und tolle Neuigkeiten findest du auf http://www.duocarns.com

Bisher erschienen:
Alle Bücher sind als Taschenbücher
und E-Books erhältlich.

Band 1 - "Duocarns – Die Ankunft"
ISBN: 978-3-943764-05-5 – 236 Seiten

Band 2 - "Duocarns - Schlingen der Liebe"
ISBN: 978-3-943764-00-0 – 198 Seiten

Band 3 - "Duocarns - Die Drei Könige"
ISBN: 978-3-943764-10-9 – 212 Seiten

Band 4 - "Duocarns - Adam, der Ägypter"
ISBN: 978-3-943764-02-4 – 204 Seiten

Band 5 - "Duocarns - Liebe hat Klauen"
ISBN: 978-3-943764-13-0 – 216 Seiten

Band 6 - "Duocarns – Ewige Liebe"
ISBN: 978-3-943764-14-7 – 228 Seiten

Band 7 - "Duocarns - Alien War Planet"
ISBN: 978-3-943764-17-8 – 280 Seiten

Für die Hardcore Duocarns-Fans:
Die Duocarn Cover in brillanter Farbe und als Poster:
http://www.elicit-dreams.de

<u>Weitere Bücher von Pat McCraw:</u>

Der schwarze Fürst der Liebe

Bartel ist Söldner, Dieb und Wegelagerer: Rau, ungehobelt und schlagkräftig. Er führt seine Räuberbande mit harter, aber gerechter Hand. Sein Leben verändert sich, als er eine Hexe vom Pranger entführt. Engellin beeinflusst das Leben der ganzen Bande und treibt einen Keil in die Freundschaft zu seinem besten Freund Rudger.

Der Wirbel der Ereignisse reißt alle in die Tiefe, bis nur noch wenige übrigbleiben.

Die historische Fantasygeschichte beschreibt temporeich, spannend und gefühlvoll eine Männerfreundschaft, Liebe, Eifersucht, Intrige, Kampf, Tod, Schuld und Sühne. Pat McCraw würzt diesen Reigen mit einer dezenten Prise Erotik.

356 Seiten - ISBN: 978-3-943764-29-1

Duocarns – David & Tervenarius

David, ein junger Häusermakler aus Vancouver, landet durch einen Unfall in den Armen eines Engels. Dass es sich bei dem attraktiven Mann um keinen Engel, sondern um den außerirdischen Krieger Tervenarius handelt, wird David erst allmählich klar. Da ist es jedoch zu spät, denn er hat sich nicht nur Hals über Kopf in Terv verliebt, sondern ist in das Schicksal der Duocarns verstrickt.

"Duocarns - David & Tervenarius" ist ein eigenständiger Gay Romance Roman, der sich um das Hauptwerk der Duocarns rankt und der die Geschichte aus einer völlig neuen Perspektive zeigt:

240 Seiten - ISBN: 978-3-943764-42-0
Erhältlich als E-Book und Taschenbuch
bei Amazon und überall, wo es gute Bücher gibt.

Die Kurzgeschichten zu den Duocarns:

Aduno & Barilon
Die im Verbund lebenden Suspiricons erschaffen auf Duonalia eine Attraktion, um so die Bewohner ihres neuen Heimatplaneten herbeizulocken. Einer der Besucher kommt seinen Gastgebern näher als geplant.

Die oberste Direktive
Die Sternenwanderer Solutosan und Ulquiorra besuchen den Planeten Renovamion, auf dem sie einem skurrilen Echsenwesen begegnen, dessen Absichten schwer durchschaubar sind.

Hochzeit
David & Tervenarius heiraten. Eine romantische Liebesgeschichte, die besonders den Fans dieses Pärchens zu Herzen gehen wird.

116 Seiten – ISBN 978-3-943764-43-7